Diogenes Taschenbuch 24605

de
te
be

Froh und munter

Mit Weihnachtsgeschichten von
F. Scott Fitzgerald, Sue Hubbell,
Joan Aiken u. v. a.

Ausgewählt von
Shelagh Armit und Marie Hesse

Diogenes

Nachweis am Schluss des Bandes
Covermotiv: Illustration von Ralph Hulett

Originalausgabe

www.diogenes.ch
100/21/44/1
ISBN 978 3 257 24605 6

Inhalt

MFK FISHER

Familienfeiern

Wenn sich Verwandte zu Weihnachten, zu Thanksgiving oder zu anderen Festen in großen Gruppen versammeln, um gemeinsam zu essen und zu trinken, wird gelästert und gescherzt und überall sieht man lachende Menschen – auf den Titelblättern von Zeitschriften und in Romanen, vom zahnlosen Baby bis zum zahnlosen Greis. Wenn Massen von selbst gebackenen Süßigkeiten konsumiert und Apfelwein literweise gezecht werden, dann breitet sich eine Fröhlichkeit rings um den überhäuften Tisch aus wie die Böen eines Präriefeuers. Nach dem Essen, wenn alle gesättigt sind, holt das Mannsvolk seine Schnitzmesser heraus, die Frauen (manchmal »Fraun« gesprochen, um den unüberhörbaren Provinzialismus hervorzuheben) hantieren und plappern in der Küche und die vollgestopften Kinder strecken ihre dicken Bäuche heraus.

Die nackte Wahrheit dagegen ist, dass Familienfeiern häufig eine Qual sind und für Magenverstimmung sorgen, dass sie von verstecktem Groll, Langeweile und psychosomatischen Beschwerden begleitet werden.

Für einen ruhigen Seegang ist es am besten, wenn man die Verwandten nur zur Testamentsvollstreckung zusammenruft. Dies setzt zumindest gute Manieren während des Essens voraus, sofern der Anwalt nicht erst danach kommt.

Unter Umständen werden die Fleischpasteten auf Beerdigungen mehr genossen als die Taufkuchen oder Hochzeitssuppen, denn die subtile Würze des Wunschdenkens – noch ohne Enttäuschung, Angst oder Hass – verleiht ihnen ein spezielles Aroma.

Meine eigenen Erfahrungen mit Familienfeiern liegen irgendwo zwischen leichter Ironie und der üblichen Tendenz, alles zu idealisieren. Wenn zu Weihnachten häufig an die zwanzig Leute unserer Familie zu einem ausgedehnten Mittagessen zusammenkamen, das keiner von uns gewohnt war, war mir mit elf oder zwölf Jahren bereits bewusst, dass der ganzen Zeremonie eine Verbissenheit innewohnte, ein Gefühl, dass wir auf Biegen und Brechen pflichtgemäß durchhalten mussten, weil mein Großvater sehr alt war und vielleicht nächstes Jahr schon nicht mehr leben würde oder weil eine Tante ihren abscheulichen, wenn auch sehr reichen Ehemann verloren hatte oder aus anderen Gründen. Es wurde stillschweigend hingenommen, dass am nächsten Tag meine Schwester Anne schlapp und reizbar und meine Mutter übermüdet war, während die Köchin mürrisch die Gläser polierte und die Stapel von Tischdecken und Servietten »besten« irischen Leinens beäugte, die gewaschen werden mussten. Nur mein Vater strahlte immer noch: er liebte Festivitäten aller Art, sogar die familiären.

Ich scheine, und dafür bin ich dankbar, seine Fähigkeit, das alles als Sport zu betrachten und zu genießen, geerbt zu haben, zum Glück kombiniert mit der Fähigkeit meiner Mutter, damit klarzukommen. Trotz meiner Überzeugung, dass die Zusammenkunft von willkürlich zusammengewürfelten Verwandten das Stumpfsinnigste, wenn nicht Gefährlichste der Welt ist, bin ich doch verrückt genug, meine ganze Familie zum Essen einzuladen, und das nicht nur einmal.

Das letzte Essen – vielleicht das gewagteste von allen – verlief jedoch so souverän, dass ich heute noch stolz darauf sein kann, denn es war das erfolgreiche Ergebnis von langer Planung und tagelanger Vorbereitung.

Eltern, Nichten und Neffen, die Kinder – alle kamen. Also mussten Hotelzimmer in der nahe gelegenen Stadt reserviert und große Vorräte an Essen und Trinken für die Feiertage, an denen die Läden geschlossen waren, angelegt werden. Das Kaminholz musste unter der Plane verstaut werden, falls es regnen sollte (es goss), und Wundpflaster und -salbe mussten bereitliegen (mein Neffe und meine zweijährige Tochter stürzten von einem Felsen in den Weiher). Und schließlich brauchte ich ein großes Maß an Selbstbeherrschung (mein Lieblingsmann schoss einige meiner Lieblingswachteln).

Das alles bedeutete viel Arbeit: Vor dem Fest hatte ich das Essen für ungefähr zwölf Personen pro Mahlzeit vorbereitet, für drei Mahlzeiten pro Tag, und das für drei Tage. Dazu die passenden Weine und die anderen Getränke in ausreichender Menge. Das, und dabei kann ich mir auf die Schulter klopfen, ist keine schlechte Meisterleistung.

Ich hatte alles sorgfältig überlegt, und das hat sich gelohnt. Nichts ging schief. Es herrschte eine Atmosphäre von Fröhlichkeit und Zuneigung – und das zwischen Menschen unterschiedlichen Alters, unterschiedlichen Geschlechts und unterschiedlicher Überzeugungen in politischer, religiöser *und* sozialer Hinsicht. Auch das eine Meisterleistung. Alles verlief gut – ein wahres Wunder.

Hin und wieder gibt es einen glücklichen Zufall in Familien, und Geschwister, Neffen und Nichten, Großeltern, die sich kühl oder gar feindlich gegenüberstehen, finden sich in einer stickigen Imbissbude ein und essen in aller Herzlichkeit und in vollem Einvernehmen miteinander. Aber das ist selten. Meist muss so ein Treffen im Voraus umsichtig und behutsam arrangiert werden.

Es ist nicht selbstverständlich, dass ein zusammengewürfelter Haufen Menschen, nur weil Weihnachten ist, sich freudig wiedervereint und zusammen das Brot bricht. Man muss sie zur Begeisterung, Überraschung und nachfolgender Freude anstacheln, ja schockieren. Eingefahrene Muster – das Essen, die Blumen, das Geschirr – müssen neu arrangiert werden, um die Todsünde solcher Familienfeiern aufzubrechen – wenn das, was zu häufig gesagt, gefühlt und gedacht wurde, immer wieder gesagt, gefühlt und gedacht wird: träges Gift in jedem Bissen, alter Groll und neu aufkeimende Feindseligkeit. Warum in Gottes Namen legt Mutter ihren Arm immer auf *diese* Art und Weise auf den Stuhl, und warum springt Helens Mieder immer auf, wenn sie die abgegessene Fleischplatte hochhebt und von Vater wegnimmt, und warum trommelt mein Schwesterherz mit ihren Fingern immer so gegen den Rand ihres Weinglases? Wahres Gift, das unbedingt vermieden werden muss.

Es gehört Mut dazu, eine Familienfeier auszurichten, und den hatte ich damals. Da ich aber ziemlich abgebrannt war und meine Verwandten, auch wenn sie noch so besonnen ausgewählt waren, nicht in ein angemessenes Restaurant einladen konnte, rief ich meine Familie – Vater, Mutter, Bruder und Schwestern – zu einem kleinen Abendessen ins Esszimmer meiner Ranch zusammen, einfach so ohne Anlass. Das konnte ich bezahlen, bis auf das letzte Salzkorn, was eigentlich dumm war, meine junge Seele aber mit Stolz erfüllte.

Ich deckte den Tisch mit dem besten Tafelsilber, Porzellan und Kristall der Familie – vor allem mit den schillernden und unglaublich dünnen Weinkelchen, die wir immer für Feiern verwenden –, ging zu *Bernstein's on the Park* in Los Angeles und kaufte wunderbar frische Schalentiere: winzige Küstengarnelen, Krabben und auch Hummerscheren, rosafarbene Garnelen und kleine Muscheln in ihren lilafarbenen Schalen. Außerdem kaufte ich flache runde Laibe Sauerteigbrot, gute Spaghetti, süße Butter und echten Käse, nicht den, der aus Abfallprodukten gemacht und zu Stanniolblöcken geschmolzen wird. Ich kaufte *Wente Brothers'* Grauen Riesling und *Colony Tipo Red* aus der italienischen Schweiz und für mich stark gerösteten Kaffee im Drugstore.

Das war, kurz gesagt, das Knochengerüst der Feier. Das Fleisch an diesen Knochen war schon eine andere Sache. Es stimmt, dass mich meine Jugendlichkeit verbissener kämpfen ließ, als ich es heute tun würde, aber ich denke immer noch, dass es richtig war, gegen die unweigerliche Langeweile eines Essens *en famille* zu rebellieren.

Als Erstes veränderte ich die Sitzordnung. Ich war es leid, meinen Vater zu sehen, wie er gegen die hässliche massive Anrichte gelehnt saß, mit dem immer etwas schief hängenden viereckigen Spiegel hinter seinem rechten Ohr, und nahm an, dass er es ähnlich leid war, über den Tisch in Richtung meiner Mutter zu blicken, die immer von allem Möglichen verdeckt war, das man stehen ließ, ob es gebraucht wurde oder nicht: Zigarettenkisten, Aschenbecher, Zuckerstreuer, eine Louis-Quinze-Schnupftabakdose mit Süßstoff, zahlreiche Salzstreuer, eine alte Pfeffermühle aus Holz und der ewiggleiche frische, aber ideenlose Blumenstrauß oder was auch immer im Garten wuchs. Kurz entschlossen beseitigte ich den Krempel, der mir die letzten fünfzehn Jahre auf die Nerven gegangen war, und arrangierte in einer flachen Schüssel »gekaufte« Kamelien anstelle eines im Vorgarten »gewachsenen« Kraut-und-Rüben-Busches.

Meine Eltern wurden in ihren Grundfesten erschüttert, um es vorsichtig auszudrücken, und lediglich ihre tief verinnerlichten Manieren hinderten sie daran, vor meinem verrückten Plan zurückzuscheuen wie Rehe, deren Trinkstelle verlegt wurde.

Dies waren meine ersten und drastischsten Versuche, äußerst plump, gebe ich zu, aber letztendlich sehr erfolgreich, um das aufzubrechen, was mir ein sterbenslangweiliges Muster zu sein schien. Die nächste Maßnahme war ein Buffet auf der Anrichte. Das hatte es bei uns noch nie gegeben. Ich weihte vorher meine Geschwister ein, und dann zwangen wir meinen Vater aufzustehen und seinen ersten Gang Schalentiere zu holen, was er ungeheuer genoss, nachdem er sich vom ersten Schock, nicht bedient zu werden, erholt hatte. Glücklich pickte er auf den wunderschönen Platten mit Garnelen und anderen Meeresfrüchten herum und stellte einen schönen Teller für meine Mutter zusammen, die mit einem fast scheuen Lächeln dasaß und diese neue Situation sanft, aber für immer unvergesslich in ihre zarte Seele und ihr Herz aufnahm.

Mein Bruder schenkte den kalten Riesling mit überschwänglicher Geste ein und übernahm damit das Privileg, das eigentlich meinem Vater gehörte. Später servierte ich eine Kasserolle mit Spaghetti, ohne die reichhaltige Sauce, die es seit Urzeiten in unserer Familie gab. Und weil die Tradition aufgegeben wurde, waren sie doppelt so gut.

Der *Tipo* war gut. Der *Tipo* floss. Und so, oh Wunder, floss auch unser Gespräch. Wir waren – zumindest für einen Moment – solidarisch, lehnten unsere Arme leicht gegen das kühle Holz, ergriffen ohne Hintergedanken unsere kleinen Tassen mit heißem bitteren Kaffee oder unsere Gläser. Vielleicht lachten wir nicht so wie die Familien auf den Bildern und in den Geschichten, aber wir lachten mit den Augen und waren einander zugetan. Es war ein gelungenes Zusammentreffen, und das Planen war es wert. Es machte die anderen, unumgänglichen Massenessen erträglicher und unterstrich den unleugbaren Fels in der Brandung, die Familie.

Für Spaghetti gibt es ein unverzichtbares Ritual. Manchmal, wenn ich das Resultat endlosen Dämpfens, Köchelns, Kratzens und Abschmeckens eines Amateurkochs (anders kann man es nicht sagen) hatte über mich ergehen lassen müssen, dachte ich, dass dem überhaupt alles andere vorzuziehen sei. Aber, zum Glück mag ich Spaghetti zu sehr, als dass ich darauf verzichten wollte.

Als ich in einem der vornehmsten Restaurants von Los

Angeles zum ersten Mal sah, wie Spaghetti richtig gegessen werden, in unterschiedlichen Längen, aber immer mit der gleichen Konsistenz, mit viel Butter und geräuschvollem Schlürfen, da war ich ziemlich jung, vierzehn oder so, aber alt genug, um mich gut zu benehmen. Und die Tatsache, dass es Ignace Paderewski war, den ich beim Spaghetti-Essen beobachtete, konnte meinen Ekel nicht schmälern. Dass er es offensichtlich genoss, hatte nichts zu bedeuten, denn ich meinte immer noch, dass man des Tisches verwiesen würde, wenn man die Spaghetti hinunterschlingt und dabei kleckert, was er beides unbekümmert tat. Über diesen Anblick habe ich noch sehr lange nachgedacht.

Wenn bei uns zu Hause Spaghetti gemacht wurden, verwendete man am liebsten – auch heute noch – übrig gebliebenes Rind- oder Lammfleisch. Obwohl nicht besonders originell, mochten wir die weichen, in kleine Stücke zerbrochenen Nudeln, die Fleischstückchen, Tomaten, Käse und die Kruste, die sich beim Backen obenauf bildete. Wir mögen es immer noch, und unabhängig davon, wie das Leben unsere Geschmacksnerven verändert hat, wenn wir für ein Wochenende oder eine Woche zu Hause sind, hoffen wir, dass es Hähnchen- oder andere Fleischreste gibt, damit Helen Spaghetti machen kann.

Gegen diese faden und schlecht gemachten Spaghetti begehrte ich erst auf, als ich flügge wurde und meine große Begeisterung für die Amateurküche hinter mir ließ. Ich hasste es, an das klebrige, lauwarme Durcheinander zu denken, das ich, ach, *vie bohème,* auf dem schmutzigen Fußboden meines Studios sitzend und mit einem Glas roter Tinte neben mir, glücklich überwunden hatte. Heute hasse ich diesen Gedanken *nicht* mehr! Ich bin froh, dass ich daran zurückdenken kann, und froh darüber, dass ich auf eine gedankenlose jugendliche Lebendigkeit zurückblicken kann.

Dennoch ziehe ich die Gegenwart vor, auch meine Art, Spaghetti zuzubereiten, und weiß, dass es auf die richtige Kochdauer und -hitze ankommt, egal wie einfach sie gemacht werden. James M. Cain nennt zwei typische Rezepte für kräftige Saucen, die man je nach Geschmack gut zu einfachen Spaghetti servieren kann. »Es gibt immer einen komischen Kauz – so einer, der auch Salz in sein Bier streut –, der seine Spaghetti nur mit Butter mag«, schreibt Cain und empfiehlt, immer ein kleines Stückchen Butter dazu zu servieren.

Nun streue ich zwar kein Salz in mein Bier, bin aber trotzdem ein »komischer Kauz«, da ich nicht nur Spaghetti, sondern sämtliche Teigwaren ohne die üblichen Saucen esse. Meistens verzichte ich überhaupt ganz auf Saucen, und ich kann voller Stolz sagen, dass so mancher Saucenliebhaber meinen Tisch verließ und von meiner Theorie überzeugt war, dass zu frischen heißen Spaghetti nichts besser passt als viel süße Butter, frisch gemahlener Pfeffer und geriebener Parmesan und dass man sie ohne Rücksicht auf die Blicke von Vierzehnjährigen, wie ich sie dem unschuldigen Paderewski zuwarf, mit einem guten Chianti oder einem *Tipo Red* runterspült.

Ich gebe zu, dass es in gewisser Weise schwieriger ist, mein scheinbar einfaches Rezept nachzukochen, als jemanden aus dem »Essen-und-Wein-Klub« meine Küche durch seine »berühmten Spaghetti-Essen« verwüsten zu lassen. Ich erinnere mich an allzu viel Safran und süßen Majoran und kann mich des zynischen Gefühls nicht erwehren, dass die vielen *Highballs* vor dem Essen mit dem Beifall der halb verhungerten Gäste mehr zu tun hatten als mit der tatsächlichen Qualität des Essens.

Hier nun meine Spaghetti, wie ich sie am liebsten mag.

Man nehme eine Schüssel geriebenen Parmesankäse – den richtigen, körnigen, natürlichen –, ein großes Stück süße Butter, einen gut funktionierenden Salzstreuer und eine frisch gefüllte Pfeffermühle, so viele heiße Teller, wie es Leute gibt, und eine große, heiße Kasserolle, in der ein Stück Butter zerlassen wurde.

Die – guten – Spaghetti in ausreichend kochendes Wasser geben und schnell kochen. (Wenn die Spaghetti wirklich gut sind, gebe ich kein Salz in den Topf.) Wenn sie halb gekocht sind, ein Stück Butter oder einen Esslöffel Olivenöl hinzugeben. Das hält das Wasser davon ab überzukochen und scheint die Gefahr des Zusammenklebens zu verhindern. Wenn man die Spaghetti, die natürlich vorher nicht zerbrochen werden, zwischen Daumen und Zeigefinger zerdrücken kann, sind sie fertig – mehr als *al dente,* aber nicht zu weich. Die Spaghetti dann in ein großes Sieb gießen oder besser noch werfen, zunächst sehr kaltes Wasser gründlich darüberlaufen lassen und danach noch gründlicher kochend heißes Wasser (ich weiß, dass das für einige gastronomische Puristen eine abscheuliche Prozedur ist) und kräftig schütteln, damit sie etwas abtrocknen. Die glühend heißen Spaghetti in die fast zischende Kasserolle geben und sie dann sofort auf den ebenfalls heißen Tellern verteilen.

Der nächste Schritt schließt sämtliche sogenannte Tischmanieren aus: Er muss mit Schnelligkeit – einer Fähigkeit, die durch viel Übung entwickelt werden kann – und zugreifendem Enthusiasmus ausgeführt werden. Auf den Spaghettiberg gibt man einen großen Brocken süße Butter (wer zuerst kommt, mahlt zuerst …); dann großzügig salzen und pfeffern, obenauf Parmesan streuen und mit der Gabel alles zu einem wohlriechenden, dampfenden, reichhaltigen Medusa-ähnlichen Wirrwarr vermischen.

Nun bleibt nur noch, die Spaghetti zu essen. Das soll jedoch gemäß des allgemeinen *bien-être* und der entspannten Atmosphäre, die sich mittlerweile innerhalb der Truppe ausgebreitet haben sollte, unbeschrieben bleiben. Lasst uns einfach sagen, dass Paderewski es auf schöne Weise tat.

HERMANN LÖNS

Der allererste Weihnachtsbaum

Der Weihnachtsmann ging durch den Wald. Er war ärgerlich. Sein weißer Spitz, der sonst immer lustig bellend vor ihm auf lief, merkte das und schlich hinter seinem Herrn mit eingezogener Rute her.

Er hatte nämlich nicht mehr die rechte Freude an seiner Tätigkeit. Es war alle Jahre dasselbe. Es war kein Schwung in der Sache. Spielzeug und Eßwaren, das war auf die Dauer nichts. Die Kinder freuten sich wohl darüber, aber quieken sollten sie und jubeln und singen, so wollte er es, das taten sie aber nur selten.

Den ganzen Dezembermonat hatte der Weihnachtsmann schon darüber nachgegrübelt, was er wohl Neues erfinden könne, um einmal wieder eine rechte Weihnachtsfreude in die Kinderwelt zu bringen, eine Weihnachtsfreude, an der auch die Großen teilnehmen würden. Kostbarkeiten durften es auch nicht sein, denn er hatte soundsoviel auszugeben und mehr nicht.

So stapfte er denn auch durch den verschneitem Wald, bis er auf dem Kreuzwege war, dort wollte er das Christkindchen treffen. Mit dem beriet er sich nämlich immer über die Verteilung der Gaben.

Schon von weitem sah er, daß das Christkindchen da war, denn ein heller Schein war dort. Das Christkindchen hatte ein langes, weißes Pelzkleidchen an und lachte über das ganze Gesicht. Denn um es herum lagen große Bündel Kleeheu und Bohnenstiegen und Espen- und Weidenzweige, und daran taten sich die hungrigen Hirsche und Rehe und Hasen gütlich. Sogar für die Sauen gab es etwas, Kastanien, Eicheln und Rüben.

Der Weihnachtsmann nahm seinen Wolkenschieber ab und bot dem Christkindchen die Tageszeit. »Na, Alterchen, wie geht's?« fragte das Christkind, »hast wohl schlechte Laune?« Damit hakte es den Alten unter und ging mit ihm. Hinter ihnen trabte der kleine Spitz, aber er sah gar nicht mehr betrübt aus und hielt seinen Schwanz kühn in die Luft.

»Ja«, sagte der Weihnachtsmann, »die ganze Sache macht mir so recht keinen Spaß mehr. Liegt es am Alter oder an sonst was, ich weiß nicht, ich hab kein Fiduz mehr dazu. Das mit den Pfefferkuchen und den Äpfeln und Nüssen, das ist nichts mehr. Das essen sie auf, und dann ist das Fest vorbei. Man müßte etwas Neues erfinden, etwas, das nicht zum Essen und nicht zum Spielen ist, aber wobei Alt und Jung singt und lacht und fröhlich wird.«

Das Christkindchen nickte und machte ein nachdenkliches Gesicht; dann sagte es: »Da hast du recht, Alter, mir ist das auch schon aufgefallen. Ich habe daran auch schon gedacht, aber das ist nicht so leicht.«

»Das ist es ja gerade«, knurrte der Weihnachtsmann, »ich bin zu alt und zu dumm dazu. Ich habe schon richtiges Kopfweh von dem alten Nachdenken, und es fällt mir doch nichts Vernünftiges ein. Wenn es so weitergeht, schläft allmählich die ganze Sache ein, und es wird ein Fest wie alle anderen, von dem die Menschen dann weiter nichts haben als Faulenzen, Essen und Trinken.«

Nachdenklich gingen beide durch den weißen Winterwald, der Weihnachtsmann mit brummigem, das Christkindchen mit nachdenklichem Gesichte. Es war so still im Walde, kein Zweig rührte sich, nur wenn die Eule sich auf einen Ast setzte, fiel ein Stück Schneebehang mit halblautem Ton herab. So kamen die beiden, den Spitz hinter sich, aus dem hohen Holze auf einen alten Kahlschlag, auf dem große und kleine Tannen standen. Das sah nun wunderschön aus. Der Mond schien hell und klar, alle Sterne leuchteten, der Schnee sah aus wie Silber und die Tannen standen darin, schwarz und weiß, daß es eine Pracht war. Eine fünf Fuß hohe Tanne, die allein im Vordergrunde stand, sah besonders reizend aus. Sie war regelmäßig gewachsen, hatte auf jedem Zweig einen Schneestreifen, an den Zweigspitzen kleine Eiszapfen, und glitzerte und flimmerte nur so im Mondenschein.

Das Christkindchen ließ den Arm des Weihnachtsmanns los, stieß den Alten an, zeigte auf die Tanne und sagte: »Ist das nicht wunderhübsch?«

»Ja«, sagte der Alte, »aber was hilft mir das?«

»Gib ein paar Äpfel her«, sagte das Christkindchen, »ich habe einen Gedanken.«

Der Weihnachtsmann machte ein dummes Gesicht, denn er konnte es sich nicht recht vorstellen, daß das Christkind bei der Kälte Appetit auf die eiskalten Äpfel hatte. Er hatte zwar noch einen guten alten Schnaps in seinem Dachsholster, aber den mochte er dem Christkindchen nicht anbieten.

Er machte sein Tragband ab, stellte seine riesige Kiepe in

den Schnee, kramte darin herum und langte ein paar recht schöne Äpfel heraus. Dann faßte er in die Tasche, holte sein Messer heraus, wetzte es an einem Buchenstamm und reichte es dem Christkindchen.

»Sieh, wie schlau du bist«, sagte das Christkindchen. »Nun schneid' mal etwas Bindfaden in zweifingerlange Stücke, und mach mir kleine spitze Pflöckchen.«

Dem Alten kam das alles etwas ulkig vor, aber er sagte nichts und tat, was das Christkind ihm sagte. Als er die Bindfadenenden und die Pflöckchen fertig hatte, nahm das Christkind einen Apfel, steckte ein Pflöckchen hinein, band den Faden daran und hängte den an einen Ast.

»So«, sagte es dann, »nun müssen auch an die anderen welche, und dabei kannst du helfen, aber vorsichtig, daß kein Schnee abfällt!«

Der Alte half, obgleich er nicht wußte, warum. Aber es machte ihm schließlich Spaß, und als die ganze kleine Tanne voll von rotbäckigen Äpfeln hing, da trat er fünf Schritte zurück, lachte und sagte: »Kiek, wie niedlich das aussieht! Aber was hat das alles für 'n Zweck?«

»Braucht denn alles gleich einen Zweck zu haben?« lachte das Christkind. »Paß auf, das wird noch schöner. Nun gib mal Nüsse her!«

Der Alte krabbelte aus seiner Kiepe Walnüsse heraus und gab sie dem Christkindchen. Das steckte in jedes ein Hölzchen, machte einen Faden daran, rieb immer eine Nuß an der goldenen Oberseite seiner Flügel, und dann war die Nuß golden, und die nächste an der silbernen Unterseite seiner Flügel, und dann hatte es eine silberne Nuß, und hängte die zwischen die Äpfel.

»Was sagst' nun, Alterchen?« fragte es dann, »ist das nicht allerliebst?«

»Ja«, sagte der, »aber ich weiß immer noch nicht –«

»Kommt schon!« lachte das Christkindchen. »Hast du Lichter?«

»Lichter nicht«, meinte der Weihnachtsmann, »aber 'n Wachsstock!«

»Das ist fein,« sagte das Christkind, nahm den Wachsstock, zerschnitt ihn und drehte erst ein Stück um den Mitteltrieb des Bäumchens und die anderen Stücke um die Zweigenden, bog sie hübsch gerade und sagte dann: »Feuerzeug hast du doch?«

»Gewiß«, sagte der Alte, holte Stein, Stahl und Schwammdose heraus, pinkte Feuer aus dem Stein, ließ den Zunder in der Schwammdose zum Glimmen kommen und steckte daran ein paar Schwefelspäne an. Die gab er dem Christkindchen. Das nahm einen hellbrennenden Schwefelspan und steckte damit erst das oberste Licht an, dann das nächste davon rechts, dann das gegenüberliegende, und rund um das Bäumchen gehend, brachte es so ein Licht nach dem andern zum Brennen.

Da stand nun das Bäumchen im Schnee; aus seinem halbverschneiten dunklen Gezweig sahen die roten Backen der Äpfel, die Gold- und Silbernüsse blitzten und funkelten und die gelben Wachskerzen brannten feierlich. Das Christkindchen lachte über das ganze rosige Gesicht und patschte in die Hände, der alte Weihnachtsmann sah gar nicht mehr so brummig aus, und der kleine weiße Spitz sprang hin und her und bellte.

Als die Lichter ein wenig heruntergebrannt waren, wehte

das Christkindchen mit seinen goldsilbernen Flügeln, und da gingen die Lichter aus. Es sagte dem Weihnachtsmann, er solle das Bäumchen vorsichtig absägen. Das tat der, und dann gingen beide den Berg hinab und nahmen das bunte Bäumchen mit.

Als sie in den Ort kamen, schlief schon alles. Beim kleinsten Hause machten die beiden Halt. Das Christkind machte leise die Tür auf und trat ein; der Weihnachtsmann ging hinterher. In der Stube stand ein dreibeiniger Schemel mit einer durchlochten Platte, den stellten sie auf den Tisch und steckten den Baum hinein. Der Weihnachtsmann legte dann noch allerlei schöne Dinge, Spielzeug, Kuchen, Äpfel und Nüsse unter den Baum, und dann verließen beide das Haus ebenso leise, wie sie es betreten hatten.

Als der Mann, dem das Häuschen gehörte, am andern Morgen erwachte und den bunten Baum sah, da staunte er und wußte nicht, was er dazu sagen sollte. Als er aber an dem Türpfosten, den des Christkinds Flügel gestreift hatte, Gold- und Silberflimmer hängen sah, da wußte er Bescheid. Er steckte die Lichter an dem Bäumchen an und weckte Frau und Kinder.

Das war eine Freude in dem kleinen Hause, wie an keinem Weihnachtstage. Keines von den Kindern sah nach dem Spielzeug und nach dem Kuchen und den Äpfeln, sie sahen nur alle nach dem Lichterbaum. Sie faßten sich an die Hände, tanzten um den Baum und sangen alle Weihnachtslieder, die sie wußten, und selbst das Kleinste, was noch auf dem Arme getragen wurde, krähte, was es krähen konnte.

Vor dem Fenster aber standen das Christkindchen und der Weihnachtsmann und sahen lächelnd zu.

Als es hellichter Tag geworden war, da kamen die Freunde und Verwandten des Bergmanns, sahen sich das Bäumchen an, freuten sich darüber und gingen gleich in den Wald, um sich für ihre Kinder auch ein Weihnachtsbäumchen zu holen. Die anderen Leute, die das sahen, machten es nach, jeder holte sich einen Tannenbaum und putzte ihn an, der eine so, der andere so, aber Lichter, Äpfel und Nüsse hängten sie alle daran.

Als es dann Abend wurde, brannte im ganzen Dorfe Haus bei Haus ein Weihnachtsbaum, überall hörte man Weihnachtslieder und das Jubeln und Lachen der Kinder.

Von da aus ist der Weihnachtsmann über ganz Deutschland gewandert und von da über die ganze Erde. Weil aber der erste Weihnachtsbaum am Morgen brannte, so wird in manchen Gegenden den Kindern morgens beschert.

SUE HUBBELL

Winter

In ein paar Tagen ist Weihnachten. Ich bin seit mehreren Tagen eingeschneit, aber das ist nicht weiter schlimm. Gegen Ende Dezember fahre ich immer in die Stadt und decke mich mit einem Extravorrat Hühner-, Katzen-, Hunde- und Vogelfutter und mit Lebensmitteln für mich selbst ein, denn im Januar macht Eis oder Schnee die Straße zu meinem Briefkasten gewöhnlich für mindestens eine Woche unpassierbar. Dieses Jahr ist es jetzt schon so weit, aber ich habe vorgesorgt und muss nicht hinaus.

Es ist eine Kreisstraße, und vielleicht kommt der städtische Schneepflug, wenn er die Schulbusstrecken freigemacht hat, auch noch hierher. Aber die Gemeinde ist arm, das Räumfahrzeug alt und unzuverlässig und wird nur noch von Bindedraht und Einfallsreichtum zusammengehalten, deshalb kommt es vielleicht doch erst, wenn der Schnee schmilzt.

Vor ein paar Jahren wurde die Straße nach heftigen Schneefällen geräumt. Es war bitterkalt, und als ich das Räumfahrzeug hörte, ging ich die Zufahrt hinunter und lud den Fahrer auf eine Tasse Kaffee ein. Er nahm die Einladung an, fuhr mit dem Schneepflug bis vor meine Hütte und stellte den Motor ab. Im selben Moment breitete sich ein kummervoller Ausdruck über sein Gesicht. Er hatte nicht daran gedacht, dass seine Batterie fast leer war, und nun würde er den Motor nicht wieder in Gang bringen. Aber ich habe ein Batterieladegerät und reichlich Verlängerungskabel, und während der Kaffee durchlief, schloss der Mann die Batterie an das Ladegerät an. Wir saßen am Ofen und unterhielten uns über die Straßen und das Wetter, und bis wir die Kanne geleert hatten, war die Batterie so weit wieder aufgeladen, dass der Motor ansprang. Das Leben auf dem Land verlangt Zusammenarbeit.

Vor fünfzehn Jahren, als ich noch an der Brown University Bibliothekarin war, musste ich jeden Tag eine Dreiviertelstunde zur Arbeit fahren. Davor arbeitete ich an einem staatlichen College in New Jersey und hatte einen Weg von jeweils einer Stunde. Ich begann den Winter zu hassen – das Fahren auf glatten Straßen, die Staus auf den Autobahnen. Der Winter war ein Feind, gegen den ich kämpfen musste. Doch das ist Vergangenheit. Meine Honigverkäufe plane ich so, dass ich nicht bei Schnee und Eis fahren muss, und in der übrigen Zeit repariere ich Gerätschaften, etikettiere Honiggläser, treffe Vorbereitungen für den Beginn der Bienensaison im Frühjahr und erledige alle möglichen anderen Arbeiten in Scheune und Hütte. Der Winter ist nicht mehr mein Feind. Er ist eine Zeit, in der man weniger unterwegs ist, eine Zeit der Ruhe und des Friedens.

Für den Postboten war auf den Nebenstraßen mehrere Tage lang kein Durchkommen, aber er hat angerufen, dass er es heute versuchen will, ich soll später zum Briefkasten gehen und nachsehen. Das ist zu jeder Zeit des Jahres ein schöner Spaziergang. Tazzie und Andy mögen ihn auch, und bei freundlicherem Wetter stürmen sie fröhlich voraus.

Wenn die Schneewehen hüfthoch sind, wie im Moment dort, wo der Weg an den Felsen bei Pigeon Hawk Bluff entlangführt, versuche ich sie dazu zu bringen, dass sie einen Pfad spuren, aber sie sehen mich nur aus klugen Augen an und geben vor, viel zu loyal und gehorsam zu sein, um etwas anderes zu tun, als mir auf den Fersen zu folgen. Zimperliesen, schelte ich sie, und sie wedeln fröhlich mit dem Schwanz. Sind sie nun meine Hunde, oder bin ich ihr Mensch?

Gestern Abend hat Brian aus Boston angerufen und gefragt, was ich an Weihnachten mache. Nicht viel, gestand ich; was er vorhabe? Er wolle auf jeden Fall einen Christbaum, und ich müsse auch einen haben. Ich protestierte dagegen, einen Baum zu fällen, ihn in die Hütte zu stellen und mit Glitzerkram zu behängen. Nein, das sei natürlich nicht das Richtige, meinte er, aber von den vielen Bäumen ringsum könne doch einer ein Christbaum sein, oder?

Er hat recht, wie immer. Ich erklärte also die Kiefer vor den drei großen Fenstern zum Christbaum und hängte Talg als Geschenk für die Blauhäher, Kleiber und Rotbauchspechte daran. Die Spechte haben ihn schon entdeckt.

An der Futterstelle tun sich die üblichen Wintervögel gütlich: Juncos, Blutkardinale, Meisen, Baumammern, Purpurfinken und Goldzeisige. Auch den Rotbauchspechten schmeckt das Vogelfutter, und wenn sie so nahe kommen, kann ich den schwachen, bleistiftdünnen roten Streifen an ihrem Bauch sehen, dem sie ihren Namen verdanken. Heute Morgen habe ich auf der Stromleitung acht Rotkehlhüttensänger gezählt. Sie kommen zwar nicht an die Futterstelle, weil sie keine Körnerfresser sind, aber sie versammeln sich gern in der Nähe anderer Vögel und fressen die Früchte von Sumach und Hartriegel, die sie am Rand der Wiese finden, nachdem sie die Tupelobäume abgegrast haben.

Drinnen aalen sich Tazzie, Andy und Black Edith am warmen Ofen. Der öffentliche Rundfunksender übertrifft sich in der Weihnachtswoche selbst. Gestern Abend habe ich die h-Moll-Messe von Bach gehört, für heute ist Weihnachtsmusik der Renaissance angekündigt. Es ist gemütlich hier, heiter und friedlich.

Eben hat die Sekretärin des hiesigen Leiters des Park Service angerufen, um einen Termin abzusagen, den ich für heute Nachmittag mit ihm vereinbart hatte, wegen der Staudammpläne, die meine Nachbarn und mich so beunruhigen: Von politischen und kommerziellen Interessen getrieben, wollen gewisse Leute hier den Fluss direkt unterhalb meiner Farm auf staatlichem Gelände aufstauen. Mehrere Tausend Menschen haben eine Petition unterzeichnet, in der sie den Fluss und sich selbst dem Corps of Engineers, der Pioniertruppe der US-Army, zum Opfer darbieten – eine ökologische, ökonomische und private Katastrophe. Und eine Absurdität obendrein, aber die Politik schafft es ja immer wieder, das Absurde Realität werden zu lassen; ich muss also aufpassen. Ich glaube nicht, dass Staudämme gebaut werden, nur weil zweitausend Leute ihren Kongressabgeordneten darum bitten, aber ich weiß auch nicht, *wie* Staudammbauten zustande kommen, und habe es deshalb übernommen, mich kundig zu machen. Diesem Zweck sollte der Termin heute dienen.

Allerdings hätten wir ihn beide nicht einhalten können; der Winter am Fluss hat ihn storniert und führt das Plänemachen ad absurdum. Ohnehin ist es keine gute Jahreszeit für politischen Aktivismus; es ist eine Zeit der Häuslichkeit und der inneren Einkehr. Ich gehe jetzt hinaus, hacke Feuerholz für ein paar Tage und schichte es zum Trocknen neben dem Ofen auf. Dann breche ich ein paar Stücke von einem toten Ast der Eiche ab, die an der Zufahrt wächst, als Anmachholz für das Feuer morgen früh. Weiter voraus sollte man in einem Winter am Fluss klugerweise nicht planen.

JEANETTE WINTERSON

Der Löwe, das Einhorn und ich

Vor geraumer Zeit ließ ein Engel alle Tiere in einer Reihe antreten, immer eins nach seiner Art. Er besaß nämlich noch die vollständige Passagierliste der Arche.

Die meisten wurden sofort aussortiert – Spinnen, Affen, Bären, Walfische, Walrosse, Schlangen. Schon bald war klar, dass die nächste Runde nur erreichen konnte, wer mit allen vier Beinen auf der Erde stand. Trotzdem blieb noch genug Konkurrenz übrig – Pferde, Tiger, ein Hirsch, dessen Geweih sich zum Wald verzweigte, ein Zebra, schwarzweiß wie Rede und Gegenrede. Der Elefant hätte die ganze Welt auf dem Rücken tragen können. Hunde und Katzen waren zu klein. Das Nilpferd zu unberechenbar. Die Giraffe mit einem Graffitimuster wie aus Puzzleteilen. Das Kamel wurde anderweitig gebraucht, genau wie die Rinder. Schließlich waren wir nur noch zu dritt: der Löwe, das Einhorn und ich.

Der Löwe sprach als Erster. Derzeitige Stellung: König der Tiere. Bisherige Erfahrung: Zusammenarbeit mit Herkules und Samson, außerdem mit Daniel in der Löwengrube. Besondere Stärken: besondere Stärke. Schwächen: keine bekannt.

Der Engel schrieb es nieder.

Dann sprach das Einhorn. Derzeitige Stellung: Fabeltier.

Bisherige Erfahrung: Auf Hebräisch heiße ich Re'em, das unzähmbare Wesen. Besondere Stärken: Geschick im Umgang mit Jungfrauen. Schwächen: neige zum Verschwinden.

Der Engel schrieb es nieder.

Nun war ich an der Reihe.

»Der macht sich doch zum Esel!«, raunte der Löwe.

Das tat ich. Denn das bin ich. Ein echter Esel. Derzeitige Stellung: Unteresel. Bisherige Erfahrung: Kleiner Unteresel. Besondere Stärken: kann alles tragen, egal wohin. Schwächen: nicht schön, nicht aus gutem Stall, nicht wichtig, nicht klug, unscheinbar, keine Preise …

Der Engel schrieb und schrieb und schrieb es nieder.

Dann stellte er uns die Stichfrage – ob wir mit einem Satz erklären könnten, weshalb wir uns für die Aufgabe am besten eigneten.

Der Löwe sprach als Erster. »Wenn er der König der Welt sein soll, muss er auch vom König der Tiere getragen werden.«

Das Einhorn sagte: »Wenn er das Geheimnis der Welt sein soll, muss er von dem Tier getragen werden, das von allen das geheimnisvollste ist.«

Ich sagte: »Wenn er die Last der Welt auf sich nehmen soll, muss er doch wohl von mir getragen werden.«

So kam es, dass ich, unter meinen Hufen den roten Sand, über meinem Kopf das schwarze Tuch des Himmels, auf meinem Rücken eine Frau, die vor Müdigkeit eingenickt war, gemächlich durch die Wüste nach dem kleinen Städtchen Bethlehem hintrottete.

Es war ein miefiges, muffiges, müffelndes Kaff, in dem es mächtig hoch herging: ein Poltern und Schimpfen, ein

Kungeln und Feilschen, weil jeder noch schnell seine Schäfchen ins Trockene bringen wollte, bevor der warme Regen wieder versiegte. Alle waren gekommen, um sich schätzen zu lassen, und weil sie für diese eine Nacht auch alle irgendwo unterkommen mussten, vermieteten sogar die Mäuse ihre Löcher; Reisende lugten aus Vogelnestern, mit Zweigen und alten Würmern im Bart, die Ameisenhügel waren ausgebucht, in jeden Bienenstock quetschten sich drei Familien, und ein Mann klopfte an den zugefrorenen See und bat die Fische um Obdach.

In und auf und unter allen Betten, Stühlen und Pfühlen, Fächern und Dächern und Nischen und Rüschen und Eckchen und Fleckchen und Ritzen und Schlitzen und Falten und Spalten und Schränken und Bänken – ein einziges Gehampel und Gestrampel.

Rechts und links neben dem Eingang der Herberge standen zwei große Tontöpfe. Weil ich als Esel natürlich nachsehen musste, ob sie nicht vielleicht etwas Fressbares enthielten, steckte ich den Kopf in einen davon. Sofort schoss ein stoppeliges Gesicht daraus hervor, um uns zu warnen, das Haus platze aus allen Nähten, seinem Bruder und ihm sei nichts anderes übriggeblieben, als die Ölbäume am Eingang auszuquartieren. Und richtig, auch aus dem anderen Tontopf schaute grimmig ein melonenrunder Kopf.

Mein Herr Josef war Optimist, er klopfte trotzdem an. Als die Tür aufging, purzelte uns der Junge entgegen, der im Briefkasten geschlafen hatte.

»Wir sind voll«, sagte der Wirt.

»Nur für mein Weib«, bat Josef. »Sie bringt heute Nacht einen Sohn zur Welt.«

»Dann aber unterm Sternenzelt.« Der Wirt wollte die Tür wieder zuschlagen, Josef stellte den Fuß in den Spalt. »Meinst du, ich mache Witze?«, sagte der Mann und zeigte nach oben, in die Balken des Vordachs, wo fünf Spinnen hockten und böse auf sechs Säuglinge in Hängematten hinabblickten. Deren Vater hatte sie ihnen aus Spinnennetzen geknüpft.

Josef wandte sich schon zum Gehen, da sagte der Wirt: »Ihr könnt ja mal hinterm Haus gucken, ob im Stall noch Platz ist.«

Die Tiere wussten, dass sich in dieser Nacht etwas Merkwürdiges zutragen würde. So etwas weiß man als Tier. Murmelnd unterhielten sie sich: Der Ochse hatte einen Stern gesehen, der immer heller wurde, das Kamel hatte von seinem Bruder, der im Dienst eines Königs stand, erfahren, dass Könige unterwegs nach Bethlehem seien.

Maria, Josef und ich zwängten uns in den überfüllten Stall. Es roch nach süßem, warmem Mist und trockenem Heu. Ich hatte Hunger.

Josef schob schnell ein paar Bündel Stroh zu einem Haufen zusammen und breitete eine Decke aus der Packtasche darüber. Dann ging er hinaus zum Brunnen, um seine lederne Trinkflasche zu füllen, und weil er ein freundlicher Mensch war, brachte er auch den dicht gedrängt stehenden Tieren Wasser mit.

Maria war froh über die Wärme der Tiere. Sie schlief ein.

Nachdem Josef mir den Sattel und die Packtaschen abgenommen hatte, ließ er mich zum Fressen in den Hof.

Die Nacht war eisig, klirrend, bitterkalt. Die Sterne glänzten wie Glocken. In den pechschwarzen Himmel war ein Neumond geritzt, und die Felder jenseits der Stadt waren sichtbar unter diesem Mond, aber nur wie der Traum eines Schlafenden, den ein Wacher nicht sehen kann.

»Heute Nacht passiert was«, sagte der Ochse. »Das spüre ich in den Schultern.«

»Ich kann es wittern«, sagte der Hund.

»Mir zucken die Schnurrhaare«, sagte die Katze. Die Stute stellte die Ohren auf und hob den Kopf. Ich fraß weiter, weil ich Hunger hatte.

Mit Eselseifer ins Fressen vertieft sah ich plötzlich ein Licht über meine Hufe huschen und über die zertrampelte, hart gefrorene Erde streichen, dass sie hell aufleuchtete.

Ich hob den Kopf: Die Rückwand der Herberge lag im Dunkeln, aber der Stall war in Glanz getaucht. Zwei golden gewandete Wesen saßen auf den losen Lehmziegeln des Dachfirsts, ihre Füße rein und weiß, ihr Haar wallend wie Wasser, jedes mit einer langen Posaune auf dem Rücken.

Über ihnen stand ein Stern, sein Schweif so dicht über dem Dach, dass ich glaubte, er würde es mittendurch schneiden und sein Licht in die wurmstichigen Balken gießen, bis Stall und Stern eins wären, Heu und Mist und eine andere Welt.

Nur Augenblicke später standen dampfend drei gestriegelte und mit Edelsteinen geschmückte Kamele im Hof. Auf ein Wort ließen sie sich auf die Knie nieder, die Könige stiegen ab und packten drei kostbare Kästchen aus.

In all dem Licht und der Aufregung trottete ich ruhig durch die kleine Tür und zwischen den anderen Tieren hindurch zu Josef, der bei Maria kniete. Er nahm meine Zügel in die Hand, und sie biss auf das Leder, auf allen vieren wie eine von uns.

Dann ein Rauschen wie von Wasser, etwas schrie wie das Leben selbst. Und es war Leben, blutig und geschunden, nass und in der Kälte dampfend wie unser Atem. Das Kind war da, das Gesichtchen verkniffen, die Augen geschlossen, Josefs Hand größer als sein Rücken, und plötzlich erschallten Posaunen, und die Vorderwand des Stalls flog heraus, und durch ein Loch im Dach sah ich die Füße der Engel, wie sie ihre Posaunen in den Himmel reckten und einen Anfang verkündeten oder ein Ende, was davon, weiß ich nicht, denn Anfang und Ende sind miteinander verwachsen und schwingen auf und zu, wie Fensterläden, wie Engelsflügel.

Ich hob den Kopf und schrie i-ah, i-ah. Das Dach war so niedrig und meine Nase so hoch, dass der Fuß eines Engels sie streiften, während ich den Posaunenschall mit meinem I-ah begleitete.

Die Könige kamen herein, auch wenn es eigentlich kein Herein mehr gab, nachdem das Innere des Stalls wie nach außen gewirbelt war. Vergangenheit und Zukunft umtosten uns wie ein Wind und über uns die Ewigkeit, wie Engel, wie ein Stern.

Die Könige knieten nieder, und der jüngste fing an zu weinen.

Dann traten vier Hirten ein, in Schaffelle und Schwaden von Schafseife gehüllt, und sie brachten einen Topf heiße Brühe mit Hammelfleisch, die sie in hölzerne Schüsseln schöpften, und Josef fütterte Maria, die sich an ihn lehnte, und das Kind unter ihrem Umhang ließ ihren Körper leuchten, heller als das Gold der Engel und das Silber der Sterne am Himmel. Das Kind überstrahlte alles.

Sie säuberten das Kind. Sie wickelten es in Windeln. Sie legten es in die Krippe.

Irgendwann in der Nacht schlich auf weichen Pfoten der Löwe herein und neigte das Haupt. Irgendwann in der Nacht berührte, durch einen Spalt in der Wand, nicht größer als ein Gedanke, das Einhorn das Kind mit seinem Horn.

Der Morgen kam, ein sich reckender und streckender, schniebender, schnaufender, schnobernder Morgen. Ich trottete zum Eingang der Herberge, wo die finsteren Melonenköpfe auf ihren Tontöpfen hockten und aus Blechtassen schlammigen Kaffee tranken. »Guck mal, was der Esel für eine Nase hat«, sagte der eine. »Was mag er wohl gefressen haben?«, der andere.

Als ich an meiner langen, samtenen Nase entlangschielte, konnte ich nichts Ungewöhnliches entdecken.

Ringsum erwachte die Stadt. Unter Händlern und Hirten, Kameltreibern und Geldwechslern sprach sich raunend herum, dass etwas Wundersames vor sich ging.

Der Wirt kam aus der Herberge. Er verbreitete die Nachricht als Erster: König Herodes würde Bethlehem besuchen. Was für eine Ehre, was für ein Kompliment, das also hatten der Stern und das wirre Gefasel des Säufers, der in dem leeren Weinfass schlief, zu bedeuten. Zwei Engel auf dem Dach des Stalls, hatte er gelallt. Der Wirt sah mich an: »Was hast du denn mit deiner Nase gemacht?«

Die drei Könige waren aufgebrochen, bevor der Morgen dämmerte, denn ein unruhiger Traum hatte sie geheißen, auf einem anderen Weg wieder heimwärts zu ziehen. Ich hatte sie davonreiten sehen, von ihren Dromedaren an den ersten Lagerfeuern der Hirten vorbeigetragen wie von einer Melodie.

Nichts kündete mehr von den Ereignissen der vergangenen Nacht, nur die drei Schatzkästchen, das Loch im Dach, wo die Engel am Rand der Zeit die Füße hatten baumeln lassen, und die aus den Angeln gesprengte Stalltür.

Josef bezahlte den Schaden mit einem Goldstück aus einem Kästchen und zeigte dem Wirt den neugeborenen Knaben; sie unterhielten sich über den Stern im Osten, und der Wirt gab dazu seine Meinung zum Besten und machte sich wichtig mit Herodes und irgendwelchem Narrengeschwätz über Engel, und dann kam ich wieder um die Ecke getrottet, mit der Nase voran. »Mich trifft der Schlag«, sagte Josef.

Was war passiert? Als der Fuß des Engels auf mir ruhte, hatte sich meine Nase golden gefärbt, so golden wie eine Posaune, die von einer anderen Welt kündet.

Wir warteten nicht auf Herodes. Wir machten uns auf den Weg nach Ägypten und sagten keinem, wohin wir wollten, und ich trug Maria und ihr Kind viele Tage und Nächte, bis sie in Sicherheit waren.

Manchmal, wenn es klirrend kalt und der Himmel klar ist und ich nach vollbrachtem Tagwerk halb schlafend, halb wachend im warmen Stall stehe, bilde ich mir ein, den Trichter und das lange Rohr einer Posaune zu sehen und einen Fuß, rein und weiß, der von den Sternen herabhängt, und ich erhebe die Stimme und schreie i-ah, i-ah, zur Erinnerung, aus Freude, als Mahnung, für den Zufall, für alles hier unten und für alles, was irgendwo verborgen ist. Für Heu und Mist und eine andere Welt.

ARTHUR CONAN DOYLE

Der blaue Karfunkel

Am zweiten Weihnachtstag besuchte ich morgens meinen Freund Sherlock Holmes, um ihm fröhliche Weihnachten zu wünschen. Er lag in einem purpurfarbenen Schlafrock auf der Couch; zu seiner Rechten stand leicht erreichbar ein Pfeifenständer, daneben lag ein Stoß zerfledderter Morgenzeitungen, die offenbar gerade gelesen worden waren. Neben der Couch stand ein Holzstuhl, an dessen Lehne ein sehr schäbiger, unansehnlicher, steifer Filzhut hing, der aufgrund seines hohen Alters an einigen Stellen gebrochen war. Vergrößerungsglas und Pinzette auf dem Stuhlsitz ließen vermuten, daß der Hut zu Untersuchungszwecken dorthin gehängt wurde.

»Sie sind beschäftigt«, sagte ich, »hoffentlich störe ich Sie nicht.«

»Überhaupt nicht. Ich bin froh, einen Freund zu haben, mit dem ich meine Resultate durchsprechen kann. Die Angelegenheit ist ganz alltäglich«, und er deutete mit dem Daumen in Richtung des alten Hutes, »aber in dem Zusammenhang gibt es ein paar Punkte, die nicht uninteressant sind.«

Ich setzte mich in einen Lehnstuhl und wärmte meine Hände über dem prasselnden Feuer. Ein heftiger Frost hatte eingesetzt, und die Fensterscheiben waren mit Eisblumen übersät. »Ich nehme an«, bemerkte ich, »so gewöhnlich der Hut auch aussieht, so ist er wohl doch mit einer todbringenden Geschichte verbunden – er ist der Faden, der Sie zur Lösung eines Rätsels und zur Bestrafung eines Verbrechens führen wird.«

»Nein, nein! Kein Verbrechen«, lachte Sherlock Holmes. »Nur eine dieser absonderlichen Nebensächlichkeiten, die zuweilen vorkommen, wenn vier Millionen Menschen auf einem auf einige Quadratmeilen beschränkten Raum Zusammenleben müssen. Bei der Interaktion einer so dichten Menschenmasse kann man jede nur denkbare Kombination von Ereignissen erwarten; viele kleine Probleme tauchen auf, die zwar verblüffend und bizarr, aber nicht kriminell sind. Wir haben diesbezüglich schon einige Erfahrungen gemacht.«

»Ja, sogar so viele«, erwiderte ich, »daß von den letzten sechs Fällen, die ich in meine Notizensammlung aufgenommen habe, drei in keiner Weise ein Verbrechen darstellen.«

»Genau. Sie spielen auf meinen Versuch an, die Photographie der Irene Adler zu bekommen, auf den einzigartigen Fall der Miss Mary Sutherland oder auf das Abenteuer mit dem Mann mit der Narbe. Nun, ich hege keinerlei Zweifel, daß diese kleine Angelegenheit in dieselbe harmlose Kategorie fallen wird. Sie kennen Peterson, den Hotelportier?«

»Ja.«

»Ihm gehört diese Trophäe.«

»Es ist also sein Hut.«

»Nein, nein, er hat ihn nur gefunden. Der Besitzer des Hutes ist nicht bekannt. Ich bitte Sie, einen Blick auf ihn zu werfen, ihn aber nicht als einen abgetragenen Filzhut, sondern als intellektuelles Problem zu sehen. Doch lassen Sie sich zuerst berichten, wie der Hut überhaupt hierherkam. Er tauchte zusammen mit einer prachtvollen, fetten Gans am Weihnachtsmorgen hier auf; die Gans brutzelt in diesem Augenblick ohne Zweifel bei Peterson daheim in der Röhre. Die Fakten lauten folgendermaßen: Am Weihnachtsmorgen gegen vier Uhr in der Frühe kehrte Peterson, der, wie Sie wissen, ein sehr ehrenwerter Mann ist, von einer kleinen Feier über die Tottenham Court Road nach Hause zurück. Im Lichtschein der Gaslaternen sah er einen ziemlich großen Mann, der etwas schwankte und eine weiße, tote Gans über seiner Schulter hängen hatte, vor sich hergehen. Als der Mann um die Ecke zur Goodge Street bog, brach ein Tumult zwischen diesem Fremden und einem kleinen Haufen Raufbolde aus. Einer dieser Raufbolde schlug dem Mann den Hut vom Kopf, worauf der zu seiner Verteidigung mit seinem Stock ausholte. Dabei zertrümmerte er eine hinter ihm gelegene Schaufensterscheibe. Peterson stürmte auf den Fremden zu, um ihn vor seinen Angreifern zu schützen, aber als der Mann, schon entsetzt über die zerbrochene Fensterscheibe, eine offiziellaussehende Person in Uniform auf sich zurennen sah, ließ er seine Gans fallen, ergriff die Flucht und verschwand im Labyrinth der kleinen Straßen, die von der Tottenham Court Road abgehen. Die Raufbolde machten sich beim Anblick Petersons auch davon, so daß er allein auf dem Schlachtfeld zurückblieb und die Kriegsbeute in Form eines zerbeulten Hutes und einer prachtvollen Weihnachtsgans an ihn fiel.«

»Er hat sie doch dem Eigentümer wieder zurückgegeben?«

»Mein Lieber, darin liegt das Problem. Es stimmt, daß eine kleine Karte mit ›Für Mrs. Henry Baker‹ in Druckbuchstaben ans linke Gänsebein gebunden war, und es stimmt auch, daß die Initialen ›H. B‹ deutlich im Hutfutter zu erkennen sind; aber da es in unserer Stadt einige Tausende Bakers und einige Hundert Henry Bakers gibt, wird es nicht einfach sein, das verlorene Eigentum dem Besitzer zurückzuerstatten.«

»Was tat Peterson also?«

»Er brachte beides, Hut und Gans, noch am selben Weihnachtsmorgen zu mir, weil er weiß, daß mich selbst die kleinsten Probleme interessieren. Die Gans haben wir bis heute morgen aufbewahrt, aber dann waren trotz des Frostes die ersten Anzeichen dafür zu erkennen, daß man gut daran täte, sie ohne weitere Verzögerung zu essen. Ihr Finder hat sie somit nach Hause genommen, damit das Tier seine eigentliche Aufgabe als Weihnachtsgans erfüllen kann. Ich aber bleibe weiterhin im Besitz des Hutes dieses unbekannten Gentleman, der so um sein Weihnachtsessen gekommen ist.«

»Hat er keine Anzeige aufgegeben?«

»Nein.«

»Haben Sie irgendwelche Hinweise auf seine Person?«

»Nur die, die wir logisch herleiten können.«

»Etwa aus seinem Hut?«

»Genau.«

»Sie machen Witze. Was können Sie diesem alten, abgetragenen Hut entnehmen?«

»Hier haben Sie mein Vergrößerungsglas. Sie kennen meine Methoden. Welche Schlüsse können Sie in bezug auf die Persönlichkeit des Mannes ziehen, der dieses Kleidungsstück getragen hat?«

Ich nahm den abgetragenen Gegenstand in die Hand und drehte ihn etwas hilflos zwischen den Fingern herum. Es war ein ganz gewöhnlicher, runder, schwarzer Hut, eine sogenannte Melone, allerdings recht mitgenommen. Der Hut war mit roter Seide gefüttert, die aber mittlerweile ziemlich verblichen war. Der Hutmachername fehlte, aber wie Holmes schon bemerkt hatte, waren die Initialen ›H. B.‹ auf der Innenseite eingezeichnet. Die Krempe war für ein zur Sicherung des Hutes dienendes Gummiband durchstochen worden, aber das Gummiband fehlte. Außerdem war der Hut voller Risse, Staub und Flecken, auch wenn der Besitzer den Versuch unternommen zu haben schien, die verblichenen Stellen mit Tinte zu überdecken.

»Ich kann nichts sehen«, sagte ich und gab den Hut meinem Freund zurück.

»Im Gegenteil, Watson, Sie können alles sehen, aber Sie können das Gesehene nicht auswerten. Sie sind zu ängstlich bei Ihren Schlußfolgerungen.«

»Bitte, dann sagen Sie, was Sie aus diesem Hut schließen können.«

Er nahm den Hut und betrachtete ihn in der seltsam konzentrierten Art, die so typisch für ihn war. »Vielleicht ist der Hut weniger informativ, als er sein könnte«, bemerkte er, »und doch gibt es einige Hinweise, die teils eindeutige, teils zumindest sehr wahrscheinliche Schlüsse zulassen. Es fällt natürlich sofort ins Auge, daß der Mann intelligent ist. Es muß ihm in den letzten drei Jahren materiell gut gegangen sein, doch jetzt ist er in eine Notlage geraten. Er war wohl früher vorsorglich, aber diese Vorsorglichkeit hat nachgelassen. Das deutet auf moralische Zerrüttung hin, die, zusammen mit der Verschlechterung seiner finanziellen Situation betrachtet, darauf schließen läßt, daß er einem Laster verfallen ist: vermutlich trinkt er. Das dürfte auch der Grund dafür sein, daß ihn seine Frau nicht mehr ›liebt.«

»Aber, mein lieber Holmes!«

»Er hat sich aber eine gewisse Selbstachtung erhalten«, fuhr Holmes fort, ohne meinen Einwand zu beachten. »Er ist ein Mann, der ein beschauliches Leben führt, selten ausgeht, körperlich nicht durchtrainiert und mittleren Alters ist, ergraute Haare hat, die er innerhalb der letzten Tage hat schneiden lassen und mit Brillantine eincremt. Das sind die mehr offensichtlichen Tatsachen, die man von dem Hut herleiten kann. Außerdem, nebenbei gesagt, ist es höchst unwahrscheinlich, daß er Gasbeleuchtung in seinem Haus hat.«

»Jetzt scherzen Sie sicherlich, Holmes.«

»Nicht im mindesten. Ist es möglich, daß Sie sogar jetzt, nachdem ich Ihnen meine Ergebnisse mitgeteilt habe, noch nicht fähig sind zu erkennen, wie ich sie gewann?«

»Ich bezweifle nicht, daß ich sehr dumm bin, aber ich muß gestehen, daß ich Ihnen nicht folgen kann. Zum Beispiel: Wie kamen Sie zu der Schlußfolgerung, daß der Mann intelligent ist?«

Statt einer Antwort setzte sich Holmes den Hut auf. Der Hut rutschte ihm über die Stirn und lag auf dem Nasenbein auf. »Es ist ein Frage des Volumens«, erklärte er, »ein Mann mit so einem großen Kopf muß darin auch etwas Verstand haben.«

»Und die finanziellen Schwierigkeiten?«

»Dieser Hut ist drei Jahre alt. Diese flachen, am Rand nach oben gebogenen Hutkrempen waren damals in Mode. Es ist ein Hut von bester Qualität. Schauen Sie sich das Ripsband und das exzellente seidene Innenfutter an. Wenn dieser Mann es sich vor drei Jahren leisten konnte, einen derart teuren Hut zu kaufen, es aber seitdem nicht mehr schaffte, diesen zu ersetzen, dann ist sein Glücksstern bestimmt gesunken.«

»Nun, das ist verständlich genug. Aber wie steht es mit der Vorsorglichkeit und der moralischen Zerrüttung?«

Sherlock Holmes lachte. »Hieran ist die Vorsorglichkeit zu erkennen«, erwiderte er und legte seinen Zeigefinger auf eine Öse, eine Haltevorrichtung für ein durchzuziehendes Gummiband zur Sicherung des Huts. »Hüte werden niemals mit einer solchen Vorrichtung verkauft. Wenn dieser Mann dafür Sorge trug, daß sich eine derartige Sicherheitsvorrichtung gegen Windstöße an seinem Hut befand, dann deutet das auf ein gewisses Maß an Vorsorglichkeit hin. Aber, wie wir sehen, seitdem das Gummiband gerissen ist, hat er sich nicht mehr die Mühe genommen, es zu ersetzen; offensichtlich ist er weniger vorsorglich als früher, das heißt, er hat an Charakter verloren. Auf der anderen Seite hat er sich bemüht, diese Flecken auf dem Hut zu verdecken, indem er sie mit Tinte überschmierte. Das ist wiederum ein Zeichen dafür, daß er seine Selbstachtung nicht völlig verloren hat.«

»Ihre Beweisführung klingt plausibel.«

»Die anderen Punkte, nämlich daß er mittleren Alters ist, ergraute Haare hat, die vor kurzem geschnitten worden sind, und daß er Brillantine benutzt, ergeben sich alle aus einer gründlichen Untersuchung des Hutfutters. Das Vergrößerungsglas offenbarte eine stattliche Anzahl durch die Schere eines Friseurs sauber abgeschnittene Haarspitzen. Sie blieben alle aneinander hängen, und es haftete ihnen ein deutlicher Geruch von Brillantine an. Wie Sie sehen, ist dieser Staub hier nicht grau und grobkörnig wie Straßenstaub, sondern braun und flaumig wie Hausstaub; also hängt dieser Hut die meiste Zeit im Haus. Die Feuchtigkeitsflecken auf dem Innenfutter beweisen, daß der Träger stark transpiriert und darum kaum in bester körperlicher Verfassung sein kann.«

»Aber seine Frau – Sie behaupten, daß sie aufgehört hat, ihn zu lieben.«

»Dieser Hut ist seit Wochen nicht mehr gebürstet worden. Wenn ich Sie so sehen würde, mein lieber Watson, mit einer einwöchigen Staubladung auf Ihrem Hut, und wenn Ihre Frau es Ihnen erlauben würde, so auszugehen, müßte ich befürchten, Sie hätten das Unglück gehabt, die Zuneigung Ihrer Frau zu verlieren.«

»Aber er könnte ja Junggeselle sein?«

»Nein, er brachte die Gans seiner Frau als Friedensangebot mit nach Hause. Erinnern Sie sich an die Karte am linken Gänsebein.«

»Sie haben auf alles eine Antwort. Aber woraus, um Himmels willen, schließen Sie, daß sich in seinem Haus keine Gasbeleuchtung befindet?«

»Ein oder zwei Talgflecken könnten zufällig auf dem Hut sein, aber ich habe nicht weniger als fünf entdeckt. Ich denke, es besteht kein Zweifel, daß der Mann häufig mit brennendem Talg in Kontakt kommt – höchstwahrscheinlich steigt er abends mit dem Hut in der einen Hand und einer tropfenden Kerze in der anderen die Treppe hinauf. Wie dem auch sei, er kann niemals Talgflecken von einer Gasflamme bekommen. Sind Sie nun zufriedengestellt?«

»Es hört sich sehr ausgeklügelt an«, sagte ich und lachte. »Aber da kein Verbrechen verübt worden ist, wie Sie gerade selbst sagten, und außer dem Verlust einer Gans kein Unrecht geschehen ist, scheint mir, daß Ihre Überlegungen reine Energieverschwendung sind.«

Sherlock Holmes öffnete den Mund, um mir zu antworten. In diesen Moment flog die Tür auf, und Peterson, der Hotelportier, stürzte mit geröteten Wangen und einem fassungslosen Gesichtsausdruck ins Zimmer.

»Die Gans, Mr. Holmes! Die Gans, Sir!« keuchte er.

»Hm? Was ist mit ihr? Ist sie von den Toten auferstanden und aus dem Küchenfenster davongeflogen?« Holmes drehte sich ein wenig auf der Couch um, um den aufgeregten Mann besser sehen zu können.

»Sehen Sie, Sir! Schauen Sie, was meine Frau im Kropf der Gans gefunden hat!« Er streckte seine Hand aus: In der Mitte seines Handtellers lag ein irisierender, blauer Stein, etwas kleiner als eine Bohne, aber von solcher Reinheit und solchem Glanz, daß er wie ein elektrischer Funke in der dunklen Höhlung der Hand aufblitzte.

Sherlock Holmes setzte sich mit einem Pfiff auf.

»Du lieber Gott, Peterson!« rief er. »Da haben Sie wirklich einen Schatz gehoben! Ich nehme an, Sie wissen, um was es sich handelt.«

»Um einen Diamanten, Sir? Einen Edelstein. Er durchschneidet Glas, wie wenn es Kitt wäre.«

»Ist das nicht der blaue Karfunkel der Gräfin Morcar?« stieß ich hervor.

»Genau! Ich sollte über seine Größe und seine Form informiert sein, denn ich habe die Verlustanzeige in den letzten Tagen in jeder Ausgabe der *Times* gelesen. Der Stein ist absolut einmalig, sein Wert kann nur geschätzt werden. Die ausgesetzte Belohnung von tausend Pfund entspricht sicherlich nicht einmal dem Zwanzigstel seines Marktpreises.«

»Tausend Pfund! Grundgütiger Gott!« Der Portier ließ sich in den Stuhl fallen und starrte uns einen um den anderen an.

»Das ist der Finderlohn. Ich weiß, daß die Gräfin aus sehr persönlichen Gründen bereit wäre, ihr halbes Vermögen zu opfern, um wieder in den Besitz dieses Steins zu gelangen.«

»Wenn ich mich recht erinnere, ist er im *Hotel Cosmopolitan* abhanden gekommen«, bemerkte ich.

»So ist es, am 22. Dezember, also vor fünf Tagen. John Horner, ein Klempner, wurde beschuldigt, ihn aus dem Schmuckkasten der Dame entwendet zu haben. Das Beweismaterial gegen ihn war so belastend, daß er bereits unter Anklage gestellt wurde. Ich glaube, hier habe ich einen Zeitungsartikel über diesen Vorfall.« Er wühlte in seinen Zeitungen, überflog flüchtig die Ausgabedaten, bis er zu guter Letzt die gewünschte fand. Er strich die Zeitung glatt, faltete sie auseinander und las folgenden Absatz vor:

»›Juwelen-Raub im *Hotel Cosmopolitan.* John Horner, 26 Jahre alt, Klempner, wird beschuldigt, am 22. diesen Monats einen wertvollen Edelstein, bekannt unter dem Namen ›Der blaue Karfunkels aus dem Schmuckkasten der Gräfin Morcar gestohlen zu haben. James Ryder, Hotelangestellter, gab zu Protokoll, daß er Horner am Tag des Raubes in das Ankleidezimmer der Gräfin Morcar geführt habe, wo er eine locker gewordene Eisenstange des Kamingitters reparieren sollte. Er blieb eine Zeitlang mit Horner dort, wurde aber dann weggerufen. Als er zurückkehrte, sah er, daß Horner verschwunden und der Schreibtisch gewaltsam geöffnet worden war. Ein kleines marokkanisches Schmuckkästchen, in dem, wie später verlautbar wurde, die Gräfin gewöhnlich ihren Stein aufbewahrte, lag leer auf dem Frisiertisch. Ryder alarmierte sofort die Polizei, und noch am selben Abend wurde Horner verhaftet. Aber der Stein konnte weder bei ihm noch in seiner Wohnung gefunden werden. Catherine Cusack, die Zofe der Gräfin, sagte aus, sie habe den entsetzten Schrei Ryders gehört, als dieser den Raub entdeckte, und sei sofort ins Zimmer geeilt, wo sie alles so vorfand, wie es der Zeuge Ryder beschrieben habe. Inspektor Bradstreet gab zu Protokoll, daß Horner sich bei seiner Verhaftung heftig zur Wehr gesetzt und seine Unschuld aufs energischste beteuert habe. Da der Verhaftete bereits wegen Raubes vorbestraft war, weigerte sich der Polizeirichter, sich näher mit dem Delikt zu beschäftigen, und leitete den Fall sofort ans Geschworenengericht weiter. Horner war während der Gerichtsverhandlung sehr erregt und wurde bei der Urteilsverkündung ohnmächtig, so daß man ihn aus dem Gerichtssaal tragen mußte.‹

Hm! So weit der Polizeibericht«, meinte Holmes gedankenverloren und warf die Zeitung zur Seite. »Es stellt sich jetzt für uns das Problem, den Ablauf der Ereignisse zu rekonstruieren, die von einem ausgeraubten Schmuckkästchen am einen Ende zum Kropf einer Gans in der Tottenham Court Road am anderen Ende führen. Sie sehen, Watson, unsere kleinen Schlußfolgerungen haben plötzlich einen viel gewichtigeren und weniger harmlosen Aspekt bekommen. Hier ist der Stein: der Stein tauchte aus der Gans auf, die Gans kam von Mr. Henry Baker, dem Herrn mit dem zerbeulten Hut und all den anderen Besonderheiten, mit denen ich Sie gelangweilt habe. Wir müssen uns jetzt ernsthaft darum bemühen, diesen Gentleman ausfindig zu machen und in Erfahrung zu bringen, was für eine Rolle er in diesem kleinen Rätsel spielt. Um das zu ermitteln, sollten wir zuerst den einfachsten Weg einschlagen: eine Anzeige in allen Abendzeitungen. Sollte das zu nichts führen, werde ich auf andere Methoden zurückgreifen müssen.«

»Wie lautet der Text der Anzeige?«

»Bitte geben Sie mir einen Bleistift und ein Blatt Papier. Also:

›Ecke Goodge Street eine Gans und einen schwarzen Filzhut gefunden. Der Besitzer, Mr. Henry Baker, wird gebeten, heute abend um 18.30 Uhr in die Baker Street, Nr. 221 B, zu kommen.‹

Das ist klar und deutlich.«

»Ja, aber wird er die Anzeige lesen?«

»Nun, er wird einen Blick auf die Zeitungen werfen,

denn für einen armen Mann ist das ein schwerer Verlust. Durch sein Pech mit der zerbrochenen Schaufensterscheibe und das Auftauchen Petersons war er so verstört, daß er nur noch an Flucht dachte. Aber seitdem hat er es sicherlich bitter bereut, seinen Vogel fallengelassen zu haben. Die Erwähnung seines Namens macht es außerdem noch wahrscheinlicher, daß er die Anzeige sieht, denn jeder, der ihn kennt, wird ihn darauf aufmerksam machen. Peterson, hier ist der Text der Anzeige, bitte gehen Sie damit zur Anzeigen-Agentur und sorgen Sie dafür, daß die Anzeige in den Abendzeitungen erscheint.«

»In welchen, Sir?«

»Oh, im *Globe, Star, Pall Mall, St. James's Gazette, Evening News, Standard, Echo* und allen anderen, die Ihnen noch einfallen.«

»Gern, Sir. Und was passiert mit dem Stein?«

»Ach ja, den werde ich verwahren. Vielen Dank! Und Peterson, ich meine, Sie sollten auf Ihrem Rückweg eine Gans kaufen und sie bei mir deponieren. Wir müssen doch dem Herrn die Gans ersetzen, die Sie jetzt mit Ihrer Familie verzehren.«

Als der Hotelportier gegangen war, nahm Holmes den Stein in die Hand und hielt ihn gegen das Licht. »Ein schönes Stück«, sagte er. »Schauen Sie nur, wie der Stein glitzert und funkelt. Natürlich ist er ein Quell des Verbrechens, das ist jeder schöne Edelstein. Juwelen sind die Lieblingsköder des Teufels. Bei größeren, älteren Steinen könnte jede Facette für eine Bluttat stehen. Dieser hier ist nicht älter als zwanzig Jahre. Er wurde am Ufer des Amoy-Flusses in Südchina gefunden und ist insofern bemerkenswert, als er jede der typischen Eigenschaften eines Karfunkels aufweist außer der Farbe: blau statt rubinrot. Obwohl er noch nicht sehr alt ist, besitzt er schon eine bewegte Lebensgeschichte. Zweieinhalb Gramm kristallisierter Kohlenstoff gaben Anlaß zu zwei Morden, einer Vitriolverätzung, einem Selbstmord und verschiedenen Raubüberfällen. Wer kann sich vorstellen, daß ein so schönes Spielzeug ein Lieferant für Galgen und Gefängnisse ist? Ich schließe ihn jetzt in meinem Geldschrank ein und benachrichtige die Gräfin, daß wir den Stein haben.«

»Glauben Sie, daß dieser Horner unschuldig ist?«

»Ich weiß es nicht.«

»*Oder* meinen Sie eher, daß dieser andere Mann, Henry Baker, etwas mit der Sache zu tun hat?«

»Höchstwahrscheinlich ist Henry Baker ein absolut unschuldiger Mann, der nicht die leiseste Ahnung gehabt hat, daß die Gans, die er mit sich trug, beträchtlich wertvoller war, als wenn sie aus purem Gold bestanden hätte. Das werde ich allerdings mit Hilfe eines ganz einfachen Tests feststellen können, sobald wir eine Antwort auf unsere Anzeige haben.«

»Und bis dahin können Sie nichts unternehmen?«

»Nichts.«

»In diesem Fall werde ich jetzt meinen beruflichen Verpflichtungen nachgehen und meine Krankenbesuche machen. Aber ich werde abends zu der von Ihnen angegebenen Zeit zurückkehren, denn ich möchte doch die Lösung dieser ausgesprochen verwickelten Angelegenheit erfahren.«

»Ich freue mich, wenn Sie kommen. Ich esse um sieben

zu Abend. Es stehen Waldschnepfen auf dem Speiseplan. In Anbetracht der letzten Ereignisse sollte ich Mrs. Hudson vielleicht bitten, vorher den Kropf zu überprüfen.«

Durch einen Krankheitsfall verspätete ich mich etwas und gelangte erst nach halb sieben in die Baker Street. Als ich mich dem Haus näherte, sah ich im hellen Schein der Lünette einen großen Mann davor stehen, der eine Schottenmütze und einen bis zum Kinn zugeknöpften Mantel trug. Just in dem Moment, da ich dort eintraf, öffnete sich die Tür, und wir wurden beide in Holmes' Zimmer geführt.

»Ich nehme an, Sie sind Mr. Henry Baker.« Holmes erhob sich aus einem Lehnsessel und begrüßte seinen Besucher mit jener lockeren, jovialen Art, die er so leicht annehmen konnte. »Bitte nehmen Sie doch am Feuer Platz, Mr. Baker. Es ist ein kalter Abend, und ich stelle fest, daß Ihr Kreislauf eher dem Sommer als dem Winter angepaßt ist. Ah, Watson, Sie kommen gerade zur rechten Zeit. Mr. Baker, ist das Ihr Hut?«

»Ja, Sir, das ist zweifellos mein Hut.«

Er war ein großer Mann mit runden Schultern, einem voluminösen Kopf und einem breiten intelligenten Gesicht, das von einem grau-braunen Spitzbart abgeschlossen wurde. Die leicht geröteten Nase und Wangen, das leichte Zittern der ausgestreckten Hand riefen in mir Holmes' Vermutungen in bezug auf seine Gewohnheiten ins Gedächtnis zurück. Sein verschossener, schwarzer Gehrock war bis oben hin zugeknöpft, der Kragen hochgeschlagen, und seine mageren Handgelenke ragten ohne Anzeichen für Manschetten oder Hemd aus den Ärmeln hervor. Er sprach mit einer leisen, stakkato-artigen Stimme, wählte seine Worte sorgfältig und machte insgesamt den Eindruck eines gebildeten und belesenen Mannes, dem das Schicksal übel mitgespielt hat.

»Wir haben diese Dinge ein paar Tage für Sie aufbewahrt«, sagte Holmes, »weil wir erwarteten, eine Annonce mit Adressenangabe von Ihnen in der Zeitung zu finden. Ich verstehe eigentlich nicht, warum Sie keine Verlustanzeige aufgegeben haben?«

Unser Besucher lachte etwas beschämt. »Geld ist bei mir nicht mehr in dem Maße vorhanden wie früher einmal«, erwiderte er. »Ich bezweifelte nicht, daß die Bande Raufbolde, die mich angriffen, beides, Gans und Hut, mitgenommen hatten. Ich wollte nicht noch gutes Geld in einen hoffnungslosen Versuch stecken, Hut und Vogel wiederzuerhalten.«

»Sehr verständlich. Übrigens, was die Gans betrifft: Wir waren gezwungen, sie zu verspeisen.«

»Zu verspeisen!« Aufgeregt sprang unser Besucher von seinem Stuhl auf.

»Ja, es wäre niemandem damit gedient gewesen, wenn wir sie hätten verderben lassen. Aber ich vermute, daß diese Gans dort auf der Anrichte etwa dem Gewicht der anderen entspricht; sie ist ganz frisch und wird hoffentlich ebenso nützlich für Sie sein.«

»Oh, gewiß, gewiß«, antwortete Mr. Baker mit einem Seufzer der Erleichterung.

»Wir haben natürlich noch die Federn, Beine und den Kropf Ihres Vogels, wenn Sie wünschen –«

Der Mann brach in aufrichtiges Gelächter aus. »Sie könnten mir höchstens als Erinnerungsstücke dienen«, sagte er, »aber abgesehen davon fällt mir wirklich kein sinnvoller Verwendungszweck für die *disjecta membra* meiner verstorbenen Bekannten ein. Nein, Sir, ich werde mit Ihrer Erlaubnis mein Interesse auf den prachtvollen Vogel beschränken, den ich auf der Anrichte erspähe.«

Sherlock Holmes warf mir einen bedeutsamen Blick zu und zuckte leicht mit den Schultern.

»Hier haben Sie Ihren Hut und Ihre Gans«, sagte er. »Übrigens, würde es Ihnen etwas ausmachen, mir zu verraten, wo Sie die andere Gans gekauft haben? Ich interessiere mich für Geflügelzucht, und ich meine, selten eine so gut gemästete Gans gesehen zu haben.«

»Selbstverständlich, Sir«, antwortete Baker. Er war aufgestanden und klemmte sich sein neu erworbenes Eigentum unter den Arm. »Einige von uns sind regelmäßig im *Alpha Inn* zu Gast, einem Pub in der Nähe des Museums – wir arbeiten im Museum, wissen Sie. Nun hat dieses Jahr unser Wirt, ein Mann namens Windigate, einen Gänseklub gegründet: Durch Einzahlung von ein paar Pence pro Woche in die Klubkasse sollten wir zu Weihnachten eine Gans erhalten. Ich habe meinen Anteil brav bezahlt; der Rest ist Ihnen bekannt. Sir, ich bin Ihnen sehr zu Dank verpflichtet, denn diese Schottenmütze entspricht weder meinem Alter noch meinem Status.« Er verbeugte sich mit komischer Würde vor uns und ging seines Wegs.

»Soweit Mr. Henry Baker«, meinte Holmes, als der Besucher die Tür hinter sich geschlossen hatte. »Es ist ziemlich sicher, daß er nichts von dieser Sache weiß. Sind Sie hungrig, Watson?«

»Nicht sehr.«

»Dann schlage ich vor, daß wir zu späterer Stunde essen und diese heiße Spur jetzt weiter verfolgen.«

»Auf alle Fälle!«

Es herrschte klirrende Kälte, so daß wir unsere Ulster überzogen und uns unsere Schals um den Hals schlangen. Draußen funkelten die Sterne kalt vom wolkenlosen Himmel herab, und der Atem der Passanten stieg auf wie Rauchwölkchen aus Pistolenmündungen. Unsere Schritte hallten laut und deutlich auf dem Pflaster wider; über meine Wohngegend, über die Wimpole Street, Harley Street und die Wigmore Street gelangten wir schließlich in die Oxford Street. Eine Viertelstunde später waren wir in Bloomsbury im *Alpha Inn,* einem kleinen Pub an der Ecke einer der Straßen, die nach Holborn führen. Holmes stieß die Eingangstür auf. Wir setzten uns an einen Tisch, und mein Freund bestellte zwei Gläser Bier beim rotgesichtigen Wirt, der eine weiße Schürze trug.

»Ihr Bier muß hervorragend sein, wenn es so gut ist wie Ihre Gänse«, bemerkte Holmes.

»Meine Gänse!« Der Mann schien überrascht.

»Ja. Ich habe etwa vor einer halben Stunde mit Henry Baker gesprochen, der ein Mitglied Ihres Gänseklubs ist.«

»Ach so, ich verstehe. Aber wissen Sie, Sir, das sind nicht *unsere* Gänse.«

»Tatsächlich? Woher kommen sie denn?«

»Nun, ich erhielt zwei Dutzend Gänse von einem Händler in Covent Garden.«

»Wirklich! Ich kenne einige von ihnen. Welcher war es?«

»Er heißt Breckinridge.«

»Oh, der ist mir kein Begriff. So, auf Ihre Gesundheit, Herr Wirt, und viel Glück für Ihr Geschäft. Gute Nacht!«

»Auf zu Mr. Breckinridge«, sagte Holmes und knöpfte seinen Mantel zu, als wir wieder in die frostige Nacht hinaustraten. »Vergessen Sie nicht, Watson, daß zwar so ein harmloses Ding wie eine Gans am einen Ende der Kette hängt, aber am anderen Ende ein Mann, der sicherlich zu sieben Jahren Zuchthaus verurteilt wird, wenn wir seine Unschuld nicht beweisen können. Es ist natürlich auch möglich, daß unsere Ermittlungen seine Schuld bestätigen. Aber auf jeden Fall befinden wir uns auf einer Fährte, die der Polizei unbekannt ist und uns nur durch einen einzigartigen Zufall in die Hände gespielt wurde. Lassen Sie sie uns bis zum bitteren Ende verfolgen. Also, Richtung Süden und vorwärts marsch!«

Wir gingen durch Holborn, die Endell Street entlang und dann durch ein Gewirr von schmutzigen Hintergassen zum Markt von Covent Garden. Auf einem der größten Verkaufsstände stand der Name BRECKINRIDGE. Der Inhaber, dem Aussehen nach ein Pferdenarr, mit scharfen Gesichtszügen und einem gepflegten Backenbart, war gerade dabei, einem Jungen beim Schließen der Rolläden zu helfen.

»Guten Abend. Kalt heute«, begann Holmes.

Der Händler nickte und sah meinen Freund fragend an.

»Ich stelle fest, daß die Gänse ausverkauft sind«, fuhr Holmes fort und zeigte auf die leere Marmorplatte.

»Morgen früh können Sie fünfhundert Stück haben.«

»Das hilft mir nicht weiter.«

»Nun, es gibt noch welche dort an dem Stand mit der Gasbeleuchtung.«

»Oh, Sie sind mir aber empfohlen worden.«

»Wer hat mich empfohlen?«

»Der Wirt des *Alpha Inn.*«

»O ja, ich schickte ihm zwei Dutzend zu.«

»Wirklich prächtige Vögel. Von wem beziehen Sie sie denn?«

Zu meinem Erstaunen löste diese Frage einen Wutausbruch des Händlers aus.

»So, Mister«, schnaubte er, legte den Kopf schräg und stemmte die Arme in die Seiten, »worauf wollen Sie hinaus? Kommen Sie zur Sache, sofort.«

»Ganz einfach: ich möchte gerne wissen, wer Ihnen die Gänse verkauft hat, die Sie ans *Alpha Inn* geliefert haben.«

»*So,* aber das verrate ich Ihnen nicht. Punktum.«

»Nun gut, es nichts von Bedeutung. Aber ich verstehe nicht, warum Sie sich über eine so belanglose Frage so aufregen können.«

»Aufregen! Sie würden sich auch aufregen, wenn Sie so belästigt würden wie ich. Wenn ich für gute Ware gutes Geld bezahle, sollte damit das Geschäft beendet sein. Aber nein, andauernd die Fragen ›Wo sind die Gänse?‹ und ›An wen haben Sie die Gänse verkauft?‹ und ›Was wollen Sie für die Gänse?‹. Man könnte glauben, es gäbe nur diese Gänse auf der Welt, wenn man sieht, was für ein Aufhebens um diese Gänse gemacht wird.«

»Ich stehe in keinerlei Verbindung zu den anderen Leuten, die Ihnen diese Fragen gestellt haben«, erwiderte Holmes unbekümmert. »Wenn Sie es uns nicht verraten wollen, gilt die Wette eben nicht, das ist alles. Aber ich verstehe etwas von Geflügel, und deshalb habe ich einen

Fünfer gewettet, daß die Gans, die ich gegessen habe, auf dem Land gezüchtet worden ist.«

»Nun, dann haben Sie Ihren Fünfer verloren, die Gans stammt aus einer Zucht in der Stadt«, schnauzte der Händler.

»Das kann nicht sein.«

»Wenn ich es aber sage.«

»Ich glaube Ihnen nicht.«

»Bilden Sie sich etwa ein, mehr von Geflügel zu verstehen als ich, der seit seiner frühesten Jugend damit handelt? Ich sage Ihnen, alle Gänse, die ans *Alpha Inn* geliefert wurden, kamen aus einer Zucht in der Stadt.«

»Sie werden mich nicht überzeugen. Ich glaube es nicht.«

»Wollen wir wetten?«

»Damit würde ich Ihnen nur das Geld aus der Tasche ziehen, denn ich weiß, daß ich recht habe. Aber ich werde einen Sovereign setzen, um Ihnen zu zeigen, daß man nicht so halsstarrig sein soll.«

Der Händler lachte grimmig. »Bill, bring mir die Bücher!« rief er.

Der Bursche brachte ein kleines, dünnes Heft und ein großes Buch voller Fettflecke und legte beides unter die Lampe.

»So, Sie Besserwisser«, begann der Händler, »ich dachte, ich hätte alle Gänse verkauft, aber es scheint noch eine im Laden zu sein. Sehen Sie dieses kleine Heft?«

»Ja?«

»Das ist das Verzeichnis meiner Lieferanten. Sehen Sie? Hier, auf dieser Seite, stehen die Züchter auf dem Land, und die Zahlen hinter ihren Namen geben an, wo sich ihre

Konten in dem Kassabuch finden lassen. Gut. Sehen Sie diese andere Seite, mit der roten Tinte? Das ist die Liste der Züchter in der Stadt. Jetzt achten Sie auf den dritten Namen von oben. Lesen Sie ihn mir vor.«

»Mrs. Oakshott, 117 Brixton Road – 249«, las Holmes vor.

»Richtig! Jetzt schlagen Sie das im Kassabuch auf.«

Holmes schlug die angegebene Seite auf. »Hier, Mrs. Oakshott, 117 Brixton Road, Eier- und Geflügellieferantin.«

»Wann war die letzte Eintragung?«

»Am 22. Dezember. 24 Gänse zu sieben Shilling und sechs Pence das Stück.«

»Richtig. Und was steht darunter?«

»Verkauft an Mr. Windigate, Wirt vom *Alpha Inn*, zu je zwölf Shilling.«

»Und was sagen Sie jetzt?«

Sherlock Holmes schaute äußerst zerknirscht drein. Er zog einen Sovereign aus seiner Tasche, warf ihn auf die Marmorplatte und wandte sich mit dem Gesicht eines Mannes ab, dessen tiefer Widerwillen sich nicht in Worte fassen läßt. Nach ein paar Schritten blieb er lautlos in sich hineinlachend unter einer Laterne stehen.

»Wenn Sie einen Mann mit einem so geschnittenen Backenbart sehen, dem ein Rennprogramm aus der Tasche ragt, können Sie ihn immer mit seiner Wettlust erwischen«, sagte er. »Wenn ich hundert Pfund vor diesen Mann hingelegt hätte, hätte ich keine so umfassende Information von ihm erhalten, wie dadurch, daß ich ihn glauben ließ, er könne gegen mich eine Wette gewinnen. Nun, Watson, ich glaube wir nähern uns dem Ende unserer Ermittlungen; im Moment müssen wir uns nur entscheiden, ob wir noch heute abend zu Mrs. Oakshott gehen oder ob wir es uns bis morgen aufsparen sollen. Nach dem, was dieser mürrische Herr sagte, sind offenbar noch andere außer uns an der Sache interessiert, und ich möchte –«

Seine Überlegungen wurden plötzlich von lautem Geschrei unterbrochen, das aus dem Verkaufsstand ertönte, den wir gerade verlassen hatten. Wir drehten uns um und sahen im Lichtkegel der schaukelnden Lampe einen kleinen Mann mit einem Rattengesicht; vor ihm stand Breckinridge, der Händler, und schüttelte wütend seine Fäuste gegen die sich duckende Gestalt.

»Jetzt habe ich aber genug von Ihnen und Ihren Gänsen«, brüllte er. »Ich wünsche euch alle zusammen zum Teufel! Wenn Sie mich noch einmal mit Ihrem dummen Gerede belästigen, hetze ich den Hund auf Sie. Bringen Sie mir Mrs. Oakshott hierher, und ich werde ihr Rede und Antwort stehen. Aber was haben Sie damit zu tun? Habe ich die Gänse etwa von Ihnen gekauft?«

»Nein, aber eine von ihnen gehörte mir«, jammerte der kleine Mann.

»Dann fragen Sie Mrs. Oakshott nach der Gans.«

»Sie sagte mir, ich solle Sie fragen.«

»Sie können meinetwegen den Kaiser von China fragen. Ich habe genug von Ihnen. Scheren Sie sich zum Teufel!« Er machte wütend einen Schritt nach vorn, und der Mann floh in die Dunkelheit.

»Ha, das könnte uns den Besuch in der Brixton Road ersparen«, flüsterte Holmes. »Kommen Sie mit, wir wollen einmal nachsehen, was es mit diesem Burschen auf sich hat.« Mit großen Schritten bahnte er sich einen Weg durch die verschiedenen Menschengrüppchen, die noch vor den beleuchteten Verkaufsständen herumlungerten, holte den kleinen Mann rasch ein und klopfte ihm auf die Schulter. Der drehte sich erschrocken um, und im Gaslicht sah ich, daß er kreidebleich wurde.

»Wer sind Sie? Was wollen Sie?« fragte er mit zitternder Stimme.

»Entschuldigen Sie bitte«, antwortete Holmes freundlich, »ich konnte nicht umhin, Ihre Fragen an den Händler mit anzuhören. Ich glaube, ich könnte Ihnen behilflich sein.«

»Sie? Wer sind Sie? Was können Sie von der Angelegenheit wissen?«

»Mein Name ist Sherlock Holmes. Es ist mein Beruf zu wissen, was andere Leute nicht wissen.«

»Aber von dieser Angelegenheit wissen Sie doch nichts?«

»Entschuldigen Sie, aber ich weiß alles darüber. Sie bemühen sich, einige Gänse aufzuspüren, die von Mrs. Oakshott in der Brixton Road an einen Händler namens Breckinridge verkauft worden sind, der sie wiederum an Mr. Windigate, dem Wirt vom *Alpha Inn,* lieferte. Mr. Windigate schließlich händigte sie seinem Gänseklub aus, dessen Mitglied Henry Baker ist.«

»Oh, Sir, Sie sind genau der Mann, nach dem ich gesucht habe«, rief der kleine Mann mit ausgestreckten Händen und zitternden Fingern. »Ich kann Ihnen gar nicht sagen, wie interessiert ich an der Sache bin.«

Sherlock Holmes winkte eine an uns vorüberfahrende

Droschke heran. »In diesem Fall sollten wir uns besser in einem gemütlichen Raum als auf einem windigen Marktplatz unterhalten. Aber bitte, bevor wir gehen, wem habe ich das Vergnügen helfen zu können?«

Der Mann zögerte einen Augenblick. »Mein Name ist John Robinson«, antwortete er mit einem Seitenblick.

»Nein, nein, bitte Ihren richtigen Namen«, sagte Holmes betont freundlich. »Es ist immer so unangenehm, mit einem Alias Geschäfte zu tätigen.«

Die aschfahlen Wangen des Fremden röteten sich leicht. »Mein richtiger Name ist James Ryder.«

»Richtig, der Angestellte aus dem *Hotel Cosmopolitan.* Steigen Sie doch bitte in die Droschke ein. Ich werde Ihnen bald alles erzählen können, was Sie wissen möchten.«

Der kleine Mann blickte vom einen zum anderen mit einem halb erschrockenen, halb hoffnungsvollen Blick, wie jemand, der nicht weiß, ob er sich am Rand eines unerwarteten Glücksfalls oder am Rand einer Katastrophe befindet. Er stieg in den Wagen, und eine halbe Stunde später saßen wir im Wohnzimmer in der Baker Street. Während der Fahrt wurde nicht gesprochen, aber die schnelle, flache Atmung unseres neuen Gefährten und die unruhigen Hände sprachen für seine Nervosität.

»So, da wären wir!« erklärte Holmes fröhlich, als wir den Raum betraten. »Ein Kaminfeuer ist in dieser Jahreszeit wirklich sehr angebracht. Mr. Ryder, Sie sehen so verfroren aus. Nehmen Sie doch bitte im Korbstuhl Platz. Ich ziehe mir nur noch meine Hausschuhe an, bevor wir zu Ihrem kleinen Anliegen kommen. So! Sie möchten gerne wissen, was aus den Gänsen geworden ist?«

»Ja, Sir.«

»Oder vielleicht aus der einen Gans. Ich glaube, es ist nur ein Vogel, an dem Sie besonders interessiert sind – weiß, mit einem schwarzen Streifen auf dem Schwanz.«

Ryder zitterte vor Erregung. »Oh, Sir«, rief er, »wissen Sie etwa, wohin sie gelangte?«

»Ja, hierher.«

»Hierher?«

»Ja, und es zeigte sich, daß sie eine äußerst beachtliche Gans war. Ich wundere mich nicht, daß Sie an ihr interessiert sind. Sie legte noch ein Ei, nachdem sie schon tot war – das schönste, leuchtendste kleine blaue Ei, das ich je gesehen habe. Ich habe es hier in meine Sammlung aufgenommen.«

Unser Besucher erhob sich schwankend und ergriff mit seiner rechten Hand den Kaminsims. Holmes schloß seinen Safe auf und hielt den blauen Karfunkel in die Höhe, der sein kaltes, funkelndes Licht wie ein Stern rundum erstrahlen ließ. Ryder stierte ihn mit einem verzerrten Gesichtsausdruck an, unsicher, ob er seinen Anspruch darauf geltend machen sollte oder nicht.

»Das Spiel ist aus, Ryder«, sagte Holmes ruhig. »Halten Sie sich fest oder Sie werden ins Feuer fallen. Watson, helfen Sie ihm in seinen Stuhl zurück. Er ist nicht kaltblütig genug, um ein schweres Kapitalverbrechen straffrei verüben zu können. Geben Sie ihm einen Schluck Brandy! So, nun sieht er schon etwas menschlicher aus. Was für ein Schwächling, wirklich!«

Einen Moment lang taumelte Ryder und wäre beinahe hingefallen, aber der Brandy brachte wieder etwas Farbe in seine Wangen, und er saß mit starrem und erschrockenem Blick seinem Ankläger gegenüber.

»Ich habe fast den lückenlosen Ablauf der Ereignisse beisammen, und alle Beweise, die ich benötige. Es gibt also nur wenig, was Sie mir noch erzählen müssen. Aber dieses Wenige könnten wir auch noch klären, um den Fall abzurunden. Sie hatten vom blauen Stein der Gräfin Morcar gehört, Ryder?«

»Catherine Cusack hatte mir davon erzählt«, antwortete er mit gebrochener Stimme.

»Aha, die Zofe der Gräfin? Nun, der Versuchung, so leicht in einen plötzlichen Wohlstand zu gelangen, konnten Sie nicht widerstehen; schon bessere Männer als Sie sind dieser Versuchung erlegen. Aber Sie waren nicht skrupellos genug. Trotzdem scheint es mir, Ryder, daß in Ihnen ein großer Schuft steckt. Sie wußten, daß dieser Mann Horner, der Klempner, schon einmal in eine ähnliche Angelegenheit verwickelt war und daß der Verdacht sofort auf ihn fallen würde. Was taten Sie? Sie verursachten einen kleinen Schaden im Ankleidezimmer der Gräfin – Sie und Ihre Komplizin Cusack – und arrangierten es so, daß ausgerechnet Horner zum Reparieren geholt wurde. Dann, nachdem Horner gegangen war, plünderten Sie den Schmuckkasten, schlugen Alarm, und dieser unglückselige Mann wurde festgenommen. Sie haben dann –«

Ryder warf sich plötzlich auf den Teppich nieder und umfaßte die Beine meines Freundes. »Um Himmels willen, lassen Sie Gnade walten!« stieß er schrill hervor. »Denken Sie an meinen Vater! An meine Mutter! Es würde ihnen das Herz brechen. Ich habe bisher noch nie in meinem Leben etwas Unrechtes getan! Ich will es nicht wieder tun. Ich schwöre es. Ich schwöre es bei Gott. Oh, bringen Sie den Fall nicht vor Gericht! Um Gottes willen, bitte nicht!«

»Setzen Sie sich wieder auf Ihren Stuhl!« befahl Holmes streng. »Es ist sehr einfach, jetzt zu flehen und auf dem Boden zu kriechen, aber Sie haben kaum einen Gedanken an diesen armen Horner verschwendet, der für ein Verbrechen auf der Anklagebank sitzt, von dem er nichts weiß.«

»Ich werde fliehen, Mr. Holmes. Ich werde das Land verlassen, Sir. Damit würde der Verdacht von ihm genommen.«

»Hm! Wir werden noch darauf zurückkommen. Und jetzt lassen Sie uns den wahren Sachverhalt im nächsten Akt des Dramas wissen. Wie gelangte der Stein in den Schlund der Gans? Und wie kam es dazu, daß die Gans zum Verkauf feilgeboten wurde? Sagen Sie uns die Wahrheit, darin liegt Ihre einzige Chance.«

Ryder befeuchtete seine trockenen Lippen. »Ich werde Ihnen genau berichten, wie es geschehen ist, Sir«, sagte er. »Als Horner verhaftet wurde, dachte ich, daß es das Beste wäre, den Stein verschwinden zu lassen. Denn ich wußte ja nicht, in welchem Moment es der Polizei nicht doch einfallen könnte, mich und mein Zimmer zu durchsuchen. Im Hotel existierte kein sicheres Versteck. So verließ ich das Hotel, als ob ich etwas Berufliches zu erledigen hätte, und begab mich direkt zu meiner Schwester. Sie hat einen Mann namens Oakshott geheiratet und lebt in der Brixton Road, wo sie Geflügel für den Verkauf mästet. Auf dem Weg dorthin meinte ich, daß jeder, dem ich begegnete, ein Polizist oder ein Detektiv wäre. Obwohl es ein kalter Abend war, brach mir der Schweiß aus, bevor ich noch in die Brixton

Road kam. Meine Schwester fragte mich, warum ich so blaß wäre. Ich erzählte ihr, daß ich so aufgeregt wäre wegen eines Juwelenraubs im Hotel. Dann betrat ich den Hinterhof, rauchte eine Pfeife und überlegte, was am besten zu tun wäre.

Ich hatte einmal einen Freund namens Maudsley, der auf die schiefe Bahn geraten war und seine Zeit im Gefängnis von Pentonville gerade abgesessen hatte. Eines Tages war ich ihm zufällig begegnet, und wir kamen auf die Methoden von Dieben zu sprechen, wie sie ihr Diebesgut loswerden können. Ich wußte, daß ich mich auf ihn verlassen konnte, weil ich ein, zwei Geheimnisse von ihm kannte. So entschloß ich mich, sofort zu ihm nach Kilburn zu fahren und ihn ins Vertrauen zu ziehen. Er würde mir den Weg zeigen, wie man diesen Stein zu Geld macht. Aber wie konnte ich den Stein sicher zu ihm nach Kilburn bringen? Ich erinnerte mich an die Ängste, die ich durchgestanden hatte, als ich vom Hotel zu meiner Schwester lief. Jeden Moment könnte ich gefaßt und durchsucht werden, und dann wäre der Stein in meiner Westentasche! Ich lehnte mich gegen die Mauer und schaute auf die vor mir herumwatschelnden Gänse. Plötzlich schoß mir eine Idee durch den Kopf, mit der ich den besten Detektiv der Welt überlisten konnte.

Meine Schwester hatte mir vor einigen Wochen angeboten, daß ich mir als Weihnachtsgeschenk eine ihrer Gänse auswählen dürfte. Ich wußte, daß sie Wort halten würde. Ich beschloß, die Gans jetzt zu nehmen und den Stein in ihr nach Kilburn zu transportieren. Auf dem Hof stand ein kleiner Schuppen. Hinter diesen trieb ich eine der Gänse, ein prachtvolles, großes, weißes Tier mit einem schwarzen

Streifen auf dem Schwanz. Ich schnappte sie mir, zwängte ihren Schnabel auf und steckte ihr den Stein so weit in den Hals hinunter, wie ich nur mit den Fingern reichen konnte. Der Vogel schluckte den Stein, und ich fühlte ihn die Speiseröhre bis zum Kropf hinabrutschen. Aber das Tier wehrte sich und schlug mit den Flügeln, so daß meine Schwester herauskam, um sich nach dem Anlaß der Unruhe zu erkundigen. Als ich mich umdrehte, um mit ihr zu reden, befreite sich das Vieh und flatterte eiligst zu den anderen zurück.

›Was hast du mit dem Vogel gemacht, Jem?‹ fragte sie.

›Nun‹, antwortete ich, ›du hast mir eine Gans zu Weihnachten versprochen, und ich fühlte jetzt, welches die fetteste sei.‹

›Oh‹, erwiderte sie, ›wir haben dir schon eine reserviert. Wir nennen sie immer Jems Vogel. Es ist die große, weiße Gans dort drüben. Wir haben sechsundzwanzig Stück; eine für dich, eine für uns und zwei Dutzend für den Markt.‹

Wielen Dank, Maggi‹, sagte ich, ›aber wenn es dir recht ist, würde ich gern die haben, die ich grade in der Hand hatte.‹

›Die andere ist aber um gut drei Pfund schweren, meinte sie, ›und wir haben sie extra für dich gemästet.‹

›Macht nichts! Ich möchte die andere haben und sie jetzt mitnehmen.‹

›Wie du meinst‹, sagte sie etwas beleidigt. ›Welche willst du denn?‹

›Die weiße mit dem schwarzen Streifen auf dem Schwanz, da rechts mitten in der Schar. ‹

›In Ordnung! Schlachte sie und nimm sie mit.‹

Nun, ich tat, wie mir geheißen wurde, Mr. Holmes, und

trug den Vogel nach Kilburn. Ich erzählte meinem Freund, was ich getan hatte, denn ihm gegenüber brauchte ich mich nicht zu genieren. Er lachte sich halbtot. Wir griffen nach einem Messer und nahmen die Gans aus. Mein Herz blieb stehen, als wir keinen Stein fanden und mir klar wurde, daß mir ein schrecklicher Fehler unterlaufen war. Ich ließ die Gans Gans sein, rannte eiligst zu meiner Schwester zurück und stürzte auf den Hinterhof. Dort war keine Gans mehr zu sehen.

›Wo sind denn die Gänse, Maggi?‹ schrie ich.

›Beim Händler.‹

›Bei welchem Händler,‹

›Breckinridge, in Covent Garden.‹

›Gab es noch eine andere Gans mit einem schwarzen Streifen auf dem Schwanz?‹ fragte ich. ›Das heißt, eine ähnliche wie die, die ich ausgewählt habe?‹

›Ja, Jem, es gab zwei Gänse mit gestreiften Schwänzen, und ich konnte sie auch nie auseinanderhalten.‹

Natürlich erklärte diese Auskunft alles, und ich rannte, so schnell ich konnte, zu diesem Händler Breckinridge. Aber er hatte die ganze Lieferung auf einmal verkauft, und mit keinem einzigen Wort wollte er mir verraten, wo sie hingewandert waren. Sie haben ihn heute abend selbst gehört. In dieser Art hat er mir jedesmal geantwortet. Meine Schwester glaubt, daß ich langsam verrückt werde. Manchmal glaube ich das selbst. Und jetzt – jetzt bin ich als Dieb gezeichnet, ohne je etwas von dem Reichtum gehabt zu haben, für den ich meinen Charakter verkauft habe. Gott, hilf mir! Gott, hilf mir!« Er brach in heftiges Schluchzen aus und schlug die Hände vors Gesicht.

Es folgte eine lange Pause, in der nur sein schwerer Atem und das Trommeln von Sherlock Holmes' Fingerspitzen auf der Tischplatte zu hören waren. Dann erhob sich mein Freund und riß die Tür auf.

»Hinaus!« sagte er.

»Was, Sir! Der Himmel segne Sie!«

»Kein Wort mehr! Raus!«

Es waren keine Worte mehr nötig. Er eilte hinaus, polterte die Treppe hinunter, schlug die Tür hinter sich zu und rannte schnellen Fußes auf der Straße davon.

»Schließlich, Watson«, meinte Holmes, während er nach seiner Tonpfeife griff, »bin ich nicht verpflichtet, die Fehler der Polizei auszubügeln. Wenn Horner Gefahr gedroht hätte, wäre es eine andere Sache, aber dieser Bursche wird nicht gegen ihn aussagen, und so muß der Fall ad acta gelegt werden. Ich vermute, daß ich gesetzwidrig handle, aber es ist möglich, daß ich damit eine Seele rette. Dieser Mann wird nie mehr vom rechten Pfad abkommen. Er ist zu erschrocken. Schicken Sie ihn jetzt ins Gefängnis, und er bleibt für immer ein Krimineller. Außerdem haben wir gerade die Zeit der Vergebung. Der Zufall hat uns ein einzigartiges, wunderliches Rätsel aufgegeben, und die Lösung ist unsere schönste Belohnung. Seien Sie so freundlich und klingeln Sie, Doktor, wir werden mit einer anderen Ermittlung beginnen, in der ebenfalls ein Vogel die Hauptrolle spielen wird.«

HORST EVERS

Die schönsten Weihnachtsmärkte der Welt

Prolog

Im Laufe der letzten zehn Jahre habe ich grob geschätzt circa achtzig Weihnachtsmärkte im gesamten deutschsprachigen Raum besucht. Es gibt wohl, wenn überhaupt, nur wenige Menschen, die so viele verschiedene Weihnachtsmärkte besichtigen konnten und noch in der Lage und vor allen Dingen auch willens sind, über das Erlebte Zeugnis abzulegen. Tatsächlich konnte ich mittlerweile feststellen, dass Weihnachtsmärkte generell eine relativ ähnliche innere Ordnung haben. Die Kenntnis dieses grundsätzlichen strukturellen Aufbaus der Weihnachtsmärkte ermöglicht es mir, mich selbst auf den größten und unübersichtlichsten Weihnachtsmärkten sehr schnell und sicher zurechtzufinden. Das ist eine schöne Fähigkeit und ein wirklich nicht zu unterschätzender Vorteil. Selbst auf dem weltweit wohl größten und berühmtesten Weihnachtsmarkt, dem Christkindlesmarkt in Nürnberg, erkenne ich praktisch auf den ersten Blick die genaue Position und auch den schnellsten Weg zu den Toiletten. Das ist eine sehr wichtige, bedeutsame Information. Wie bedeutsam, wird in vollem Umfang spätestens nach Einbruch der Dunkelheit klar, wo man sich immer wieder wünscht, alle Besucher des Christkindlesmarktes hätten auf einen Blick oder zumindest doch ausreichend schnell erkannt, wo hier die Toiletten sind.

Schon dieses kleine Beispiel lässt erahnen: Auch bei Weihnachtsmärkten gilt, wie wohl bei allem im Leben: Wo viel Licht ist, da ist auch Schatten. Und leider irrt Bertolt Brecht, wenn er behauptet, die im Dunkeln sähe man nicht. Auf Weihnachtsmärkten oder am Rande der Weihnachtsmärkte sieht man sie sehr wohl, und nicht immer ist es ein Anblick, der das Leben oder den Abend wirklich bereichert.

Doch möchte ich lieber von der leuchtenden Pracht der Weihnachtsmärkte berichten. Dem Besonderen, denn jeder Weihnachtsmarkt hat seine ganz eigene, exklusive Note, häufig sogar eine Spezialität, für die er in der ganzen Welt berühmt ist: In Nürnberg gibt es die Lebkuchen, in Dresden den Stollen, in Chemnitz die Schnitzereien, in Aachen die Printen und in Spandau auf die Fresse. Aber auch die kleineren Weihnachtsmärkte haben durchaus ihre Spezialitäten …

Die schönsten Weihnachtsmärkte der Welt
Folge 53: Die Weihnachtswurst von Nordenham

Auf dem Weihnachtsmarkt von Nordenham gibt es genau drei Buden. Rosis Glühweinstation, Ewalds Original Berliner Waffeln und Wurst-Didi. An der Bude von Wurst-Didi hängt eine Werbetafel: »Was wäre Weihnachten ohne die Weihnachtswurst von Wurst-Didi?« Das ist eine wirklich gute Frage. Da habe ich so noch gar nicht drüber nachgedacht.

Die Weihnachtswurst von Wurst-Didi ist im Prinzip eine ganz normale Currywurst, nur dass über den Ketchup dann nochmal zwei bis drei gehäufte Esslöffel Lebkuchengewürz, Zimt und wohl auch so etwas wie Goldstaub gestreut werden. Doch zurück zur Ursprungsfrage: Was also wäre Weihnachten ohne die Weihnachtswurst von Wurst-Didi? Ein kleines bisschen schöner, denke ich.

Eigentlich wollte ich gar keine Wurst, ich hatte Pommes bestellt, aber Wurst-Didi konnte mich nicht verstehen, weil es neben den drei Buden noch eine vierte Attraktion auf dem Nordenhamer Weihnachtsmarkt gibt: Die Kunsteisbahn oder, genauer gesagt, das Eislaufzelt, das von einem kleinen, verbitterten, luftgetrockneten Mann betrieben wird, der offensichtlich Weihnachten oder Nordenham oder beides oder sogar die ganze Welt hasst. Zumindest dröhnt aus seinen bis zum Anschlag aufgedrehten Boxen ununterbrochen Musik von der Gruppe Scooter, eben in einer Lautstärke, die jegliche Kommunikation bis weit über den Marktplatz hinaus unmöglich macht und die letztlich auch dazu führt, dass ich jetzt Wurst-Didis Weihnachtswurst essen muss. Offen gestanden weiß ich gar nicht, ob die Musikstücke wirklich alle von Scooter sind. Erkannt habe ich nur das Stück, wo H.P. Baxxter immer »Hyper! Hyper!« brüllt. Wobei alle anderen Stücke aber quasi genauso klingen, nur eben ohne »Hyper! Hyper!«; also selbst wenn die eventuell nicht original von Scooter sind, dann sind sie doch zumindest sehr scooteresk.

Nordenhamer sind keine auf diesem Weihnachtsmarkt. Außer mir ist überhaupt kein Besucher auf diesem Weihnachtsmarkt. An einem Adventssamstagnachmittag. Fühle mich den vier Attraktionen gegenüber irgendwie verpflichtet. Die muss ich jetzt alle vier ganz alleine durchbringen. Kaufe auch eine Waffel und einen alkoholfreien Glühwein mit Schuss. Gerne hätte ich mit Glühwein-Rosi ein wenig über den Sinn oder Unsinn von alkoholfreiem Glühwein mit Schuss philosophiert, aber wegen der Scooter-Beschallung hat Rosi ein paar Riesenkopfhörer auf, mit denen sie vermutlich nochmal etwas anderes hört. Vielleicht Entspannungs- oder Meditationsmusik. Das würde zumindest das Tempo ihrer Bewegungen erklären. Wobei Tempo hier natürlich das völlig falsche Wort ist. Nachdem ich, wegen der Umstände wortlos, auf mein eigentliches Wunschgetränk, den alkoholfreien Punsch, gezeigt habe, zeigt sie nur kurz kopfschüttelnd auf den alkoholfreien Glühwein mit Schuss und bereitet ihn dann in sehr, sehr ruhigen, anmutigen, in höchstem körperlichem Bewusstsein ausgeführten Bewegungen zu. Nachdem sie ihn mir überreicht und kassiert hat, kehrt sie wieder in ihre meditative Grundfigur zurück, dem »traumwachen Kranich im Auge des Sturms«.

Ich hingegen fühle mich nun bereit für meine vierte Prüfung und will mir Schlittschuhe leihen. Der kleine, böse Mann bemerkt die Gefahr zu spät. Als ich plötzlich vor seiner Butze stehe und den Mund bewege, wird ihm wohl klar, dass ich mit ihm rede. Dann bewegt auch er den Mund. Wahrscheinlich unterhalten wir uns jetzt. Leider versteht man natürlich kein Wort, aber beide bewegen wir jetzt unsere Münder, und das ist ja das Wichtigste, dass man irgendwie miteinander redet. Nachdem wir so eine Weile beide angeregt unsere Münder bewegt haben, gibt er mir plötzlich ein Paar Schlittschuhe. Genau meine Größe. Keine Frage, rein fachlich kann ihm vermutlich als Schlittschuhverleiher kaum jemand das Wasser reichen. Ich gebe ihm wahllos ein paar Münzen aus der Hosentasche, er nickt.

Und dann, nur zwei Minuten später, laufe ich Schlittschuh. Zum ersten Mal wieder nach über zwanzig Jahren. Es gibt Dinge im Leben, die verlernt man einfach nicht. So wie Fahrradfahren oder ohne Besteck und Hände Spaghetti essen oder seinen Namen in den Schnee pinkeln. Schlittschuhlaufen gehört leider nicht zu diesen Dingen. Das bemerke ich sehr schnell, also nach ungefähr einem halben Schritt, als ich schon die erste Eiskunstlauffigur versuche, den dreifach gestolperten Pinguin, bei dem ich zügig hinknalle, vier Meter übers Eis schlittere und dann gegen die Bande krache.

Als ich kurze Zeit später die Schuhe zurückgebe, sehe ich, wie der verbitterte, luftgetrocknete Mann tatsächlich lächelt. Richtig breit und herzlich. Dann macht er plötzlich die Musik aus, flüstert »Danke« und gibt mir die Leihgebühr zurück: »Ist schon in Ordnung, Sie haben die Schuhe ja kaum benutzt. Also zumindest nicht, um draufzustehen.«

Auch Rosi, Ewald und Didi nicken mir fröhlich zu, als ich mich über den Marktplatz zurückschleppe: »Das war mal eine schöne Abwechslung. Wollen Sie noch eine Weihnachtswurst? Geht aufs Haus!«, ruft Didi aus seiner Bude.

Ich lehne tapfer lachend ab, und die drei winken mir zum Abschied. Rund fünfzig Meter bin ich wohl schon vom Markt entfernt, als ich höre, wie »Hyper! Hyper!« wieder aufgedreht wird. Es hilft ja nichts. The show must go on. Das gilt natürlich auch für Eislaufbahnen.

JOAN AIKEN

Die Fähre

Judith befestigte einen Stechpalmenzweig und sah sich dann nach der nächsten geeigneten Stelle um; sie hatte immer noch ein gewaltiges Büschel übrig. Nein, eigentlich gab es keine einzige mehr, und so nahm sie den kratzigen, raschelnden Bund, um damit vor die Haustür zu gehen. Unter dem überdachten Eingang bildete sie eine Art beerenbehangenes Nest, das auf Besucher, so hoffte sie, anheimelnd und gastfreundlich wirken würde.

Sie trat einen Moment ins Freie, um sich an dem Gesamtanblick des Hauses zu weiden. Sie bewohnten es erst seit vierzehn Tagen, und es schien immer noch unglaublich, dass sie hier war, neben der weiten, schimmernden Wasserfläche, über der melancholisches Möwengeschrei gellte, statt zusammengepfercht in einem staubigen Vorort, wo Ken jeden Morgen den Acht-Uhr-Dreißiger erwischen musste. Wie doch so eine kleine Erbschaft ein Leben verändern kann, ging es ihr durch den Kopf. Vor einem Monat hatte Cornwall für sie beide noch ein Ultima Thule dargestellt, einen Horizont, wo man irgendwann nach dem sechzigsten Geburtstag einmal hinwollte, und da war sie nun, sogar schon mit einem Boot und ein paar Hühnern ausgestattet, und Ken besorgte für Weihnachten Getränke.

Das Haus war klein und weiß. Judith fand, es ähnelte

ziemlich einer Muschel, die an den Strand gespült worden war, mit dem rosigen Schein des Kaminfeuers auf den Innenwänden und der geschwungenen Treppe, die nach unten zum Anlegesteg führte. Früher hatte hier der Fährmann gewohnt, und obwohl es keine Fähre mehr gab, hieß das Gebäude immer noch ›Das Fährhaus‹. Dahinter ging es einen steilen Berg hinauf, auf eine kahle Anhöhe. Andere Häuser gab es auf dieser Seite des Flusses nicht, außer drei kleinen Bauernhöfen, und die waren viel weiter Richtung Meer, auf der Landzunge. Die Gemeinde selbst lag gänzlich am anderen Ufer, und Judith sah die Lichter, die jetzt in den Fenstern drüben am Wasser angingen, sah den grellen, bunt blinkenden Christbaum vor der Kneipe am Anlegeplatz.

Es war kalt. Judith fing an zu zittern und beschloss, wieder ins Haus zu gehen und sich schon mal für die Cocktailparty der Martins umzuziehen. Aber aus irgendeinem Grund widerstrebte es ihr, durch diese Tür zu gehen; sehr viel lieber hätte sie sich weiter auf diesem Landungssteg aufgehalten, sich noch ein bisschen hingesetzt und ihre Beine über den Rand baumeln lassen, als ob es ein Augustnachmittag wäre statt Heiligabend bei Einbruch der Dunkelheit. Ihr wurde klar, dass das Schmücken des Hauseingangs nur ein Vorwand gewesen war, um ins Freie zu gelangen.

»Aber wieso?«, fragte sie trotzig diese andere Judith, die so dumm, so beharrlich drängte, auf der Anlegebrücke zu bleiben. »Du musst dich einfach daran gewöhnen, auch mal allein zu sein, du alte Großstadtpflanze. Es wird sicher noch häufig vorkommen, dass Ken nicht da ist; dann kannst du nicht jedes Mal Angst kriegen, nur weil du allein in diesem Haus bist. Es ist ein hübsches Häuschen, ein sehr hübsches, und es hat absolut keine Bewandtnis damit auf sich.«

Hinter sich die breite Wasserfläche und die Lichter, stand sie da und starrte auf das schwarze Viereck der offenstehenden Tür. Es kam ihr vor wie der Eingang zu einem Rattenloch. Sie nahm all ihre Willenskraft zusammen, um hineinzugehen. Schließlich würde Ken jetzt jede Minute mit den Getränken heimkommen – sie spitzte die Ohren nach dem Tuckern des Motorboots –, und bald würden sie zur Party der Martins aufbrechen. Alles war in Ordnung, alles war prima. Warum also stand sie dann hier in der Ecke der Küche, rang die Hände und biss sich auf die Lippe? Warum also diese nervliche Qual?

Wütend schüttelte sie den Kopf und lief die Treppe hinauf. Sie holte ihr Lieblingskostüm aus dem Schrank, das tomatenrote aus Wolle, und schlüpfte hinein. Dann stand sie, die Haarbürste noch in der Hand, wieder unversehens am Fenster und starrte wie gebannt auf die Treppe zum Landungssteg. War das Ken, der dort hochkam? Nein, sie sah nur Gespenster. Als sie gerade zur Tür ging, klingelte das Telefon.

»Liebling?« Es war Kens Stimme. »Du, mir ist da was Dummes passiert. Ich wollte eben zurückfahren, da hat der Motor seinen Geist aufgegeben. Der alte Weaver meint, er könne ihn in ungefähr einer Stunde wieder hinkriegen. Dann schaff ich es allerdings nicht mehr, dich abzuholen. Könntest du nicht mit den Jones zu den Martins rüberkommen? Die gehen doch auch zu der Party?«

»Ja, aber wollten die nicht schon früher fahren, um noch

Einkäufe zu machen? Ich weiß es nicht genau, ich werd mal nachsehen.«

»Falls es nicht klappt, ruf mich zurück; dann versuche ich von hier aus jemanden zu finden. Ich bin im Pub.«

»In Ordnung. Es dauert höchstens fünf Minuten.«

Mit einem Gefühl der Erleichterung und Entschlossenheit legte sie auf, um am Flussufer entlang zum Haus der Jones' zu gehen.

»Gefällt es Ihnen im Fährhaus?«, fragte Mr. Hocking, der Wirt, während er für die bevorstehende Öffnung rote und grüne Papierkugeln über die Theke hängte. »Schon gut eingelebt?«

»O ja, wir sind ganz begeistert«, antwortete Ken. »Wir fühlen uns dort sehr glücklich. Gibt es vielleicht irgendwelche Geschichten zu dem Haus? Hier in der Gegend wurde doch viel geschmuggelt?«

»Über das Fährhaus kenne ich nur eine einzige Geschichte, die man sich erzählt«, sagte Mr. Hocking bedächtig, »und die hat nichts mit Schmugglern zu tun. Sie hat sich vor langer Zeit zugetragen, als man noch Hexen verbrannte; das war vor der Schmuggelei. Es gab damals eine alte Frau, Mutter Poysey genannt, die hat die Fähre betrieben, und im Dorf galt sie allgemein als waschechte Hexe. Na, niemand hat sich sehr darum geschert, leben und leben lassen, das war und ist schon immer die Devise hier in unserer Gegend. Aber dem hiesigen Landjunker kam das Gerücht zu Ohren, und *der* sagte, dass man, wenn das Weib eine Hexe sei, es ins Wasser schmeißen müsse. Es gibt da so einen alten Brauch, das heißt, früher, als das Fährboot noch in Betrieb war, dass der Fährmann am Heiligen Abend jeden Gast gratis übersetzt. Das war zum Gedenken an irgendeinen Ortsheiligen. Natürlich machte man dann immer ein kleines Geschenk, was letztlich auf das Gleiche hinauslief.

Nun, an *einem* Heiligabend kam der Landjunker mit vier, fünf Begleitern zur Fähre hinunter und bat, übergesetzt zu werden. Die Männer hatten alle getrunken und trugen Bündel unter den Armen, angeblich Geschenke für Mutter Poysey. Sie legte ab und fing an, die Gruppe hinüberzurudern. Auf halbem Wege öffneten sie ihre Bündel, zogen Stricke mit schweren Bleigewichten heraus, fesselten damit die Alte und warfen sie über Bord. Ihre Leiche blieb bis heute unentdeckt.

Seltsamerweise vermisste man am nächsten Heiligabend den Junker selbst, und seine Leiche wurde gefunden, und zwar auf den Weißen Felsen, wo die Wogen sie angeschwemmt hatten. So hieß es denn bald, an Heiligabend erscheine die Fährfrau mit ihrem Kahn und biete den Leuten an, sie kostenlos überzusetzen; wer sich aber darauf einlasse, der würde nie wieder lebend gesehen. Natürlich ist das lauter Schwachsinn und dummes Zeug. Ich habe nie gehört, dass einer der Fährfrau allen Ernstes begegnet sein wollte. Allerdings ist letztes Weihnachten tatsächlich jemand ertrunken, ein junger Mann, ein Fremder, der bei den Weißen Felsen wieder an Land geschwemmt wurde. Später erzählte man sich, er habe jemanden gesucht, der ihn auf die andere Seite bringt.«

»Na, lustig«, meinte Ken.

Das Telefon läutete.

»Es ist für Sie«, sagte Mr. Hocking.

»Hallo, Liebling, bist du's?«, ertönte Judiths Stimme aus dem Hörer. »Du, es hat sich da ganz glücklich was ergeben. Die Jones' sind tatsächlich schon weg, aber auf dem Rückweg bin ich so einer komischen Alten begegnet, die zum Dorf rüberfährt und mich mitnimmt. Ich hab ihr ein bisschen was angeboten, als Bezahlung, meine ich, aber sie will es umsonst machen, weil heute Weihnachten ist. Also, in zehn Minuten bin ich bei dir. In Ordnung?«

»Halt, Augenblick! Judith!«, rief Ken, außer sich vor Erregung, aber sie hatte schon aufgelegt. »Vermittlung, bitte geben Sie mir noch mal Polhale dreihundertzwanzig.«

»Tut mir leid, es meldet sich niemand«, antwortete das Mädchen einen Moment später.

Ken lief auf die Anlegestelle hinaus, blieb neben dem beleuchteten Christbaum stehen und starrte über das Wasser. Inzwischen war es richtig dunkel geworden. Die Flut brach herein, und auf ihrem Rücken brachte sie Nebel. Ken konnte am jenseitigen Ufer keine Lichter sehen. Dem Nebel folgte Kälte, und er zitterte. Er strengte seine Augen und Ohren an und fragte sich dabei, ob er nicht das Knarren und Platschen eines Bootes hörte, Stimmen, die von der Flussmitte her kamen. Aber alles war still.

Nachdem Judith den Hörer aufgelegt hatte, eilte sie wieder vors Haus. »Ich bin gleich fertig, ich muss mir nur noch die Nase pudern«, sagte sie zu der alten Frau. »Mein Gott, Sie sehen ja halb erfroren aus! Möchten Sie nicht hereinkommen und eine Tasse Tee trinken, während Sie warten? Ich habe gerade welchen gemacht.«

Die seltsame alte Frau schien am ganzen Leib zu schlottern. Judith nahm ihre Hand – du liebe Güte, war die kalt! – und zog sie ins Haus.

»Setzen Sie sich doch ans Herdfeuer, dort ist es schön warm. Gerade habe ich mir gewünscht, es wäre noch jemand da, um Tee mit mir zu trinken. Wollen Sie Zucker?«

»Danke, Ma'am.« Die alte Frau saß stocksteif da. Ihre Kleider waren von verschossenem Schwarz. »Früher wohnte ich selbst in diesem Haus.« Aber sie würdigte ihre Umgebung keines Blickes, ihre Augen blieben auf Judith geheftet.

»Ach, wirklich?«, sagte Judith, während sie sich vor dem Spiegel über der Spüle die Nase puderte. »Es ist ein zauberhaftes Haus. Der Abschied muss Ihnen schwergefallen sein.«

»O ja, der Abschied war schwer.«

»Greifen Sie ruhig zu! Nehmen Sie sich eines von meinen Hackfleischpastetchen. Dieses Jahr sind sie besonders gut. Aber Sie haben ja noch gar nicht von Ihrem Tee getrunken. Nur zu, solange er heiß ist; der wird Sie aufwärmen. – Was ist das für ein sonderbarer Armschmuck?« Judith hatte die Bleiklötze bemerkt, die an den Handgelenken der Alten baumelten. »Ist das ein Amulett?« Vor lauter Erleichterung, endlich Gesellschaft zu haben, plapperte sie drauflos und holte ihren Mantel, ohne recht auf eine Antwort zu warten.

Als Ken zehn Minuten später aus dem Boot sprang, das er sich ausgeliehen hatte, sah er seine Haustür weit offen stehen, und ein helles Lichtviereck fiel auf die Treppe. Im Haus war es vollkommen still.

»Judith!«, rief er. Sein Ärmel blieb an Stechpalmenzweigen hängen, als er durch den Eingang stürmte. Judith lag in einem der Sessel neben dem Herdfeuer. Als Ken hereinstürzte, setzte sie sich benommen auf und rieb sich die Augen.

»O Ken! Ich muss tatsächlich eingeschlafen sein! Wohin ist denn Mrs. Poysey?«

»Wer?«

»Die alte Frau, die mich rüberfahren wollte. Wahrscheinlich ist ihr die Warterei zu dumm geworden. Sie war schon ein bisschen merkwürdig, nicht mehr ganz richtig im Kopf, glaube ich. ›Sie haben ein kühnes Herz, meine Liebe. Gar wenige speisten gern mit Mutter Poysey‹, hat sie gesagt, und noch etwas von wegen, dass ihr Haus jetzt endlich in guten Händen sei. Wahrscheinlich ist sie weiter flussaufwärts, als sie hier fortzog. Was guckst du denn so, Ken?«

Er starrte auf den anderen Sessel, über dem eine durchnässte Masse von Seilen hing. Und an den Seilen hingen mehrere kleine Bleiklötze.

»Mit diesen Gewichten haben sie sie versenkt«, sagte er. »Hoffen wir, dass sie ihre Fesseln jetzt los ist.«

Sie sahen die alte Frau nie wieder.

CHARLOTTE NIESE

Die falschen Weihnachtsbäume

Auf unsrer Insel gab es wenig Bäume. So wenig, dass das Brennholz weither über das Wasser geholt werden musste und dass viele der Inselbewohner niemals einen Wald gesehen hatten. Auch die Tannenbäume waren ein seltener Artikel, was uns als Kinder immer sehr aufregte. Denn wenn es gegen die Weihnachtszeit ging, tauchten immer wieder die Zweifel auf, ob wir wohl einen wirklichen oder einen falschen Tannenbaum am Heiligen Abend bekämen. Einen wirklichen Tannenbaum, der im Walde gewachsen war und in dessen Zweige die Vögel gesungen hatten, oder einen falschen, der in der Werkstatt des Meister Ahrens das Licht der Welt erblickt hatte.

Meister Ahrens war unser Tischler. Er sah alt aus und hatte einen sehr kahlen Kopf, aber wir hatten ihn gern, besonders wenn er nicht immer von seinem guten Herzen sprach. Das langweilte uns, weil wir es eigentlich für selbstverständlich hielten, dass man ein gutes Herz haben müsse.

Ahrens kam oft zu uns. In unsrer Kinderstube ging aller Augenblicke etwas auseinander, was eigentlich zusammengehörte, und Meister Ahrens erschien dann mit seinem Leimtopf, sagte, er hätte ein gutes Herz, und klebte alles wieder zusammen. Wir halfen ihm natürlich und drängten uns um die Ehre, in seinem klebrigen Topf dreimal herumrühren zu dürfen; aber seine Tannenbäume konnten wir nicht leiden. Das kam wahrscheinlich daher, weil wir sie schon so lange vorhersahen. Schon im Frühjahr arbeitete Ahrens an langen weißen Stöcken, in die er Löcher bohrte; im August und September malte er diese Stöcke mit grasgrüner Ölfarbe an und trocknete sie vor seiner Haustür. Später sahen wir sie zusammengebunden in seiner Werkstatt liegen, bis der Dezember ins Land zog. Dann verschaffte er sich Tannenzweige, steckte diese in die Löcher der grünen Stöcke und betrieb einen schwunghaften Handel mit Tannenbäumen. Auch uns bot er immer von seinem Fabrikat an, aber obgleich wir nicht leugnen konnten, dass seine Bäume schließlich sehr nett aussahen, so verhielten wir uns meist ablehnend. »Sie sind so billig«, sagte Ahrens eines Tages zu uns, als wir ihn einer Bestellung wegen in seiner Werkstatt besuchten und er gerade einen grünen Stock etwas nachmalte.

»Wir wollen sie doch nicht!«, erwiderte mein Bruder Jürgen, der in seinen Aussprüchen oft sehr bestimmt war. »Ich mag keinen falschen Tannenbaum!«

»Falsch! Du lieber Gott, wasn Wort!« Ahrens sah beleidigt aus. »Da is nich die geringste Falschheit bei! Meine Tannenbäumens sind feiner als die natürlichen, kann ich dich sagen, mein Junge! An die natürlichen is oft Smutz und Erde, und bei mich is bloß die reine Ölfarbe!«

»Wo bekommst du eigentlich die Tannenzweige her?«, fragten wir.

Der alte Tischler machte ein wichtiges Gesicht. »Aus 'n Wald, aus 'n richtigen Tannwald, wo die Vögelns singen und wo so viel Bäumens stehn, dass man mannichmal keine Luft kriegen kann!«

»Wo liegt der Wald, und wer holt dir die Tannenzweige?«

Wir waren dem Tischler doch näher gerückt und sahen ihn gespannt an. Aber er zuckte die Achseln. »Ja, das möcht ihr wohl wissen! Das sag ich abersten nich – nee, das sag ich nich!«

Auf diese Art umgab Meister Ahrens seine Bäume mit dem Nimbus des Geheimnisvollen, und dadurch gewannen sie natürlich in unsern Augen.

Es war schon ziemlich nahe vor Weihnachten, und wir sprachen eigentlich von nichts anderem als von dem bevorstehenden Feste. Endlos lange Wunschzettel waren geschrieben: hin und wieder wurde eine Träne über eine völlig missglückte Weihnachtsarbeit vergossen, oder wir schmiedeten Pläne, was wir noch verschenken wollten. Manchmal ging die Zeit entsetzlich langsam und manchmal unheimlich schnell dahin, und unsre Lehrer beklagten sich über unsre Zerstreutheit.

Es war an einem Morgen im Dezember, dass ich zu Meister Ahrens geschickt wurde, um ihn samt seinem Leimtopfe zu uns einzuladen. Unsre Kinderstubeneinrichtung hatte durch eine lebhafte Unterhaltung der älteren Brüder stark gelitten, und Ahrens sollte gleich kommen. Vergnügt polterte ich die enge Treppe zu seiner Werkstatt hinauf, konnte aber nicht bis auf die letzte Stufe kommen, weil dort ein Kind stand, auf das der alte Tischler eifrig einsprach.

»Ich muss die Zweigens haben, und Vater muss herüber und sie holen!«

»Vater is bang!«, lautete die schüchterne Erwiderung.

»I, was sollt Vater wohl bang sein; er muss los – sonsten klag ich ihm ein, wo er mich doch Geld schuldig is! Ohne die Zweigens kann ich ja nix machen, und das Geschäft mit die Bäumens muss anfangen! Nu geh du man und lass Vater man auch gehn!«

Das Kind, es war ein ziemlich großes Mädchen, glitt an mir vorüber, und ich konnte jetzt in die Werkstatt treten und meine Bestellung ausrichten. Aber Meister Ahrens hörte kaum auf mich. Er war sehr schlechter Laune und betrachtete seufzend seinen Haufen grüner Stöcke, der friedlich in einer Ecke lag.

»Kannst du keine Zweige aus dem großen Walde kriegen?«, fragte ich neugierig. Er aber sah mich streng an.

»Frag nich so dumm! Ich kann allens, was ich will, und meine Tannenbäumens sind besser als die natürlichen!«

Als ich wieder hinauskam, da saß dasselbe Mädchen, das vorhin mit Ahrens gesprochen hatte, auf der Türschwelle. Sie weinte nicht, aber sie sah aus, als ob sie wohl Lust dazu hätte, und ich setzte mich neben sie und betrachtete sie schweigend. Sie war sehr ärmlich, aber ziemlich sauber gekleidet, nur ihr dickes, blondes Haar hing unordentlich um ihren Kopf. Ich nickte ihr freundlich zu.

»Du hast mir neulich mein Lesebuch nachgebracht, als ich aus der Stunde kam, weißt du noch? Ich hatte es auf dem Wege verloren!«

Sie sah jetzt auf, und ihre Augen blickten weniger trübe.

»Das war so'n feines Buch,« sagte sie, »mit Bildern ein – so'n feines Buch!«

»Hast du kein Lesebuch?«, erkundigte ich mich, während ich mit einiger Beschämung daran dachte, dass ich dieses Buch schon zweimal hinter den Schrank geworfen hatte, nur um es nie wieder zu sehen. Leider war es immer wiedergefunden worden.

Sie schüttelte den Kopf. »Nee – ich hab nix, gar nix!«

»Was wünschst du dir denn zu Weihnachten?«

»Ich?« Das Mädchen sah überrascht aus. Dann lachte sie. »Was sollt ich mich wohl wünschen; ich krieg doch nix!«

»Du bekommst gar nichts?«

Unwillkürlich rückte ich der Sprecherin näher. »Bist du dann zu Weihnachten nicht furchtbar traurig?«

»Nee« – sie lachte wieder. »Was sollt ich wohl traurig sein, wo ich den ganzen Abend rumlauf und in all die Fensters guck und all die Weihnachtsbäumens zu sehen krieg! Mannichmal krieg ich auch noch ein Stück Brot mit Rosinens geschenkt!«

»Weihnachtsabend darf man eigentlich nicht ausgehen!«, sagte ich. »Da muss man zu Hause bei seinen Eltern bleiben!«

»Ja, wenn Vater man nich sitzt, denn bleib ich auch bei ihm; abers er is nu ja ümmerlos im Loch – da sitz ich ja ganz allein, wo Mutter doch tot is –«

»Er sitzt im Gefängnis?«

Wenn es angegangen wäre, hätte ich mich noch näher an meine neue Bekanntschaft gedrückt. Wir saßen aber schon ganz nahe aneinandergeschmiegt. Aber um ihr doch zu zeigen, wie interessant sie mir sei, griff ich in die Tasche, in der ich einige getrocknete Pflaumen hatte, und bot sie ihr an. Dörthe Krieger, so hieß das Mädchen, nahm sie auch und verzehrte sie mit einiger Gier, während ich ihr zusah. Ich hatte mir nämlich gerade aus dem vorhin erwähnten Lesebuch eine wunderhübsche Geschichte von einem unschuldig Gefangenen vorlesen lassen und nahm jetzt an, dass die Gefängnisse nur dazu da wären, Unschuldige zu quälen.

»Dein Vater hat doch natürlich nichts Böses getan?«, fragte ich.

Dörthe schüttelte den Kopf. »Nee – natürlich nich! Bloß ein büschen Stehlen. Weiter gar nix. Der Bürmeister is auch zu eigen. Abers nach die Tannenzweigen in Holstein will er doch nich hin!«

»Stiehlt er die auch?«

»Ja, wo sollt er sonstens zu sie kommen? Sie sitzen an ein Baum, und der Baum gehört ein Grafen zu, der furchtbar schlecht is und nich leiden kann, wenn man in sein Wald spazieren geht. Vater sagt, der Wald is so groß, und da laufen Rehe und Hasen herum – da merkt kein ein, wenn ein Baum fehlt und wenn da ein Reh weniger is. Hast mal Rehbraten gegessen? Der schmeckt abers fein! Vater soll dich ein Stück abgeben, wenn er wieder mal was mitbringt! Na, abers er will diesmal nich gern hin. Die Försters haben ihn so grässlich aufn Strich, und wenn sie ihn kriegen, denn sperren sie ihn gleich ein, und – denk dich mal! – er muss jedesmal länger sitzen!«

»Dann darf er doch nicht in den großen Wald gehn!«, rief ich aufstehend. Mir war, ich weiß nicht weshalb, doch etwas unheimlich zumute geworden.

»Meister Ahrens will es aber, und wir wohnen in seinem Haus!« Dörthe war ebenfalls aufgestanden und wischte sich an den Augen herum. »Er sagt, Vater muss allens ein büschen vorsichtig machen, und er braucht nicht gleich ein Reh zu nehmen. Abers wenn es nu da herumläuft?«

Auf diese Frage wusste ich auch keine Antwort; aber ich konnte es Dörthe nachfühlen, dass sie ihren Vater nicht gerade zu Weihnachten im Gefängnis haben wollte. Ich musste ihr plötzlich noch versprechen, keinem etwas von unsrer Unterhaltung zu erzählen, und dann trennten wir uns.

Jürgen wusste schon nach einer Viertelstunde die ganze Geschichte, und es war nur gut, dass ich sie ihm erzählte. Denn ich hatte etwas sehr Tadelnswertes begangen, was ich keinem erwachsenen Menschen mitteilen durfte. Von niemand würde ich etwas zu Weihnachten bekommen, wenn man erführe, dass ich mit Dörthe Krieger gesprochen hatte.

»Ihr Vater ist ein Dieb, und zwar ein ganz gemeiner!«, berichtete Jürgen. »Rasmussen (unsers Großvaters Schreiber) hat mir gerade neulich davon erzählt! Denke dir, er stiehlt nicht einmal Geld, was doch das feinste beim Stehlen ist – er nimmt meist nur Würste und Schinken. Und er sitzt eigentlich immer im Gefängnis!«

Dörthe hatte mir diese betrübende Eigenschaft ihres Vaters ja auch berichtet.

»Sie will nur so ungern, dass er Weihnachten sitzt«, meinte ich; »sie ist dann ganz allein und hat niemand, dem sie ihren Weihnachtsvers aufsagen kann! Sie bekommt überhaupt gar nichts zu Weihnachten.«

»Gar nichts?« Jürgens tugendstrenges Gesicht wurde etwas milder. Aber er wusste doch keinen bessern Rat, als dass ich nicht mehr an Dörthe Krieger denken und noch weniger mit ihr sprechen sollte. Besonders nicht vor Weihnachten. Denn wenn die erwachsenen Familienglieder merkten, welchen schlechten Umgang ich hätte, dann würde es schlimm um meine Geschenkaussichten aussehen.

Jürgen konnte manchmal sehr eindringlich sprechen, und da ihm wirklich in der letzten Zeit verschiedentlich Standreden darüber gehalten worden waren, dass er in seinem Verkehr wählerischer sein sollte, so wusste er genau, was er sagen sollte, und ich hörte ihm andächtig zu. Dörthe Krieger war mir selbst doch auch etwas bedenklich vorgekommen; sie hatte meine Pflaumen wohl aufgegessen, sich aber nicht dafür bedankt. Das zeugte von einem schlechten Herzen. Als ich ihr nach etlichen Tagen wieder begegnete, und sie mir mit einer gewissen Vertraulichkeit zunickte, sah ich sie deshalb gar nicht an. Als sie aber vorüber war, musste ich doch stehen bleiben und mich umsehen, und da sie dasselbe tat, sahen wir uns gerade in die Augen.

Sie lachte; ich aber wurde sehr entlüftet.

»Du darfst dich nicht nach mir umsehen – dein Vater ist ein ganz gemeiner Dieb, und ich will nicht mit dir sprechen.«

Dörthe schüttelte ihren struppigen Kopf und lachte wieder.

»Nee, sprechen musst du auch nich mit mich! Die Kinder in die Schule wollen auch nich bei mich sitzen. Ehegestern hab ich den ganzen Tag allein aufn Bank gesessen – das war fein!«

»Magst du gern allein sitzen?«

Ich war dem Kinde des Diebes nun doch nähergetreten und sah neugierig in ihr unbekümmertes Gesicht.

»Nu natürlich mag ich es! Da sitzt kein ein bei mich und kneift mir oder schubst mir – das is fein.«

»Ist dein Vater schon im Walde gewesen?«, fragte ich.

Sie schüttelte den Kopf. »Nee – er hat ein schlimmes Knie gehabt und konnt nich fort. Ahrens war doll, kann ich dich sagen, und er will uns aus 'n Haus schmeißen, wenn Vater nich bald Ernst macht. For meinswegen kann Vater auch hingehn; wenn er man bloß nich wieder Weihnachten sitzen muss!«

Sie seufzte ein wenig und schob die Arme unter ihr dünnes Schultertuch.

»Ich weiß, wie allens kommt!«, fuhr sie dann fort. »Vater geht in den Wald und will bloß die Zweigens abschlagen, und denn sieht er ein Reh und denn schlachtet er das. Und dann kommt die Pollerzei und all die schlechten Menschens, und denn sitzt er Weihnachten ins Loch!«

»Hast du einen Weihnachtsvers für ihn gelernt?«, fragte ich; sie beachtete aber meine Worte nicht.

»Wenn es Ostern wär oder Pfingsten, denn wär' es mich einerlei; da is es nich mehr so dunkel, und die andern Kinners schnacken nich mehr so viel von Weihnachtsbäumens und von Aufsagen, abers nu –«

Dörthe wischte sich die Augen, und ich sah sie ratlos an.

»Hast du deinem Vater nicht gesagt, er solle bei dir bleiben?«

»Nu, ganz gewiss! Abers Ahrens wird bös, wenn er die Zweigens nicht kriegt. Zwei Jahr haben wir die Miete nich bezahlt, weil dass Vater immer so in Rückstand war!«

»Dann musst du den lieben Gott bitten, dass dein Vater

kein Reh totmacht, wenn er in den Wald geht!«, riet ich, und Dörthe sah mich nachdenklich an.

»Das kann angehn! Ich will ihm bitten, dass die Rehens vordem alle tot bleiben oder von den Grafen geschlachtet werden. – For die Zweigens kriegt er ja bloß wenig Gefängnis!«

Sie lief weiter, und mir fiel ein, dass ich nicht mit ihr hatte sprechen wollen. Aber es hatte mich, gottlob! niemand gesehen, und da außerdem andere Gedanken mein Herz erfüllten, so vergaß ich diese Unterredung so bald, dass ich sie nicht einmal Jürgen mitteilte. Es waren nämlich nur noch acht Tage bis Weihnachten, und die prickelnde, sonderbare Unruhe kam über uns, die jedes Kind kennt. Wir mochten nicht mehr sehr lange auf einem Stuhle sitzen, und am liebsten liefen wir auf der Straße umher und besahen die bescheidenen Weihnachtsausstellungen unsers Städtchens.

Außerdem hatten wir noch Sorge wegen des Ausbleibens unseres Tannenbaumes. Der sollte mit dem Schiffer kommen, der um die Weihnachtszeit mit seiner Yacht nach Lübeck fuhr und die herrlichsten Sachen mitbrachte. Aber Schiffer Lafrenz war noch nicht in unsern Hafen eingelaufen. Das kam daher, dass der Wind die ganze Zeit »konträr« gewesen war, wie uns die Sachverständigen sagten, aber diese Erklärung beunruhigte uns nur, statt uns zu beruhigen. Wir kannten Geschichten von Leuten, die drei Wochen auf der Ostsee bei »konträrem« Winde gekreuzt hatten, ohne ihr Reiseziel zu erreichen, und die dann schließlich wieder unverrichteter Sache nach Hause gefahren waren. Erlebt hatten wir solche Sachen nicht, aber man hatte uns so oft die Abenteuer einer Seereise in alten Zeiten berichtet, dass wir das Schiff mit unserm Tannenbaum im Geiste schon bei Finnland im Eise eingefroren sahen. Die großen Leute suchten uns die Befürchtungen auszureden; wir aber fühlten uns doch verpflichtet, jeden Tag an unsern kleinen Hafen zu laufen und dort Erkundigungen nach »Anna Kathrin« einzuziehen. So hieß die Yacht vom Schiffer Lafrenz, und es war ein schönes Schiff, nur dass sie sehr schaukelte, auch wenn es gar nicht nötig schien.

Am Sonntag vor Weihnachtsabend war köstliches Wetter. Gerade so, als bildete sich die Sonne ein, Weihnachten überschlagen zu können. Sie schien so hell wie im Frühjahr, und als wir am Vormittag aus der Kirche kamen, beschlossen wir, sofort wieder nach dem Hafen zu gehen und uns nach der »Anna Kathrin« zu erkundigen.

Als wir am Hause von Meister Ahrens vorübergingen, stand dieser vor der Tür und hielt einen Tannenbaum in der Hand. Es war natürlich ein falscher, und seine Zweige waren nicht mehr frisch.

»Wo hast du die Zweige her, Meister Ahrens?«, fragten wir. »Das ist kein schöner Tannenbaum geworden!«

Der Tischler antwortete nicht viel, sondern murmelte nur einige verdrießliche Worte, worauf einer der älteren Brüder berichtete, dass das Geschäft mit den Tannenzweigen dieses Jahr flau sein sollte. Da wäre niemand mit guten Tannenzweigen an die Insel gekommen, und auch die falschen Tannen sollten teuer sein. Wir andern seufzten ein wenig bei dieser Erzählung, und dann strebten wir eilig dem Hafen zu, um uns nach der »Anna Kathrin« die Augen auszuschauen. Aber alles Lugen half nichts – die dickbäuchige Yacht schaukelte weder am Bollwerk, noch war ihr geflicktes Segel irgendwo am Horizont zu erblicken.

Nachdem diese Tatsache festgestellt war, verließen die älteren Brüder uns, um einen Freund zu besuchen, dessen Onkel im Besitz eines Fernrohrs war, das dazu dienen sollte, die »Anna Kathrin« etwas schneller herbeizusehen. Wir Kleineren gingen schwermütig an den Strand und suchten uns dadurch aufzuheitern, dass wir flache Steine ins Wasser warfen. Bei dieser Gelegenheit entdeckten wir ein Boot, das an einen etwas abseitsstehenden Pfahl angekettet war. Beide Ruderpatten lagen darin, und dieser Umstand schien uns so verlockend, dass wir sofort hineinkletterten und zu rudern begannen.

Das Boot war außerordentlich schlecht; die Sitze morsch, und die Bretter des Fahrzeuges schienen kaum noch zusammenzuhalten. Wir schaukelten aber sehr vergnügt darin, und Jürgen sagte, er könne rudern und nach Holstein fahren, dessen Küste dunkel am Horizont auftauchte. Er konnte es natürlich nicht, und während wir uns um die Ruder zankten, glitt ihm das eine aus der Hand und fiel ins Wasser.

Vergnügt schwamm es davon, während wir ihm ziemlich dumm nachblickten, und als Jürgen mit dem anderen Ruder den Flüchtling zu erwischen gedachte, ging diese Stange ihm auch aus der Hand.

Ein kräftiger Fluch ertönte vom Lande her, und ein Mann in großen Wasserstiefeln trat mitten ins Wasser und zog nicht allein unser Boot ans Land, sondern erfasste auch noch die eine Stange. Die andre war aber schon zu weit fortgeschwommen, und er sah uns drohend an.

»Ihr dummes Volk! Was habt ihr in meinem Boot zu tun! Heraus mit euch, sonst werfe ich euch alle ins Wasser! Und wo ist meine Ruderstange?«

Er sprach fremder und ganz anders als die meisten Insulaner, so dass wir schon deswegen einen großen Schreck vor ihm bekamen. Aber als Jürgen mir zuflüsterte, dieser Mann wäre Jobst Krieger, der Dieb, der so oft im Gefängnis gesessen hatte, da erwachte in mir der Trotz der Selbstgerechtigkeit.

»Zu sagen hast du uns nämlich gar nichts!«, bemerkte ich, aber ich sprang doch ziemlich schnell aus dem Boot.

»Weshalb nicht?« Der Mann, dessen Gesicht uns übrigens keinen abschreckenden Eindruck machte, sah mich fragend an.

»Du bist ja ein Dieb, ein ganz schlechter Mensch!«, sagte ich, und Jürgen, der ebenfalls wieder auf festem Boden stand, nickte zu jedem meiner Worte.

»Du darfst gar nicht mit uns sprechen«, warf er nun ein. »Du sitzt ja immer los im Loch!«

Auf Jobst Kriegers Gesicht lag der Ausdruck ungläubigen Staunens, dann aber wurde er plötzlich sehr rot.

»Was geht's euch an, wenn ich im Gefängnis war? Darin haben schon fixe Kerle gesessen, kann ich euch sagen! Und überhaupt« – er sah uns langsam nach der Reihe an – »ich kenn euch gut! Wie oft lauft ihr zu dem alten Mahlmann, der sein Leben lang im Zuchthaus war!«

»Zuchthaus ist feiner als Gefängnis,« erklärte Jürgen; »viel feiner! Ich habe mal mit Mahlmann darüber gesprochen, und der hat es mir auch gesagt. So oft wie du im Gefängnis, ist Mahlmann auch nicht im Zuchthaus gewesen!«

»Nein, er nahm gleich ein gutes Ende auf einmal!«, sagte Jobst Krieger, und dabei lachte er.

Er hatte wirklich kein übles Gesicht, und sein Zorn über das verlorene Ruder schien auch verraucht zu sein.

Mit schwerem Schritt stieg er nun ins Boot und begann die Kette zu lösen.

»Wohin fährst du?«, fragte Bruder Milo, der sich bis jetzt nicht an der Unterhaltung beteiligt und den Dieb nur unverwandt angesehen hatte.

Jobst gab keine Antwort; mir aber fiel Dörthe wieder ein, während mir natürlich nicht in den Sinn kam, dass ich ihr Schweigen gelobt hatte.

»Er fährt in den großen Wald,« rief ich laut, »wo die Rehe und die Hasen frei herumlaufen. Da schlägt er die Tannenbäume entzwei und fängt die Rehe, und dann kommt der böse Graf und nimmt ihn gefangen! Und Dörthe muss wieder Weihnachtsabend auf der Straße herumlaufen, weil ihr Vater im Gefängnis sitzt!«

»Dummes Zeug!«, sagte Jobst. Er hatte mit einer Kelle Wasser aus dem Boot geschöpft, nun hielt er inne mit seiner Arbeit.

»Dummes Zeug ist es gar nicht!« rief ich empört. »Dörthe sagt, wenn du nur Ostern oder Pfingsten stehlen wolltest, dann wäre es ihr einerlei; aber gerade Weihnachten! Da darf man doch eigentlich nicht stehlen!«

»Nein, eigentlich nicht!«, meinte Jürgen, und Milo stimmte zu.

»Da kommt ja das Christkind auf die Erde, und wenn es dich nun im Gefängnis findet, dann bekommst du nichts geschenkt. Nur artige Menschen bekommen etwas!«

»Ich kriege doch nichts geschenkt!«, murmelte Jobst. Er hatte uns bis dahin zugehört, nun griff er wieder zu seiner Schöpfkelle.

»Doch!«, sagte Jürgen. »Wenn du Weihnachten nicht im Gefängnis sitzt, dann schenke ich dir etwas. Ich habe einen Kasten geklebt; er ist sehr hübsch, und ich wollte ihn eigentlich selbst behalten. Wenn du aber gut sein willst, dann bekommst du ihn!«

»Und ich mache dir einen Fingerring aus schwarzen Glasperlen!«, rief Milo, der in Perlenvergeudung Unglaubliches leistete. »Oder willst du lieber einen blauen Ring mit einer Goldperle in der Mitte? Goldperlen sind furchtbar teuer, aber ich will es doch tun!«

»Dann gebe ich Dörthe auch mein altes Lesebuch!«, setzte ich hinzu und trat dabei Jobst Krieger etwas näher. Er hatte sich nämlich ins Boot gesetzt und sah uns ganz sonderbar an. Wahrscheinlich fand er die ihm gemachten Anerbietungen zu überwältigend, als dass er gleich darauf hätte eingehen können.

»Sieh mal.«, setzte ich vertraulich hinzu. »Lass Dörthe doch das Lesebuch bekommen! Da sind hübsche Bilder drin, und wenn die anderen Kinder die sehen, dann wollen sie auch wieder bei Dörthe sitzen. Nun wollen sie es nicht, weil du so viel im Gefängnis sitzen musst! – Sie sitzt immer ganz allein, und Weihnachten ist sie auch allein. Ich sagte ihr, sie sollte den lieben Gott bitten, dass du Weihnachten bei ihr wärst; aber sie hat es wohl vergessen. Der liebe Gott tut sonst alles, um was man ihn ordentlich bittet!«

Jobst Krieger legte die Bootkette wieder um den Pfahl

und trat ans Land. Er sah beunruhigt und etwas mürrisch aus, und als Jürgen ihm noch einmal seinen schönen Kasten pries, antwortete er nur durch ein unverständliches Knurren.

Auch trat jetzt ein anderer Mann auf ihn zu, der eben erst aus der Stadt gekommen war. Der sah nicht so gut aus wie Jobst, und seine Augen fuhren scheu über uns hin, während er leise mit Jobst sprach. Wir gingen jetzt, Jürgen und ich voran, während Milo noch eine Weile in der Nähe der Männer blieb und uns erst später nachgelaufen kam.

»Ich habe gehört, was sie sprachen.«, erzählte er. »Ich sammelte Steine und war ganz nahe bei ihnen. Der andere Mann heißt Lorenz und wollte mit Jobst Krieger und dem Boot nach dem großen Walde fahren. Aber Jobst sagte, er hätte keine Lust, sie wollten bis morgen warten. Er müsste sich noch besinnen. Da wurde der andere Mann böse und sagte; er führe nicht am Montag, das sei ein Unglückstag; er führe am Sonntag und wollte nicht auf Jobst warten! Da haben sie sich gescholten, und nun ist Jobst Krieger zurückgegangen, und der andere ist im Boote!«

Jetzt kamen die anderen Brüder. Aber sie waren, weil sie selbst durch das Fernglas nichts von der »Anna Kathrin« gesehen hatten, so niedergeschlagen, dass wir ganz vergaßen, ihnen unsre Unterhaltung zu berichten.

Aber am Abend sprachen wir doch noch von Jobst Krieger und meinten, es sei ganz überflüssig, uns auf Geschenke für ihn einzurichten. Milo begann dennoch einen Ring aus blauen Glasperlen zu arbeiten, der wirklich sehr schön wurde.

In der Nacht kam plötzlich ein furchtbares Wetter. Die

Dezembersonne war trügerisch gewesen. Der Wind sprang um, Regen schlug an die Scheiben, und die Dachpfannen prasselten auf die Straße. Am andern Morgen wurde es wieder ziemlich still, und die Brüder liefen gleich an den Hafen, um nach der »Anna Kathrin« zu sehen, die denn auch wirklich einlief. Etwas beschädigt zwar, denn es war auf See ein Heidenwetter gewesen; aber die »Anna Kathrin« konnte schon einen Puff vertragen.

Obgleich der Tannenbaum nun wirklich in Sicht war, so konnten wir uns doch nicht so recht freuen. Denn Schiffer Lafrenz von der »Anna Kathrin« war nicht weit vom Hafen einem umgeschlagenen Boote begegnet, das er mit seinen scharfen Schifferaugen sofort erkannt hatte. Es gehörte einem Manne, der Lorenz hieß, und der gerade so übel berüchtigt war wie Jobst Krieger.

Am Hafen hatten die Leute gewusst, dass Jobst und Lorenz in diesem Boote am Sonntag eine Fahrt hatten machen wollen – einige Leute wollten sie auch zusammen gesehen haben. Nun hatte sie das Wetter auf offener See überrascht, und sie waren ertrunken.

Es war eine traurige Geschichte, die gar nicht für die Weihnachtszeit passte; wir mussten lange darüber sprechen. Es tat uns so sehr leid, dass Jobst doch gefahren war, und besonders Milo konnte es gar nicht begreifen. Lorenz musste ihn doch schließlich überredet haben.

Großvaters Schreiber, Rasmus Rasmussen, war nicht so traurig wie wir. Er sagte, Jobst würde doch im Zuchthause geendet haben, weil er das Stehlen nicht hätte lassen können. Tannenzweige aus dem Walde zu holen sei ja schließlich kein Verbrechen, aber Jobst hätte die schönsten Tannen auseinandergeschlagen, ohne auch nur einen Menschen zu fragen. Meister Ahrens habe einen guten Lieferanten an ihm gehabt, und deshalb seien seine Tannenbäume immer so schön gewesen. Dann hätte Jobst auch noch Hasen und Rehe in Schlingen gefangen, und wenn er bei einer fremden, wohlgefüllten Speisekammer vorübergekommen wäre, dann hätte er tief hineingelangt.

Es war gewiss ein Glück, dass Jobst tot war, wie Rasmus meinte, aber wir waren doch so betrübt, dass wir eine Weile unser Weihnachtsfest ganz vergaßen. Dann schämten wir uns auch noch, dass wir um einen ganz gewöhnlichen Dieb weinten.

Das taten wir nämlich. Trotz seiner entsetzlichen Schlechtigkeit hatten wir Jobst sehr gern gehabt, wenn wir das auch keinem Menschen verraten und ihn ja auch nur wenig gekannt hatten.

Plötzlich fiel mir Dörthe ein. Was würde sie wohl dazu sagen, dass ihr Vater ertrunken war? Den ganzen Tag musste ich an sie denken, und Jürgen und Milo sprachen auch von ihr. Nun war sie immer allein; nicht nur Weihnachten, nein auch Ostern und Pfingsten, das ganze Leben hindurch.

In unserm Hause wurde gerade Kuchen gebacken; das war eine angenehme Zerstreuung; aber als es dämmrig wurde, lief ich doch zu Dörthe Krieger, deren Wohnung ich jetzt ganz gut kannte, obgleich ich sie nie betreten hatte. Jürgen lief mit, und wir hatten Mama ein Paket Kuchen für die arme Dörthe abgebettelt.

In dem kleinen, sehr verfallenen Hause am äußersten Ende der Stadt brannte schon Licht, und als wir ohne weiteres durch die Haustür und dann in die kleine, ärmlich eingerichtete Stube stürzten, prallten wir erschrocken zurück. Denn auf einem Holzschemel, von einem Talglicht beleuchtet, saß Jobst Krieger. Er hatte Besuch. Vor ihm stand Meister Ahrens, der heftig auf ihn einsprach. Wir beachteten aber den alten Tischler nicht. Wir liefen auf Jobst zu und betrachteten ihn aufgeregt.

»Wie?«, rief Jürgen; »du bist nicht tot?«

Seine Stimme klang vorwurfsvoll, und auch ich konnte mich einer leichten Verstimmung nicht erwehren. Wenn man jemand einmal als tot beweint hat, dann darf er auch nicht gleich wieder auferstehen! Jobst Krieger sah uns verlegen an.

»Lorenz ist allein gefahren,« sagte er nun. »Ich wollte ja nicht, ich –«, er stockte und fuhr sich mit der Hand über das Gesicht.

»Du hast Glück gehabt, Jobst Krieger.«, ließ sich jetzt Meister Ahrens vernehmen. »Wenn du mit Lorenz gefahren wärst, dann lägst du nu tot in die See! Er war auch ein schlechten Kerl, der dir zu allens verführt hat! Morgen führst nu for mich nachn Festland und holst mich die Zweigens, sonsten sollst mich kennen lernen!«

Aber Jobst schüttelte den Kopf.

»Nein, Meister Ahrens – ich fahr nicht mehr nach den Tannenzweigen. Wenn ich in den Wald komme –« er atmete kurz auf – »dann lass ich's doch nicht – dann greif ich nach andern Dingen, die mir nicht gehören, und dann sitzt die Dörthe Weihnachten allein! Und jetzt, wo Gott mich vorm Tode bewahrt hat –«, er stockte und sah uns an. Wir nickten ihm zu. Allmählich hatten wir die Enttäuschung, dass er noch lebte, überwunden. Meister Ahrens aber rang die Hände.

»Du liebe Zeit! Nu krieg ich kein ordentlichen Tannenbäumens, wo das Geschäft gerade flott gehn soll. Und du wohnst in meinem Haus und tust nich, was ich will? Du musst zu Neujahr ausziehn!«

Wir hatten Meister Ahrens niemals so böse gesehen, und unser Interesse wandte sich ihm ungeteilt zu. »Fahre doch selbst in den Wald und hole die Zweige!«, rief Jürgen.

Der Alte sah ihn böse an. »Da könnt ich doch bei zu Schaden kommen!« murrte er, und mein Bruder trat ganz nahe auf ihn zu.

»Meister Ahrens, du hast mir neulich noch gesagt, die Hauptsache im Leben wäre ein gutes Herz. Du hast doch auch ein gutes Herz?«

»Ganzen gewisslich!«, versicherte der Alte mit etwas unsicherer Stimme. »Abers die Tannenbäumens müssen doch Zweigens haben, sonsten sind es keine Tannenbäumens, und wenn Jobst Krieger mich nich Zweigens holen will –«

»Er will doch kein Dieb mehr sein!«, rief Jürgen. »Lasse ihn in Ruhe und gehe zu Schiffer Lafrenz auf der ›Anna Kathrin‹. Der hat auch eine ganze Menge von Tannenzweigen mitgebracht, die Brüder haben's gesehen!«

»Is wahr?« Ahrens ärgerliches Gesicht wurde etwas milder, dann lief er plötzlich davon, ohne Lebewohl zu sagen. Wir entbehrten ihn auch nicht. Wir hatten unsere Kuchen ausgepackt, und da wir Jobst Krieger verziehen hatten, so durfte er sie probieren. Jürgen und ich sagten ihm auch unsere Weihnachtslieder auf. Der Übung halber und auch deswegen, weil sie uns immer im Kopf herumspukten, und wir waren eigentlich etwas beleidigt, dass Jobst uns gar nicht lobte. Er saß ganz still und hatte beide Hände vor sein Gesicht gelegt. So still war er, dass es uns, als wir nacheinander das »Amen« von unseren Verslein gesprochen hatten, doch etwas unheimlich zu werden anfing. Aber da kam Dörthe ins Stübchen gestürzt, und ihre Überraschung, uns zu sehen, war so groß, und das Vergnügen über die Kuchen noch so viel größer, dass wir ungemein heiter wurden.

Jobst Krieger stand jetzt auf und sagte, dass er uns nach Hause bringen wolle; unsre Eltern würden gewiss nicht wollen, dass wir so lange bei ihm blieben. Wir sahen die Richtigkeit dieser Worte ein, und als wir neben ihm auf der dunkeln Straße gingen, stieß Jürgen plötzlich einen schweren Seufzer aus.

»Jobst, wie furchtbar schade ist es doch, dass du ein so schlechter Mensch bist! Ich mag dich gern leiden – viel lieber als einige Leute, die niemals im Gefängnis waren!«

»Ich auch!«, versicherte ich, und Jobst stand still und legte ganz leise seine Hände auf unsere Haare.

»Mir ist's auch leid genug.«, murmelte er; aber was er noch hinzusetzte, konnten wir nicht verstehen; seine Stimme war ganz heiser geworden. Dann war er in der Dunkelheit verschwunden, und wir mussten den Rest des Heimwegs allein zurücklegen.

Das war nun nicht so schlimm; wir waren nicht ängstlich und hatten außerdem eine Fülle von Unterhaltungsstoff, der auch nicht ausging, als wir den andern von Jobst Krieger und von dem Umstande, dass er noch lebe, berichteten. Wir wollten ihm alles Mögliche zu Weihnachten schenken, alte Anzüge von Papa, die uns nicht gehörten, Esswaren, über die wir keine Verfügung hatten, und vor allem einen Katechismus, damit er die zehn Gebote noch einmal durchlerne.

Aber es kam anders. Als wir am Tage vor Weihnachten Jobst Krieger und seine Tochter feierlich zu uns einladen wollten, erfuhren wir, dass beide in der Nacht vorher verschwunden waren. Sie hatten ihre armselige Habe zurückgelassen und die Insel verlassen. Sie kamen auch nicht wieder, obgleich wir das ganze Weihnachtsfest auf sie warteten, und niemand konnte uns sagen, wohin sie gegangen seien.

Dieses plötzliche Verschwinden betrübte uns außerordentlich, und wir trösteten uns nur allmählich mit dem Gedanken, dass uns jetzt kein Mensch verbieten konnte, an Jobst und Dörthe zu denken und von ihnen zu sprechen. Unser Weihnachtsabend war trotz alledem sehr schön, und wir schenkten die für Jobst bestimmten Sachen andern Leuten, die es auch nötig hatten.

Nur Meister Ahrens feierte kein fröhliches Weihnachtsfest. Erstens waren seine falschen Tannenbäume lange nicht so hübsch wie sonst, obgleich er Zweige bekommen hatte, und dann fiel es den Leuten ein, dass er doch vielleicht den Jobst oft zu hart bedrängt und ihn schon mehrere Jahre hindurch veranlasst hätte, in den Wald zu gehen und zu stehlen. Ob er nun wirklich Schuld daran hatte, war schwer zu sagen; jedenfalls ging er kümmerlich gebeugt einher und klagte über die schlechten Zeiten und die schlechten Menschen.

Mehrere Weihnachtsfeste waren vergangen. Meister Ahrens machte immer noch falsche, hässliche Tannenbäume, und wir selbst sprachen nur manchmal noch von Jobst. Zuerst hatten wir uns ausgedacht, dass er wahrscheinlich nach Amerika gegangen sei und als reicher Mann zurückkehren würde. Dann trug Dörthe seidene Kleider, und er würde uns allen etwas Wundervolles zu Weihnachten schenken. Wir stritten uns darüber, ob wir lieber eine goldene Mundtasse oder einen goldenen Teller haben wollten; allmählich aber vergaßen wir ihn fast, bis wir an einem Weihnachtsabend ein sonderbares Paket mit der Post bekamen.

Es trug Jürgens, Milos und meinen Namen und kam aus einem Orte, von dem die großen Leute sagten, dass er in Ost- oder Westpreußen läge. Dieses Paket enthielt ein sauber geschnitztes kleines Boot, das mit frischen Christrosen angefüllt und in köstliche Tannenzweige verpackt war. Dabei lag ein Zettel, auf dem mit ungeübter Hand die Worte geschrieben waren: *Und hat ein Blümlein bracht mitten im kalten Winter*. Da wussten wir, dass diese Sendung von Jobst Krieger kam, und freuten uns außerordentlich über sie. Besonders darüber, dass er von den Weihnachtsliedern, die wir ihm aufgesagt hatten, etwas behalten hatte. Denn wer auch nur ein wenig von seinen Weihnachtsliedern im Gedächtnis behält, der kann doch ganz gewiss kein schlechter Mensch sein.

Meister Ahrens sagte dasselbe. Er hatte mit derselben Post eine Geldsumme bekommen, die, wie er fest glaubte, von Jobst Krieger kam, weil er ihm gerade so viel Geld schuldig gewesen war.

»Eigentlich hast du das Geld nicht verdient!«, sagte Jürgen, der dem alten Tischler die Behandlung von Jobst nicht vergessen konnte.

Ahrens fuhr sich über den kahlen Kopf und seufzte.

»Nee, eigentlich nich! Abersten wenn ich nu die Hälfte an die Armens gebe, und wenn es mich sowieso all die Jahrens leid getan hat, dass ich nich nett gegen den Jobst war? Ich habe sonsten wahrhaftigen Gott ein furchtbar gutes Herz – bloß bei die Tannenbäumens, da bin ich eigen mit gewesen, weil es so'n gutes Geschäft war.«

Ahrens richtete wirklich eine Weihnachtsbescherung für eine arme Familie aus, und seit der Zeit sprach er noch mehr als sonst von seinem guten Herzen. Sonderbarerweise waren es die Kinder dieser Familie, die nicht bei Dörthe Krieger in der Schule hatten sitzen wollen. Das war aber lange vergessen, und der von Ahrens verfertigte falsche Tannenbaum warf auch über sie seinen weihnachtlichen Schein, und ihre Freude war echt.

Denn das Christkind in seiner Milde fragt nicht nach den Verdiensten und Schwachheiten der armen Erdenkinder. Sonst müsste es aufhören, alle Jahre wiederzukommen.

SUSANNE FALK

Lonely This Christmas

Im Dino's hatte sich rein gar nichts verändert, seit er das letzte Mal hier gewesen war. Er kam nicht oft nach Downtown Las Vegas, aber wenn er es tat, dann ging er stets auf einen Sprung zu Dino's. Er liebte dieses Lokal. Hier war alles so wie immer, die Einrichtung so hässlich wie eh und je und die Leute so betrunken wie zu der Zeit, als dies noch ein Liquor Store war. Schnaps war billig im Dino's. Eine ehrliche Bar für ehrliche Alkoholiker. Es gab schlimmere Kneipen in Vegas.

Er ging direkt an die Bar und bestellte sich einen Tequilashot.

»Ist Chuck heute gar nicht da?«, fragte er den Barkeeper und kippte seinen Tequila hinunter.

»Nein, heute nicht. Noch einen?«

Er nickte und der Barmann füllte sein Glas ein zweites Mal.

»Wann geht's denn los?«, wollte er wissen.

Der Barmann sah auf seine Armbanduhr, eine echte Rolex Submariner. Wo er die wohl herhatte? Und wozu brauchte man in Vegas eine wasserdichte Uhr? Sie waren hier mitten in der Wüste.

»Du darfst schon anfangen, wenn du willst«, informierte ihn der Barkeeper.

Heute war Karaoke Night und Aaron war der Meister des Karaoke. Da machte ihm so schnell keiner was vor.

»Nein danke«, winkte er ab, »ich warte noch ein bisschen.«

Die Bar war nur halb gefüllt. Kein Wunder, es war ja auch der 24. Dezember. Die meisten hatten heute Besseres zu tun, waren auf dem Weg zu ihren Familien oder rannten den letzten Weihnachtsgeschenken hinterher. Er würde sich vom heutigen Gewinn des Wettbewerbs einfach eine Flasche Champagner kaufen und sich damit zu Hause volllaufen lassen. Andere Pläne für Weihnachten hatte er nicht.

Aaron studierte die Lage. Am Tresen hingen zwei College-Studentinnen ab, die offenbar zu Weihnachten vor ihren Familien nach Vegas geflohen waren und einander nun alle paar Minuten versichern mussten, dass dies der beste Plan aller Zeiten war, obwohl sie vor Heimweh beinahe umkamen.

An den Tischen saßen einige Bauarbeiter. Die hatten ja immer zu tun, gleich, ob es nun ein Feiertag war oder nicht. Keiner von denen wirkte jedenfalls so, als wollte er lieber bei seiner Familie sein als hier in dieser Bar, zusammen mit seinen Kumpeln, ein Bud in der Hand und ein entspanntes Grinsen im Gesicht.

Und dann waren da noch ein Pärchen, das offenbar gerade geheiratet hatte, eine Frauenrunde, die ihren Männern, Kindern und Einbauküchen an diesem Abend entkommen waren und sich lautstark einen schönen Abend machten, und zwei einsame Trinker, beides Männer in seinem Alter. Aaron war zufrieden. Das hier war keine Konkurrenz für ihn, obwohl die Frauen es sicher versuchen würden. Dann endete es immer bei *I Will Survive* oder irgendeinem Song von The Mamas and the Papas. Sollten sie ruhig. Wenn er mit seiner Elvis-Nummer loslegte, hatten sie ohnehin keine Chance mehr. Er schaffte sie alle!

Die Karaoke Night bei Dino's war legendär. Aber weil Chuck nur fünfzig Dollar für den Sieger rausrückte, kamen keine Profis hierher, keiner dieser vielen enervierenden Elvis-Imitatoren, die nur das Gehabe, aber nicht die Stimme hatten, um Elvis glaubhaft zu verkörpern. Er hatte beides.

Aaron schaute kurz an sich hinunter. Der weiße Anzug mit dem tiefen Ausschnitt saß perfekt. Er hatte in den letzten Jahren kein Gramm zugelegt. Und die Brust hatte er sich erst heute Vormittag glatt rasiert. Außerdem hatte er eine Extraportion Haargel drin. Vielleicht war es nicht mehr so voll wie noch vor ein paar Jahren, aber sei's drum. Wenn er loslegte, war alles andere vergessen. Da machte ihm keiner was vor.

Wie er vermutet hatte, war es eine aus der Frauenrunde, die als Erste zum Mikro griff. Frankie Valli and the Four Seasons. Auch so ein Klassiker. Hatte Aaron schon mindestens hundertmal gehört. Nun gut, diese Version von *Can't Take My Eyes Off You* war gar nicht mal so schlecht. Großer Applaus der Damenrunde.

Dann kam der Bauarbeitertisch dran. Countryschnulze. Irgendetwas von Johnny Cash. Ganz mies. Der Applaus hielt sich in Grenzen. Aber die Stimmung war gut und die Damen ließen sich nicht lange bitten. Es folgten eine quietschende Aretha Franklin und eine nicht minder schräge Barbra Streisand. Die Mädels an der Bar brauchten noch zwei Shots, aber dann stiegen sie mit ein und sangen diesen unsäglichen *Fight Song.* Aaron hätte beinahe seinen Tequilashot wieder hochgewürgt. Aber natürlich bekamen sie viel Applaus vom Bauarbeitertisch. Logisch, bei den Titten.

Er brachte sich langsam in Stellung. Nach einer furchtbaren Madonna-Nummer, *Like a Virgin,* der frisch vermählten Braut waren sie fällig. Der ganze Raum schrie förmlich nach einem Könner wie ihm.

»Was soll's denn sein, Aaron?«, fragte der Barkeeper, der heute auch die Karaoke-Maschine bediente.

»Wir starten mal mit *Suspicious Minds*«, sagte Aaron und legte los.

Die Reaktion des Publikums war stets aufs Neue überwältigend. Die einen konnten es nicht glauben und begannen zu tuscheln, den anderen standen die Mäuler offen. Einige machten Handyaufnahmen. Nachdem er fertig war, schwoll der Applaus an und Aaron setzte seinen Siegeszug fort mit *In the Ghetto.*

Womit er nicht gerechnet hatte, war der Alkoholpegel im Raum, der sich aufgrund des bevorstehenden Weihnachtsfestes heute schon früh in die Höhe geschraubt hatte. Und besoffene Bauarbeiter waren erfahrungsgemäß kein einfaches Publikum.

»Kannst du auch was anderes als Elvis?«, rief plötzlich einer mitten in die Nummer hinein.

»Ja, Alter, geh doch mal ins Bad, um zu lesen!«, brüllte ein anderer in Anspielung auf Elvis' letzte Worte.

»Scht!«, zischte die Frauenrunde, der seine Darbietung offenbar gut gefiel.

Er brachte *In the Ghetto* gerade mal zu Ende, als ihm einer der Bauarbeiter das Mikro aus der Hand nahm und eine ganz gruselige Version eines Nickelback-Songs zum Besten gab. Das erregte den Unmut der Damen.

»Lasst mal wieder Elvis ran!«, schrien sie.

Der Bauarbeitertyp gab sich jedoch nicht so schnell geschlagen. Er sang einfach noch eine Rock-Nummer, besser gesagt, er lallte sie und fiel dann fast von der Bühne. Aaron sah zum Frauentisch hinüber. Und wie immer war auf die Damen mittleren Alters Verlass.

»Elvis, Elvis!«, skandierten sie.

Er ließ sich ein wenig bitten, dann bestieg er erneut die Bühne.

»Weil morgen Weihnachten ist und jeder von uns schon einmal einsam war, kommt hier einer meiner Lieblingssongs für euch: *Lonely This Christmas.*«

Es dauerte einige Takte, aber dann hatte er sie alle. »I'll be lonely this Christmas. Lonely and cold.« Denn keinen, der heute hier in dieser Bar war, ließ dieses Lied kalt, weil einfach jeder in dieser Bar wusste, was Einsamkeit bedeutete. Die College-Girls ohne ihre Familien, die Hausfrauen, denen keiner mehr Beachtung schenkte, die Bauarbeiter weit weg von daheim und die Säufer sowieso. Er war noch nicht einmal in der Mitte des Songs angekommen, da konnte Aaron sehen, wie sich einer dieser Typen mit den dicken Oberarmen, die fast sein Karohemd zum Platzen brachten, ein paar Tränen aus den Augenwinkeln wischen musste.

Donnernder Applaus und der Barkeeper raunte ins Mikro: »Danke, Aaron! Ladies and Gentlemen, ich denke, wir haben einen klaren Gewinner! Hier sind deine fünfzig Dollar, Aaron. Merry Christmas!«

Aaron nahm den Dollarschein entgegen, verbeugte sich

noch einmal und ließ sich vom Barkeeper einen letzten Shot mit auf den Weg geben. Dann stapfte er zur Tür hinaus und in den nächsten Schnapsladen, um dort seinen Champagner zu erstehen.

»Mein Gott, war der großartig!«, rief eine der Frauen aus, als sie beim Barkeeper eine Runde Margaritas für sich und ihre Freundinnen bestellte.

»Jepp«, sagte dieser, »das ist Aaron!«

»Er klang ja wirklich wie der echte Elvis!«, sagte die Frau begeistert.

»Kunststück«, antwortete der Barkeeper, »er ist ja auch der echte Elvis.«

Da lachte die Frau, die ein T-Shirt mit der Aufschrift »Pussy« trug, kurz auf. »Ich dachte, der Typ heißt Aaron!«

»Ja«, sagte der Barkeeper und grinste, »Elvis Aaron Presley. Das ist sein voller Name. Wussten Sie das nicht?«

»Nein!«, rief die Frau. »Nein! Wirklich? Also, das kann ich nicht glauben.«

»Tun Sie's oder lassen Sie's, aber er ist es wirklich. Kommt jede Woche hier vorbei, singt drei seiner alten Songs und steckt sich die fünfzig Dollar ein. Aaron gehört quasi schon zum Inventar. Und nun entschuldigen Sie mich, ich muss sieben Margaritas mixen.«

Als die Frau an ihren Tisch zurückkehrte, forderte sie eine ihrer Freundinnen auf, ihr das Handy zu reichen.

»Joanna, gib mir mal dein iPhone!«

Dann sah sie sich das Video an, das sie gerade von Elvis aufgenommen hatte, lud es auf YouTube hoch und schrieb darunter: »Elvis lebt!« Es erreichte ganze fünfhundertfünfzehn Klicks.

T. CORAGHESSAN BOYLE

Die Mütze

Sie schickten dem Bären ein Killerteam hinterher. Drei Typen in weißen Anoraks mit Schulteraufnähern vom Staatlichen Forstdienst. Es war am späten Freitag nachmittag, etwa eine Woche vor Weihnachten, und der Schnee fiel so dicht, daß es den Eindruck machte, als wären Himmel und Erde zusammengeklebt. Jill hatte ihre Kneipe eben erst für den Abend geöffnet, als sie zur Tür hereingestampft kamen. Der Große – er bestellte Jim Beam und Bier für alle drei – hätte selbst ein Bär sein können, so wie er in dem schweren Steppanorak unter der Last seiner Schultern zu versinken schien, das Gesicht im Gewirr eines schwarzen Barts verborgen; in seinen blauen Augen blitzte etwas Raubtierhaftes, Herausforderndes. »Hallo, Hübsche«, sagte er und blickte Jill direkt in die Augen, während er ein Bein über den Barhocker schwang und die Unterarme auf die blinkende Kupferstange stemmte. »Wie ich höre, habt ihr hier ein Bärenproblem.«

Ich saß im Dunkel am Ende der Bar, nippte an meinem Bier und beobachtete das Schneetreiben. Jill hatte das Licht noch nicht eingeschaltet, und ich war froh darüber – der Laden hatte so eine beruhigende Unterwasseratmosphäre, der Schnee lag wie eine Decke vor dem Fenster, das Feuer in der Ecke war sanft wie eine Rückenmassage. Ich war hellwach und bewegte mich – zündete mir eine Zigarette an, hob das Glas zum Mund –, aber ich fühlte mich so friedlich, als wäre ich eingeschlummert.

»Stimmt«, sagte Jill, die wegen der »Hübschen« leicht errötet war. Vor zwei Wochen hatte sie mir im Bett gestanden, daß sie sich schon seit Jahren nicht mehr hübsch fühlte. Was redest du denn da? fragte ich. Sie schob die Unterlippe vor und sah weg. Neun Kilo habe ich zugenommen, sagte sie. Ich streichelte sie und lächelte, wie um zu sagen: Neun Kilo – was sind schon neun Kilo? Fettklößchen, sagte ich und spielte damit auf eine der Novellen von Maupassant an, die sie mir geschenkt hatte. Das finde ich nicht witzig, sagte sie, aber dann rollte sie sich zu mir und streichelte mich.

»Ich bin Boo«, sagte der große Kerl, kippte seinen Bourbon und nahm einen Schluck Bier. »Und die zwei sind Scott«, hier nickte er nach links zu seinem Nachbarn, der wie er einen Bart und eine blaue Strickmütze trug, »und Josh.« Josh, der nicht älter als neunzehn sein konnte, fuhr zu seiner Rechten in die Höhe wie ein Stehaufmännchen. Boo zog den Reißverschluß seines Anoraks auf, so daß ein wattiertes Hemd in der Farbe von getrocknetem Blut sichtbar wurde.

»Geht das alles zusammen?« fragte Jill.

Boo nickte, und mir fiel die Narbe auf, die quer über seinem Backenknochen verlief. Ich assoziierte Dosenöffner, Kartoffelschäler, die langen, hakenförmigen gelblichen Klauen von Bären. Dann wandte er sich an mich. »Und was trinkst du, Kumpel?«

Ich hatte gerade die ersten Geräusche aus der Küche gehört – den leisen Kuß von Tasse und Untertasse, das

Klappern von Besteck –, und mein Magen sauste abrupt abwärts wie ein außer Kontrolle geratener Fahrstuhl. Ich hatte den ganzen Tag nichts gegessen. Es war Monatsmitte, sämtliche Taschenbücher im Haus hatte ich gelesen, alle Platten gehört, und ich wartete auf meinen Scheck von der Stütze. Natürlich gab es keinen Briefträger hier oben – den halben Winter über war die Straße sowieso gesperrt –, aber Marshall, der Kneipenbesitzer und inoffizielle König der Siedlung, war ins Tal runtergefahren, um Vorräte für den feiertäglichen Ansturm von Touristen, Motorschlittenpiloten und ähnlichen Leuten anzulegen, und er hatte mir versprochen, mir den Scheck mitzubringen. Falls er da war. Falls er da war und falls Marshall es durch den Schneesturm zurück schaffte, würde ich mir drei oder vier Gläschen Wild Turkey gönnen, danach das Familienmenü kosten und dann Kaffee und Kahlua-Likör nippen, bis Jill mit der Arbeit fertig war. »Bier«, sagte ich.

»Würdest du diesem Mann da ein Bier bringen, Hübsche?« bat Boo in seinem Hinterwäldler-Baß, und nachdem sie mir eins aufgemacht und das Geld von ihm kassiert hatte, fing er mit dem Bären an. Ob sie ihn gesehen habe? Wieviel Schaden er angerichtet habe? Wie seine Spuren aussähen – irgendwas Auffälliges daran? Seine Losung? Sein Pelz sei rötlich, ja? Beinahe zimtfarben? Und das eine Ohr sei abgeknickt?

Sie hatte ihn gesehen. Aber nicht, als er krachend in die Vorratskammer eingebrochen war, die Kiste mit 350-Gramm-Dosen Thunfisch aufgehebelt und mehrere Liter roten Burgunder samt Glassplittern geschlürft hatte, und auch nicht, als er eine Blutspur hinterlassen hatte, die wie ein rosa Band zwischen den Ponderosakiefern im Wald verschwunden war. Nein, damals nicht. Sie hatte ihn unter weitaus intimeren Umständen gesehen – im eigenen Schlafzimmer, um genau zu sein. Sie hatte zusammen mit ihrem achtjährigen Sohn Adrian in der hinteren Kammer geschlafen (um Wärme zu sparen, übernachteten sie im selben Zimmer: abends drehte sie die Heizung ab und warf eine Handvoll Kohlen in den Kachelofen in der Ecke), als auf einmal das Fenster zu Bruch ging. Die eisige Luft schoß herein wie ein Speer, man hörte das dumpfe Dröhnen des schweren Bärenkörpers gegen die Hauswand und eine Explosion von Flaschen, Büchsen und allem möglichen, als er den Müll auf der hinteren Veranda durchwühlte. Sie und Adrian fuhren gerade rechtzeitig hoch, um das verdutzte, zottlige Gesicht des Bären in dem leeren Fensterrahmen zu erkennen, und dann sausten sie los wie von der Tarantel gestochen, zur Vordertür hinaus, und schlossen sich im Auto ein. Sie waren im Schlafanzug zu mir gekommen, zitternd wie Flüchtlinge. Als ich mit meiner Weatherby-Schrotflinte angerückt war, hatte sich der Bär längst davongemacht.

»Ja, ich hab ihn gesehen«, antwortete Jill. »Er hat mein Schlafzimmerfenster eingeschlagen, das mußte ich mit Brettern zunageln.« Josh, der junge Bursche, schien das witzig zu finden, denn er fing an, leise vor sich hinzukeckern, ein hektisches Ein- und Ausatmen wie bei einem alten Hund, dem etwas in der Kehle steckengeblieben ist.

»Also, ehrlich!« Jill stand im Mittelpunkt und blühte auf. »Ich hatte bloß mein Nachthemd an, und barfuß war ich auch, aber ich habe keine Sekunde gezögert – zack, hab ich meinen Sohn an der Hand gepackt, und schon war ich zur Tür raus.«

»Im Nachthemd, ja?«, sagte Boo, über dessen Gesicht dabei ein breites, genüßliches Grinsen glitt, so daß er im trüben Licht einen Moment lang aussah wie ein lüsterner Satyr mit haarigen Beinen, der aus der Kälte hereingekommen war.

»Vielleicht war er doch nicht bloß wegen der Abfälle gekommen«, bemerkte ich, und alle grölten los. In diesem Augenblick kam Marshall mit vollbeladenen Armen zur Tür herein und stampfte sich den Schnee von den Stiefeln. Ich stand auf, um ihm zu helfen, und als er anfing, in seiner Brusttasche herumzufingern, verspürte ich eine Woge der Erleichterung: Er hatte an meinen Scheck gedacht. Ich war schon halb zur Tür hinaus, um ihm beim Hereintragen der Vorräte zu helfen, da hörte ich Boos dröhnenden Baß wie fernen Donner: »Keine Sorge, meine Hübsche«, sagte er, »wir kriegen ihn schon.«

Drei Tage später kam Regina an. Sie hatte in den letzten Jahren immer über die Feiertage ein Zimmer hier oben gemietet, angeblich ihrer Gesundheit wegen, zum Langlaufen und zwecks Tapetenwechsel, aber eigentlich ging es ihr nur darum, vor den sexbesessenen Einsiedlern, die das ganze Jahr zwischen Kiefern und Sequoien verbrachten, ihren stretchbehosten Hintern herumzuzeigen. Sie war Zahnarzthelferin aus Los Angeles. Ihr Gebiß war perfekt, sie lächelte ununterbrochen, und zwar mit dem Gleichmut der Mona Lisa, und sie trug die Sorte Büstenhalter, die in den fünfziger Jahren populär waren – die Sorte, die ihre Brüste durch den Skipullover trieb wie Atomsprengköpfe. Es war bekannt, daß sie gelegentlich mit einem Touristen ins Bett ging oder mit einem vom Glück begünstigten Einheimischen, wenn ihr der Sinn danach stand, aber im Grunde war sie auf Marshall scharf. Zwei Wochen lang zu Weihnachten und dann noch einmal eine Woche über Ostern war sie Stammgast in seiner Kneipe, wurde ebenso Teil der Dekoration wie das Elchgeweih oder der ausgestopfte Bär, wenn sie im Norwegerpulli, roten Skihosen und Sealstiefeln auf ihrem Barhocker saß, einen Sektcocktail schlürfte und darauf wartete, daß er mit der Arbeit fertig war. Manchmal hielt sie nicht durch, und jemand anders schleppte sie ab, während Marshall grimmig von hinten aus der Küche zusah, meist aber blieb sie brav sitzen, wie eine Blume, die darauf wartet, ihre Blütenblätter abzuwerfen.

Als sie an jenem Nachmittag in diese weiße Welt hereinschneite, war es ein Vorgeschmack auf die guten Zeiten, die auf uns zukamen – Frauen aus der Stadt, Wochenend-Cowboys, Großmütter, Kinder, Hunde und Anwälte waren unterwegs, Weihnachtsbäume und -dekorationen wurden aufgebaut, das große Fest der gänsefressenden Christen stand dicht bevor. Ihr Honda mit den kleinen schneekettenbewehrten Rädern, die mich immer an Spielzeug erinnerten, rollte auf den schneeumfriedeten Parkplatz. Es war etwa vier Uhr nachmittags, der Himmel war von einem tristen Grau, und eine lockere Verwehung türmte sich langsam auf der Veranda auf. Dann kam sie herein, stampfte und schüttelte sich, die Strickmütze tief in die Stirn gezogen, und hielt sofort nach Marshall Ausschau.

Ich saß auf meinem Stammplatz, mit dem fünften Bier

beschäftigt, der Scheck, den Marshall mir drei Tage zuvor mitgebracht hatte, war zu einem Drittel aufgebraucht, und ich rechnete mißmutig nach, daß ich bei diesem Tempo schon Weihnachten wieder pleite sein würde. Scooter stand hinter der Theke, und seine verwitwete Schwiegertochter Mae-Mae hockte mürrisch über einem Tom Collins drei Plätze neben mir. Mae-Mae hatte ihren Mann vor zwei Jahren an den Berg verloren (oder vielmehr an die Serpentinenstraße, die uns mit der Zivilisation verband und die sich, verräterisch wie ein Ziegenpfad im Himalaja, in nur vierzig Kilometern die 2200 Höhenmeter aus dem San-Joaquin-Tal bis zu uns heraufschlängelte), und seitdem hatte sie weder gelächelt noch ein Wort gesprochen. Sie war aus Thailand. Scooters Sohn, ein Vietnam-Held, hatte sie aus Südostasien mitgebracht. Wenn Jill frei hatte oder zu viele Touristen den Laden stürmten, kam Scooter von seiner Hütte bei Little Creek, in 1650 Meter Höhe gelegen, heraufgefahren und hängte seinen Skianorak im Hinterzimmer an den Haken, um Cocktails zu schütteln, zu rütteln und zu mischen. Er nahm dann immer Mae-Mae mit, damit sie aus dem Haus kam.

Scooter und ich hatten gerade mit Blick auf die bevorstehenden Football-Ausscheidungsspiele fachmännisch diverse Einzelfragen der Verteidigungstaktik diskutiert, als Reginas Honda auf den Platz rollte; nun brachen wir das Gespräch ab und sahen lieber mit offenem Mund zu, wie sie sich wie eine Go-Go-Tänzerin schüttelte, ihre Jacke aufknöpfte, um die zinnenartigen Brüste freizulegen, und es sich auf einem Barhocker bequem machte. Scooter schob sich das weiße Haar aus der Stirn und grinste sie breit an.

»Naa«, sagte er und versuchte, sich an ihren Namen zu erinnern, »äh, äh, schön, Sie wiederzusehen.«

Sie strahlte ihn mit ihrem Fluorlächeln an, blickte an der geistesabwesenden Mae-Mae vorbei zu mir, der ich wie ein nervöser Hund nickte, dann wandte sie sich wieder an ihn. »Marshall hier?«

Scooter setzte sie davon in Kenntnis, daß Marshall unten im Tal ein paar Besorgungen machte, aber bis zum Abend zurück sein sollte. Und was wollte sie trinken?

Sie seufzte, schlug die Beine übereinander und zündete sich eine Zigarette an. Ihre Mütze paßte zu allem anderen – aus Skandinavien importiert und handgestrickt, die Wolle von den Trollen höchstpersönlich aus Barthaaren von Widdern gesponnen, zweihundert Kröten im Designer-Store. Oder so ähnlich. Die Mütze war grau, wie ihre Augen. Mit schwungvoller Gebärde nahm sie sie ab, fuhr sich durch das kurze schwarze Haar und bestellte einen Sektcocktail. Ich sah auf die Uhr.

Irgendwo hatte ich gelesen, daß in Alaska neunzig Prozent aller Erwachsenen Alkoholprobleme haben. Das konnte ich mir vorstellen. Schnee, Eis, Graupeln, Wind, die dunkle Nacht der Seele: Was sollte man schon sonst machen? Hier oben in den Bergen war es genauso. Big Timber war eine Ansammlung von vielleicht hundert weit verstreuten Hütten auf einem plateauartigen Gipfel in den südlichen Sierras. Die Hütten gehörten größtenteils Sommerfrischlern und Langlauf-Fans aus L. A. und San Diego, Gynäkologen, Bühnen-Agenten, Werbefritzen, Trinkern und Naturfreunden, der Rest einem harten Kern von siebenundzwanzig asozialen Typen, die diesen Ort das ganze Jahr über ihr Zuhause nannten. Ich gehörte zu den letzteren. Jill auch. Unter den übrigen fünfundzwanzig xenophoben Provinzlern fanden sich drei Frauen, davon waren zwei verheiratet, zudem ohnehin jenseits der Wechseljahre. Das einzige weitere weibliche Wesen war eine trunksüchtige Lyrikerin mit extremem Silberblick, die am äußersten Rand der Siedlung in der Hütte ihrer Eltern lebte und Männer haßte. Der Fernsehempfang ließ zu wünschen übrig, Radio gab es keins, und die nächstgelegene Bücherei war eine Einzimmer-Angelegenheit auf halbem Wege ins Tal, wo man sich mit drei Exemplaren der ›Dornenvögel‹ und den gesammelten Werken von Irving Wallace brüstete.

Also tranken wir.

Das gesellschaftliche Leben, soweit es eins gab, spielte sich rund um Marshalls Kneipe ab, die ihr gesamtes Angebot in einem einzigen riesigen Raum bereitstellte, von Hamburgern und Chili-Omeletts über Tabletten gegen Sodbrennen, Grippemittel und Dosen mit eingelegten Rüben bis zum Toilettenpapier, außerdem Alkohol, die Nähe anderer Menschen und die Gelegenheit, an den Hebeln eines Videospiels in der Ecke außerirdische Eindringlinge zurückzuschlagen. Jeden Freitag organisierte Marshall Familienmenüs, an Thanksgiving und zu Weihnachten veranstaltete er Truthahnfestessen, zu Silvester schmiß er eine Party, und während des langen, einsamen Winters hielt er die Bar auch an den Wochenenden offen, wobei er weniger an seinen Profit als an unsere geistige Gesundheit dachte. Zum Anwesen gehörten auch acht recht rustikale Hotelzimmer, die normalerweise nicht belegt waren, sich aber jetzt – mit dem Eintreffen von Boo, dessen Killerkollegen, Regina und mehreren anderen Touristen – allmählich füllten.

Am Tag, als Regina einrollte, hatte Jill das ausnahmsweise einmal gute Wetter ausgenutzt, um mit ihrem Kombi den Berg hinunterzukurven und Weihnachtseinkäufe zu erledigen. Eigentlich hätte ich mitfahren sollen, aber wir hatten Streit gehabt. Wegen Boo. Am Abend vorher war ich von meinem Nachmittagsspaziergang hereingekommen und hatte gesehen, wie Jill mit einem leeren Kuhaugenblick halb über der Theke lag, während ihr Boo aus etwa fünfzehn Zentimeter Entfernung sein Baritongesäusel ins Gesicht hauchte. Ich sah das, und dann sah ich auch, daß die Hände der beiden ineinander verschlungen waren, als wären sie beim Fingerhakeln oder so etwas. Marshall war in der Küche, Josh besorgte es dem Videospiel, und Scott hatte sich wohl auf sein Zimmer verzogen. »Hallo«, sagte Boo und drehte sich beiläufig zu mir um, »was tut sich so?« Jill warf mir einen trotzigen Blick zu, ehe sie sich losmachte und etwas planlos in der Kasse herumwühlte. Ich war in der Tür stehengeblieben und sagte gar nichts. *Wuschzz, wuschzz,* tönte das Videospiel, *pjing, pjing.* In der Küche ließ Marshall irgendetwas fallen. »Mach dem Mann da einen Drink, Schätzchen«, sagte Boo. Ich drehte mich um und ging hinaus.

»Verdammt, ich begreif dich nicht«, hatte Jill gemeint, als ich sie später von der Arbeit abholte. »Das ist doch mein Job, Mann. Was soll ich denn machen? Mir ein Schild um den Hals hängen, wo draufsteht: ›EIGENTUM VON M. KOERNER‹?«

Ich erwiderte, das hielte ich für eine ganz gute Idee.

»Hättest gar nicht herzufahren brauchen«, sagte sie. »Ich geh zu Fuß.«

»Und der Bär?« fragte ich, denn ich wußte, wie sehr sie der Gedanke an ihn erschreckte, wußte, daß es für sie entsetzlich war, die düsteren, nur vom Schnee erhellten Straßen entlangzugehen, weil sie Angst hatte, dem Vieh über den Weg zu laufen – ich wußte es und wollte, daß sie es zugab, daß sie mir sagte, sie brauche mich.

Doch sie sagte nichts weiter als: »Scheiß auf den Bären«, und dann war sie weg.

Jetzt bestellte ich ein weiteres Bier, schlenderte an der Theke entlang und setzte mich auf den Barhocker neben Regina. »Hallo«, sagte ich, »erinnern Sie sich an mich? Michael Koerner? Ich wohne oben hinter dem Haus von Malloy?«

Sie kniff die Augen zusammen und schenkte mir ein Lächeln, das ich bis tief hinunter in die entferntesten Zellen meines Fortpflanzungstrakts spürte. Ich war ihr nicht bekannter als irgendein chinesischer Landarbeiter, den man aufs Geratewohl aus der gesichtslosen Masse herausgeholt hat. »Sicher«, sagte sie.

Wir plauderten ein wenig. Wie glatt die Straßen doch waren – noch schlimmer als letztes Jahr. Ein wildgewordener Bär? Ach, wirklich? Und Marshall hatte jetzt einen Bart?

Ich hatte sie zu zwei Sektcocktails eingeladen und pflegte wieder einmal ein neues Bier, da kam Jill zur Tür hereingestürmt, die Arme mit glitzernd verpackten Paketen beladen. Sie strahlte vor Menschenfreundlichkeit und Festtagslaune; neben ihr zottelte Adrian her, der aussah, als wäre er eben vom fliegenden Rentier des Weihnachtsmannes abgestiegen. Falls Jill vom Anblick Reginas irritiert war – genauer gesagt davon, daß ich diesem Anblick so nahe und so mit ihm verknüpft war –, so ließ sie es sich keinen Moment anmerken. Die Pakete knallten dumpf auf die Theke, Scooter und Mae-Mae wurden mit fröhlichem Quietschen begrüßt, Regina umarmt – und ich ignoriert. Adrian ging direkt auf das Videospiel los, wobei er nur kurz haltmachte, um die sechs Vierteldollarmünzen einzustreichen, die ich ihm wie eine Opfergabe entgegenhielt. Jill bestellte sich einen Cocktail und redete auf Regina ein, schwatzte los über Frisuren, Fingernägel, Schuhe, Blusen und so weiter, als freute sie sich, sie hier zu sehen. »Diese Mütze finde ich einfach wunderschön!« rief sie irgendwann aus und streckte die Hand aus, um die Wolle zu befühlen. Ich drehte mich auf dem Barhocker um und starrte aus dem Fenster.

In diesem Augenblick tauchte Boo auf. Undeutlich erkennbar, vom Schnee weichgezeichnet, stapfte er über die öde weiße Fläche des Parkplatzes wie in einem Traum. Die Kapuze seines weißen Anoraks war hochgeschlagen, er trug ein Gewehr über der Schulter und zerrte irgendetwas hinter sich her. Etwas Schweres, Schwarzes, eine längliche, schmale Form, die sich wie ein Schatten hinter ihm ausbreitete. Als er stehenblieb, sich aufrichtete und in Dampfschwaden gehüllt nach Luft rang, bemerkte ich schockiert, daß zu seinen Füßen der Kadaver eines Tiers lag, rot wie eine offene Wunde im Schnee. »He!« schrie ich, »Boo hat den Bären erwischt!« Im nächsten Augenblick stürzten wir alle hinaus auf den windgepeitschten

Parkplatz, standen zwischen den bedrohlichen Baumreihen und unter dem geschwollenen Bauch des grauen Himmels, und Boo blickte verdutzt von dem ausgenommenen Kadaver eines Rehbocks auf. »Was ist denn los, Feuer in der Kneipe?« fragte er. Seine scharfen blauen Augen parierten kurz meinen Blick, dann musterte er nacheinander Scooter, Adrian und Mae-Mae, betrachtete einen Moment lang Jill und fixierte schließlich Reginas erstauntes Gesicht. Er grinste.

In der schwarzen Schnauze des Rehbocks bleckten die gelblichen Zähne; die Augen waren glasig. Boo hatte das Tier von der Brust bis zur Lende aufgeschlitzt, und aus dem hinteren Ende der schartigen Wunde quoll ein halbgefrorener Klumpen grauweißer Darmschlingen. Ich kam mir lächerlich vor.

»Köder«, erklärte Boo und ließ den Blick dabei wieder über uns schweifen. »Ich ziehe eine Blutspur, die man noch mit geschlossenen Augen und zugeklebter Nase verfolgen könnte. Dann häng ich das Fleisch an einen Baum und brauch bloß noch auf Meister Petz zu warten.«

Jill wandte sich ab, ein wenig theatralisch, wie ich fand, und bekundete halblaut Protest und Abscheu unter Berufung auf »das arme Tier«, dann nahm sie Adrian bei der Hand und zerrte ihn in Richtung des Hauses. Mae-Mae starrte durch uns alle hindurch, dieses Gemetzel ähnelte für sie jenem anderen, das ihren Mann das Leben gekostet hatte, kopfüber in der kleinen Blechdose seines Autos, Blut auf dem Berghang. Regina musterte Boo. Er stand vor dem erlegten Rehbock und grinste wie ein Urmensch angesichts seiner Jagdbeute, dann bückte er sich, um das Vieh beim

Geweih zu packen und es quer über den Platz zu schleifen, als wäre es ein alter Teppich für den Kirchenbasar.

An diesem Abend ging es in der Kneipe rund. Die ersten Touristen waren eingetroffen, und deshalb sah man zehn bis zwölf neue Gesichter an der Bar. Ich löffelte in der Einsamkeit meiner Hütte Hühnersuppe und eine Dose kalte Rüben, wickelte mir einen kitschigen schwarzgoldenen Schal um den Hals und stapfte durch den dunklen, konturlosen Wald zur Kneipe hinüber. Als ich eintrat, roch ich Parfüm, süße Liköre, heiße Körper, und ich hörte das sinnliche Klicken der Billardkugeln, die das Gegröle der rings um mich anschwellenden Stimmen rhythmisch untermalten. Festtagslaune, o ja, allerdings.

Jill stand hinter der Theke. Alle Bewohner der Siedlung waren da, einschließlich der zwei alten Frauen und der schielenden Lyrikerin. An der Theke lehnte, lümmelte und lachte eine Schar johlender Fremdlinge und etliche, die ich vage von früheren Jahren her kannte; andere hockten hinten an den Tischen über ihren Steaks. Marshall stand am Grill. Ich schlängelte mich zur Theke hindurch und stellte mich zwischen einen bärtigen Fremden mit einem Cowboyhut aus grauem Filz und einen Kerl, der mir irgendwie bekannt vorkam, der mich aber mit zutiefst verächtlichem Blick ansah und sich dann abwandte. Ich fragte mich kurz, womit ich diesen Mann wohl gekränkt haben konnte (Wintergäste – ich wußte ja kaum noch, was ich letzte Woche getan und gesagt hatte, geschweige denn letztes Jahr), als ich Regina erblickte. Und Boo. Sie saßen hinten in einer Nische, ihr Tisch war übersät mit leeren Gläsern und Bierflaschen. Gut, dachte ich. Ein heimtückisches Lächeln der Befriedigung huschte über meine Lippen, und dann sah ich Jill an.

Ich merkte, daß sie die beiden aus dem Augenwinkel beobachtete, obwohl ein unbeteiligter Zuschauer sicher geglaubt hätte, ihre ganze Aufmerksamkeit gelte Alf Cornwall, dem alten Furzer, der vor ihr an der Theke saß und ein Gläschen Pfefferminzschnaps trank, während er bis zum Erbrechen das einzige Thema wiederkäute, das ihm wichtig war – d.h. den beklagenswerten Zustand seiner Gesundheit. »Jill«, rief ich schadenfroh, »wie wär's denn mit ein bißchen Bedienung hier?«

Sie warf mir einen Blick zu, der Metall hätte zerfressen können, dann stieß sie sich von der Theke ab, goß mir langsam einen Schluck Wild Turkey ein und zapfte noch langsamer ein Glas Bier. Ich zwinkerte ihr zu, als sie mir die Drinks hinstellte und mein Geld vom Tresen aufsammelte. »Heute abend nicht, Michael«, sagte sie, »ich fühl mich nicht danach.« Ihre Stimme klang so schleppend und düster wie die eines professionellen Klageweibes. Langsam wurde mir klar, wieviel sie von diesem Boo gehalten hatte (und wie wenig von mir), und ich sah über die Schulter, um ihn kurz mit haßerfüllter Eifersucht zu mustern. Als Jill mir das Wechselgeld hinlegte, packte ich sie am Handgelenk. »Zum Teufel, was soll das heißen: ›Heute abend nicht‹?« zischte ich. »Darf ich jetzt nicht mal mehr mit dir reden, oder was?«

Sie sah mich an wie eine Märtyrerin, eine achtundzwanzigjährige Frau, die von ihrem Mann am Ende der bewohnten Welt im Stich gelassen worden war und einen unglücklichen Jungen und einen abgehalfterten Beau durchbringen mußte, für den der Gedanke ans Heiraten etwa so verlockend war wie eine Lobotomie; sie sah mich an wie eine Frau, die die Hoffnung auf romantische Abenteuer aufgegeben hatte. Dann riß sie sich los und schlurfte davon, um sich wieder sämtliche faszinierenden Begleitumstände von Alf Cornwalls letztem Stuhlgang anzuhören.

Gegen elf ließ der Andrang etwas nach, und Marshall kam hinter dem Grill vor, um sich an der Bar einen Rémy Martin einzugießen. Auch er legte ein außergewöhnliches Interesse an Alf Cornwalls Verdauungstrakt an den Tag und schnüffelte etwa fünf Minuten lang versonnen an seinem Cognac, ehe er mit dem Glas in der Hand zu Boo und Regina hinüberschlenderte. Er setzte sich neben Regina, nickte und grinste, aber er wirkte nicht allzu vergnügt.

Wie Boo war Marshall ein massiger Typ. Breiter Schädel, breit um den Bauch, graues Haar und weißgesprenkelter Bart. Er war Mitte Vierzig, zweimal geschieden, und er hatte eine lässige, naturburschenhafte Art, die Frauen anziehend fanden, oder einmalig – oder was auch immer. Jedenfalls die Frauen hier oben. Jill hatte in dem Jahr, bevor ich hergezogen war, etwas mit ihm gehabt, er war einer der Hauptgründe, warum die schielende Lyrikerin Männer haßte, und unzählige Langlauf-Skihäschen, Arztgattinnen und Ausflüglerinnen hatten schon ein kleines außerplanmäßiges Training auf dem Wasserbett im Eichenholzrahmen eingelegt, das sein Zimmer hinten im Haus beherrschte. Boo hatte keine Chance. Zehn Minuten nachdem Marshall sich hingesetzt hatte, stand er an der Bar, etwas unsicher nach den vielen Drinks, und taxierte Jill von oben bis unten, als hätte er nur einen Gedanken.

Ich war bei meinem dritten Bourbon und dem fünften Bier, das Licht war schummrig, das Feuer prasselte, und der Sechs-Meter-Weihnachtsbaum glitzerte wie ein Satellit. Alf Cornwall hatte seinen Mist mit nach Hause genommen, die Lyrikerin, die Ehefrauen und zwei Drittel der Neuankömmlinge waren gegangen. Ich diskutierte mit dem Typen im Cowboyhut, der, wie sich herausstellte, aus San Diego kam, über Stranderosion und behielt dabei Boo und Jill am anderen Ende der Theke im Auge. »Also, echt«, brüllte San Diego, als wäre ich eine halbe Meile weit weg, »da bauen sie diese gottverdammten, total sinnlosen Wellenbrecher hin, und was hat man davon, frag ich Sie? Hä?«

Ich hörte ihm nicht zu. Boo streichelte Jills Hand wie ein Handschuhvertreter, Marshall und Regina saßen in ihrer Nische im Clinch, und ich fühlte mich verletzt, gekränkt und ausgeschlossen. Ein brennendes Holzscheit brach auseinander und krachte dumpf in die Glut. Marshall stand auf, um das Feuer zu schüren, und auf einmal ging mir der Hut hoch. Ich drehte San Diego abrupt den Rücken zu, schob meinen Hocker nach hinten und ging rasch ans andere Ende der Bar.

Jill sah meinen Gesichtsausdruck und zuckte zusammen. Ich legte die Hand auf Boos Schulter, der sich im Zeitlupentempo zu mir umdrehte, das Gesicht riesengroß, über seinem Backenknochen glänzte die Narbe. »Das kannst du nicht machen«, sagte ich.

Er sah mich nur an.

»Michael«, sagte Jill.

»Häh?« fragte er. »Was meinst du?« Dann blickte er zu Jill, und als er den Kopf wieder zu mir drehte, wußte er es.

Ich schubste ihn, als er sich gerade vom Barhocker erhob, und er knickte kurz mit den Knien ein, ehe er sich fing und auf mich losstürzte. Wenn Marshall nicht eingeschritten wäre, hätte er mich vernichtet, aber das war mir egal. Auch so bekam ich noch einen fürchterlichen Schlag aufs Brustbein, der mich gegen den Tresen schleuderte, so daß ein paar Gläser umflogen. Paff, paff, zerschepperten sie auf dem Fliesenboden, wie Glühbirnen, die man von einer Leiter fallen läßt.

»Verdammt noch mal«, brüllte Marshall los, »jetzt reicht's aber.« Sein Gesicht war bis zu den Wurzeln des Schnurrbarts rot angelaufen. »Michael!« sagte oder vielmehr donnerte er, dann winkte er angewidert ab. Boo stand hinter ihm und sah mich böse an. »Ich glaube, du hast genug getrunken, Michael«, sagte Marshall. »Geh jetzt nach Hause.«

Ich wollte sofort widersprechen, wollte Obszönitäten herausbrüllen, wollte auf beide zugleich losgehen, das Mobiliar zerlegen und den Raum in Brand stecken, aber ich tat es nicht. Ich war nicht mehr sechzehn: ich war einunddreißig und vernünftig. Die Kneipe war die einzige im Umkreis von vierzig Kilometern, und ich würde verflucht durstig und verflucht einsam werden, wenn ich hier auf Dauer Lokalverbot bekäme. »Schon gut«, sagte ich. »Schon gut.« Und dann, während ich mir die Jacke überstreifte: »Tut mir leid.«

Boo grinste, Jill sah aus wie in der Nacht, als der Bär bei ihr eingebrochen hatte. Regina musterte mich entweder interessiert oder amüsiert – ich war mir nicht sicher –, Scooter sah aus, als müßte er dringend pinkeln gehen, und

San Diego machte mir wortlos Platz. Ich zog die Tür hinter mir zu. Leise.

Draußen schneite es. Große, warme, tröstliche Flocken. Es war die Art von Schneefall, bei der mein Vater immer die Hände aufgehalten und gemurmelt hatte: *Gott rupft sicher gerade Gänse da oben.* Ich wickelte mir den Schal um den Hals und wollte eben über den Parkplatz gehen, da sah ich durch die Flocken eine verschwommene Bewegung. Zuerst dachte ich an einen Spätankömmling aus dem Tal, irgendeinen Teilzeit-Bewohner, der seine Hütte beziehen wollte. Dann dachte ich, es sei der Bär.

In beidem hatte ich unrecht. Der Schnee fiel auf die dunklen, astlosen Säulen der Baumstämme nieder, Kreidestriche auf einer Schiefertafel, ich zählte drei Atemzüge ab, und dann trat Mae-Mae aus der Finsternis. »Michael?« sagte sie und kam näher.

Ich konnte ihr Gesicht in dem gelben Licht erkennen, das durch die Fenster der Kneipe sickerte und wie Schimmelpilz auf dem Schnee lag. Sie lächelte mich freundlich an, dann veränderte sich ihre Miene, und sie berührte mit dem Zeigefinger meinen Mundwinkel. »Was passieren dir?« fragte sie, und auf ihrem Finger schimmerte Blut.

Ich leckte mir die Lippe. »Nichts. Hab mir wohl auf die Lippe gebissen.« Der Schnee fing sich wie Konfetti im Federbusch ihres Haars, und ihre Augen strahlten mich aus der Dunkelheit an. »He«, begann ich, von einer Eingebung überkommen, »willst du vielleicht mit zu mir kommen und noch was trinken?«

Am nächsten Tag war ich gegen Abend mit der Axt im Wald. Es waren etwa minus zehn Grad, ich hatte ein Fläschchen Presidente dabei, das mich warm hielt, und ich suchte eine hübsche, rundgewachsene Silbertanne von anderthalb Meter Höhe. Ich hörte, wie der Schnee unter meinen Stiefeln ächzte, sah meinem in der Luft hängenden Atem nach; ich blickte mich um und sah zehntausend Bäumchen unter dem Baldachin der Riesenwipfel, und keiner war richtig. Als ich endlich gefunden hatte, was ich suchte, hatte der Schnee das Licht aufgesogen und die Bäume waren zu Schatten geworden.

Als ich mich bückte, um vom Stamm des Baumes, den ich mir ausgesucht hatte, den Schnee zu wischen, ließ mich etwas über die Schulter nach hinten schauen. Dämmerlicht, Stämme unter dem Schnee, Äste, Stümpfe. Anfangs sah ich ihn nicht, aber ich wußte, daß er da war. Sechster Sinn. Dann aber, noch ehe die zottige Silhouette aus dem Zwielicht hervortrat, hatte ich eine prosaischere Erklärung: Ich konnte ihn riechen. Scheiße, Pisse, Fell, Aas, schlechter Atem, urtümlicher Gestank schlechthin. Da war er, ein Schatten unter Schatten, riesenhaft wie ein umgestürzter Baum, der Bär, und beobachtete mich.

Nichts passierte. Weder grinste ich ihn so lange an, bis er verlegen wurde, noch schmiß ich meine Axt nach ihm oder kletterte auf einen Baum, noch trottete er in einem Anfall von Panik davon oder warf sich mit blutgierigem Gebrüll auf mich, und auf einen Baum kletterte auch er nicht. Ich stand starr da wie eine Skulptur aus Eis, wagte nicht einmal, mich aufzurichten, weil ich Angst hatte, den Augenblick zu zerstören, und beobachtete den Bären. Kommunizierte mit ihm. Er war ein Streuner, ein Einzelgänger, noch etwas groggy vom Lufttransport aus dem Yellowstone-Nationalpark, wo er sich zu sehr an die Menschen gewöhnt hatte. Auch an mich schien er schon gewöhnt. Ich fragte mich, ob er meine Spuren ebenso studiert hatte wie ich die seinen, und was er überhaupt hier draußen in den rauhen, verschneiten Wäldern tat, anstatt sich gemütlich in seiner Höhle zusammenzurollen. Zehn Minuten vergingen. Fünfzehn. Der Wald wurde dunkel. Ich richtete mich auf. Er war weg.

Weihnachten wurde eine reichlich triste Sache. Andere mögen nach den Feiertagen Depressionen bekommen, ich hatte sie vorher, währenddessen und danach auch noch. Ich war pleite, Jill und ich standen kurz vor der Trennung, der Anblick der hundert Meter hohen Bäume und der schneebedeckten Gipfel ekelte mich langsam an, und für den Rest der Menschheit hatte ich etwa so viel übrig wie Gulliver für die Yahoos. Gegen sechs ging ich doch noch bei Jill vorbei, um freudlos und wortkarg ein Mahl mit ihr und Adrian zu teilen und danach Geschenke auszutauschen. Adrian bekam von mir einen sechzig Zentimeter großen grellorangefarbenen Plastikdrachen aus Taiwan, der Pfützen eines rötlichen Zeugs verspuckte, das an Erbrochenes erinnerte, und Jill schenkte ich eine billige Wollmütze mit rosa Bommel. Sie schenkte mir ein Paar Handschuhe. Zum Kaffee blieb ich nicht.

Silvester war etwas anderes.

Zum einen, weil ich selbst eine Party gab. Und zum anderen war ich von schlichtem Menschenhaß zu Nihilismus,

Geistestod und noch jenseits davon gelangt. Es war Neujahr, zwei Uhr früh, alle Gäste in der Kneipe trugen bunte Hütchen, ich hatte die Hälfte aller anwesenden Frauen geküßt – darunter die widerwillige Jill, die anschmiegsame Regina und die säuerlich aus dem Mund riechende Lyrikerin – und fühlte mich leer und voll zugleich, leichtsinnig, überschwenglich, hoffnungsfroh, verzweifelt und besoffen. »Feiern wir bei mir weiter«, schrie ich, als Marshall die letzte Bestellung ankündigte und das Licht heller drehte. »Seid alle eingeladen.«

Dreißig Lebeleute stapften durch die verschneiten Straßen, bliesen in Plastiktröten und Scherztrompeten, ließen Motorschlitten, Jeeps und Kombilaster an, nahmen angebrochene Flaschen mit hinaus und juchzten zu den Sternen hinauf. In meiner kleinen Hütte wurde es eng wie in einem Netz voller Fische, man quetschte sich gegeneinander, grinste und grölte, flirtete oben in der Dachkammer, kotzte in die Toilette, kicherte vor dem Kamin. Boo war da, Schwamm drüber, und Jill auch. Marshall, Regina, Scooter, Mae-Mae, Josh und Scott, die Lyrikerin, San Diego und wer sonst noch alles unter dem mit einer glitzernden Narrenkappe geschmückten Elchgeweih gestanden hatte, als meine Einladung ergangen war. Jemand legte eine Reggae-Platte auf, die seismische Vibrationen ins Gebälk jagte, und ein paar Leute fingen an zu tanzen. Ich stand draußen in der Küche und fummelte mit den Eiswürfeln herum, als Regina mit einem Glas in der Hand durch die Tür getorkelt kam. Sie grinste mich schief an und hielt mir das Glas hin. »Was trinkst'n da?« fragte sie.

»Pink Boys«, antwortete ich. »Wodka mit zerstoßenem Eis und rosa Limonade, das Ganze gut durchgeschüttelt.«

»Pink Boys«, sagte Regina oder versuchte es zu sagen. Sie trug ihre Strickmütze und die dazu passende Weste; die Mütze war tief in die Stirn gezogen, die Weste fast bis zum Nabel aufgeknöpft. Ich nahm ihr das Glas aus der Hand, und sie ging auf mich los, bekam meinen Oberarm zu fassen und steckte mir die Zunge in den Mund. Im nächsten Moment preßte ich sie gegen den Herd, erforschte mit der Zungenspitze ihr prachtvolles Gebiß und fuhr mit der Hand in diese wunderschöne Strickweste wie in eine Goldgrube.

Nichts davon bereitete mir Probleme. Ich verschwendete keinen Gedanken an Beweggründe, Moral, Treue oder den morgigen Tag: Ich war ein Geschöpf der Natur und reagierte auf natürliche Bedürfnisse. Außerdem war Jill im Wohnzimmer in Marshalls Umarmung verkeilt, womit der alte Satyr und Bergfürst seinen historischen Anspruch erneuerte, Boo kauerte mit Mae-Mae vor dem Feuer, sah sie aus seinen blitzenden Augen an und murmelte etwas über Bärendreck, und zwar mit so tiefer Stimme, daß Johnny Cash erbleicht wäre, während Josh und die Lyrikerin fröhlich über Edna St. Vincent Millay lästerten und dabei ihre Körper ungelenk zu Bob Marleys Voodoo-Rhythmen schwenkten. Silvester. Es war wie eine Szene aus dem *Reigen.*

Gegen halb vier hatte mich Regina abgewiesen, für die ich offensichtlich nur ein Köder gewesen war, Marshall und Jill waren zweimal verschwunden und wieder aufgetaucht, Regina hatte erfolglos versucht, Boo und Mae-Mae zu trennen (die sich inzwischen in meine Schlafkammer verzogen hatten), San Diego war hingefallen und hatte dabei meinen Couchtisch zu Splittern zerlegt, wir leerten gerade den vierten Liter Wodka, und Josh tauschte mit der Lyrikerin Adressen aus. Prost Neujahr, dachte ich, betrachtete das Chaos und mümmelte trübselig ein paar Taco-Chips, während der betrunkene San Diego mir etwas über Geländewagen, Außenborder und Thunfischjagd ins Ohr brüllte. Marshall und Jill hielten Händchen, und Regina in der anderen Ecke des Zimmers sah gefährlich aus. Sie hatte vier oder fünf Pink Boys getrunken, abgesehen von dem, was sie vorher in der Kneipe gekippt hatte, aber wer zählte schon noch mit? Auf einmal stand sie auf – oder vielmehr: sie schnellte nach vorn wie ein Marineinfanterist beim Sturmangriff – und fing an, ihre Sachen zusammenzusuchen.

Was dann geschah, ist immer noch nicht ganz klar. Irgendwie war ihre Mütze verschwunden – damit fing alles an. Zuerst stöberte sie nur herum, schob Stapel von Schals und Daunenjacken beiseite, stocherte unter Möbelstücken, verscheuchte Leute von der Couch und aus den Sesseln, dann aber wurde sie hektisch. Die Mütze sei ein Andenken, ein Erbstück. Ihre Urgroßmutter habe sie damals in Flekkefjord zur Erinnerung an die Krönung von Olaf dem Dritten gestrickt oder so ähnlich und dann mit nach Amerika genommen. Jedenfalls sei sie unersetzlich. Wertvoller als die Magna Charta, das Turiner Grabtuch und der Hope-Diamant zusammen. Sie wurde schrill.

Jemand schaltete die Anlage aus. Alle wuselten herum. Ein Komiker – der mir völlig fremd war – zog eine Show ab, indem er hinter dem gerahmten Foto von Dry Gulch, Wyoming, nachsah, das neben dem Kamin hing. »Sie wird sich schon finden«, sagte ich.

Regina hatte einen Stapel Zeitungen über den Boden verstreut und durchwühlte jetzt die Kiste mit Brennholz in der Ecke. Sie drehte sich mit wilder Miene zu mir um. »Den Teufel wird sie«, fauchte sie. »Jemand hat sie mir gestohlen.«

»Gestohlen?« wiederholte ich.

»Stimmt genau«, sagte sie, jetzt sehr bestimmt. Sie sah dabei Jill an. »Irgendeine Schlampe. Eine fettärschige, eifersüchtige Schlampe, die einfach nicht damit fertig wird, daß man sie aussticht. Eine, eine –«

Sie konnte den Satz nicht beenden. Jill sprang von der Couch hoch wie etwas, das in Pamplona in die Arena gestürmt kommt, und plötzlich fielen die beiden wütend übereinander her, zerrten sich gegenseitig an den Haaren und kratzten einander wie die Harpyien. Regina kreischte und fluchte gleichzeitig, Jill ging gezielt auf schmerzempfindliche Stellen los. Ich wußte mir keinen Rat. San Diego beging den Fehler, die beiden trennen zu wollen, und bekam dafür einen tiefen Kratzer ins Gesicht. Als sie schließlich gegen die Stehlampe krachten, die mit einem spitzen Knall von geborstenem Glas zu Boden flog, packte Marshall Regina von hinten und zerrte sie aus dem Zimmer, während ich mir größte Mühe gab, Jill zu bändigen.

Die Tür knallte zu. Jill machte sich los, nach Atem ringend, und drehte mir den Rücken zu. Zwanzig blasse, ratlose Gesichter verteilten sich im Raum wie japanische Lampions. Einige der Männer blickten etwas blöde drein, als hätten sie etwas mit angesehen, was sie eigentlich nichts anging. Keiner sagte ein Wort. In diesem Moment kam Boo aus dem Schlafzimmer, mit Mae-Mae im Schlepptau. »Was ist denn hier für ein Krach?« fragte er.

Ich sah mich im Zimmer um. Mit einem Mal fühlte ich mich unbeschreiblich fertig. »Die Party ist vorbei«, sagte ich.

Ich wachte am Mittag mit einem Kater auf. Ich trank Wasser aus der Leitung, klatschte mir etwas davon ins Gesicht und wankte zur Kneipe hinüber, um zu frühstücken. Marshall war da, er stand hinter dem Grill und sah aus, als wäre er aus Kartoffelbrei. Er bemerkte mich kaum, als ich hereinschlurfte und einen Platz am Fenster einnahm, wo sich fröhliche, redselige und wohlgenährte Touristen drängten.

Ich blätterte durch den ›Chronicle‹ und pustete gerade auf meine dritte Tasse Kaffee, als ich Reginas Auto sah. Es glitt am Fenster vorbei, bewältigte die Kurve am Ende des Parkplatzes und bog dann auf die Straße ins Tal hinunter ein. Ich war mir nicht ganz sicher – es war ein trüber Tag, der Himmel war wie rauchverhangen –, aber soweit ich es ausmachen konnte, hatte sie keine Mütze auf. Aus war's mit ihrer Rolle als Bergfürstin, dachte ich. Schluß mit den Sektcocktails und dem hautengen, reizvollen Stretch über dem Hintern – von jetzt an ging es auf Mundgeruch und Zahnfleischschwund zu. Ich widmete mich wieder der Zeitung.

Als ich das nächstemal aufblickte, sah ich Boo, Josh und Scott aus einem Jeep Cherokee aussteigen, dicht umringt von Gaffern und Sonntags-Skiläufern. Über die Motorhaube des Wagens geworfen, an den Rändern rot glänzend von rohem Fleisch und Blut, lag ein Bärenfell, an dem noch der Kopf dranhing. Der Pelz war rötlich, fast zimtfarben, und das eine Ohr war abgeknickt. Ich sah zu, wie Boo zur Tür heranschlenderte, zwei sechzehnjährige Skihäschen mit geföntem Haar vorbeiließ und sich dann in die Kneipe schob.

Er blieb einen Moment am Eingang stehen, nahm die Sonnenbrille ab und wischte sie sorgfältig am Anorak ab, ehe er sie in der Brusttasche verstaute. Dann ging er auf die Kasse zu, wobei er lässig nach der Brieftasche griff. »Hallo«, grüßte er, als er mich entdeckte, und blieb kurz stehen, um sich über meinen Tisch zu beugen. »Wir haben ihn erwischt«, sagte er, wobei sein Bariton in den Keller ging. Mit einer knappen Kopfbewegung deutete er auf den Wagen vor der Kneipe. Vorn auf seinem Anorak hatte er einen Fleck, eine bräunlich verfärbte Stelle. Ich drehte den Kopf zur Seite, warf einen Blick aus dem Fenster und sah dann wieder ihn an; es kam mir vor, als hätte mir jemand einen Schlag in die Magengrube versetzt. »Soso«, sagte ich.

Wir schwiegen. Er sah mich an, ich sah ihn an. »Tja«, meinte er nach einer Weile, »also mach's gut«, und dann ging er an den Tresen weiter, um seine Rechnung für das Zimmer zu zahlen.

Jill kam gegen eins. Auch sie trug eine Sonnenbrille, und als sie sie hinter der Theke abnahm, sah ich den blauschwarzen Halbmond unter ihrem rechten Auge. Was Marshall betraf, so würdigte sie ihn keines Blickes. Später, nachdem ich die Zeitung zweimal durchgeblättert hatte und meinte, es sei jetzt Zeit für einen oder zwei Bloody Marys und für ein bißchen Football im Fernsehen, setzte ich mich an die Bar. »Hallo, Michael«, sagte sie, »was kriegst du denn?«, und ihr Tonfall war so sanft, so zerknirscht, so milde, freundlich und versöhnlich, daß ich geradezu spüren konnte, wie die mächtigen, schweren, schiebenden Platten der Welt unter meinen Füßen wieder ins Lot kamen.

Ach ja, die Mütze. Als mir eine Woche später der ganze Ruß und Staub und die Holzspäne in meiner Hütte zuviel wurden, zerrte ich den Staubsauger zum halbjährlichen Hausputz hervor. Ich reinigte den Teppich, saugte die Vorhänge ab und holte die Spinnweben aus den Ecken. Als ich die Kissen auf der Couch umdrehte, das Saugrohr tief hinter die Lehne steckte, fand ich die Mütze. Innen drin war ein Kaufhausschildchen: *J. C. Penney,* las ich, $7,95. Eine Weile stand ich reglos da und drehte das Ding in der Hand hin und her. Dann warf ich es ins Feuer.

ANNYE DAVIDAS

Weihnachtsmenü – oder »Kochen mit Hindernissen«

Schon seit Jahren liegt mir Theo in den Ohren: »Jetzt koche doch endlich einmal so ein richtig schönes Weihnachtsmenü wie im Fernsehen, das dann so schmeckt wie bei Muttern!«

Sie werden jetzt denken: »Warum nur läßt sich das die gute Elly gefallen? Das ist doch ein direkter Angriff auf ihre Kochkunst!«

Ich will daher gleich beichten, daß es mit meinen Kochkünsten nicht wirklich gut steht. Neulich ist es mir zwar gelungen, aus einer Dose Linsen unter Zugabe von Maggi, Rinderbrühe, und geschnittener Saitenwürste ein ganz passables Gericht »zu zaubern«. Theo war auch voll des Lobes.

Aber ich bin durchaus selbstkritisch. Meist bekomme ich es gerade so hin, mit Hilfe meiner Lesebrille zu entziffern, wie lange die Tiefkühlkost bei wieviel Grad im Backofen verweilen muß, um eßbar zu werden. Nach ein oder zwei kleinen Schnitzern, die mir passierten, weiß ich jetzt, daß die Folie, die das Gericht umgibt, vor dem Gang in den Backofen entfernt werden muß.

Aber Rettung nahte. Und zwar auf sämtlichen TV-Programmen: Kochsendungen ohne Ende!

Bocuse begann mit der kommerziellen Verbreitung der französischen Küche. Doch von zwei Achteln Kartoffeln mit einem halben Löffel Kaviar serviert auf großen Tellern wurde niemand satt.

Das war zwar interessant, aber zum Nachkochen eher nicht geeignet. Erdbeersorbet zu Weihnachten, Jakobsmuscheln in Champagnerschaum, Trüffel-Risotto – wer konnte sich das schon leisten?

Alfred Biolek erkannte diese Lücke und präsentierte den deutschen Hausfrauen die Sendung *Alfredissimo*. Das war ein Augenschmaus! Seine Gäste waren zum einen berühmt und sich zum anderen nicht zu schade, vor den Augen des interessierten weiblichen Publikums ihre Lieblingsrezepte vor der Kamera zu köcheln. Was wurde da in 20 Minuten nicht alles zubereitet!

Am wichtigsten war jedoch nicht das Essen, sondern der »Küchenwein«. Damit Biolek überhaupt köcheln konnte, bedurfte es größerer Mengen Wein, eben des Küchenweins. Das war kein minderwertiges Aldi-Produkt zu 1,40 Euro. Nein, der in der Sendung konsumierte Wein war kaum unter 20 Euro pro Flasche zu haben.

Von ganz anderem Kaliber war dann Jamie Oliver aus England. Er schüttete alle Gewürze in einen Mörser und zerstieß sie brutal. Das ist auch nicht unbedingt geeignet, die Köchin am Herd zu begeistern. Jamie drückte Zitronen mit der bloßen Hand aus; er manschte lustvoll im Essen.

Für die deutsche Hausfrau war das schon aus Hygienegründen zum Nachkochen völlig indiskutabel. Außerdem verwendete Jamie die typisch englischen Zutaten wie Minze und Kapern. So etwas kann man einem deutschen

Ehemann natürlich nicht servieren, ohne die Scheidung zu riskieren.

Mittlerweile kochen praktisch alle. Lafer, Lichter, Lecker, Mälzer kocht, die Küchenschlacht, die Promi-Kocharena mit Promis, die niemand kennt, die Landfrauen kochen –, kurzum, es nimmt kein Ende!

Das brachte mich zu der Überzeugung: ICH kann das auch! So ein lächerliches Weihnachtsmenü mit drei Gängen, das konnte so schwer nicht sein. Ich würde Theo also mit einem Weihnachtsmenü überraschen.

Er ging am Weihnachtstag morgens immer zu seiner Mutter. Bei seiner Rückkehr würde er das kulinarische Nonplusultra seines Lebens erleben!

Ich begann also meine Recherche im Internet. Was soll ich Ihnen sagen? Es gibt ca. 1,5 Billionen authentische Weihnachtsmenüs. Allein in Deutschland. Da ist ausländischer Schnickschnack noch gar nicht dabei!

Kochen kann ich nicht, wie gesagt. Aber mit Suchmaschinen im Internet kenne ich mich aus. Unter Berücksichtigung meiner Ansprüche an ein Weihnachtsmenü blieb nicht mehr viel übrig.

Zum einen sollte das Ganze nicht so kompliziert sein. Flambiertes Wildschwein auf einem Kranz aus Gemüsestiften mit Trüffelsauce war nicht meine Welt. Zum anderen mußte das Menü sozusagen »vorgekocht« werden. Die Anleitung mußte es auf DVD geben. Schritt für Schritt. Am besten von einem Drei-bis-Vier-Sterne-Koch. Einen gewissen Anspruch hatte ich doch schließlich auch.

Das von mir ausgesuchte Menü erschien mir simpel genug: Grießklößchensuppe, Lammkeule mit Kartoffeln und grünen Bohnen, zum Nachtisch Schokoladenpudding mit Mandeln.

Zuerst kaufte ich einen Kleinbildfernseher, damit ich den DVD-Spieler anschließen und in der Küche platzieren konnte. Ich konnte schließlich nicht ständig vom Wohnzimmer in die Küche rennen.

Die Zutatenliste lag der DVD bei. Auch darauf hatte ich geachtet.

Grieß, Lammkeule, frische Bohnen …, alles andere sei in jedem Haushalt verfügbar.

Und schon konnte es losgehen. Theo hatte sich gerade verabschiedet und war auf dem Weg zu seiner Mutter. Er wollte pünktlich um 12.15 Uhr zum Essen zurück sein.

Ich schaltete die DVD an.

»Liebe Kochfreunde, herzlich willkommen bei unserer Sondersendung ›Festtagsmenü‹. Nun bereiten wir unser Weihnachtsmenü zu. Sie werden sehen, es ist ganz einfach nachzukochen. Unsere Zutaten liegen bereit: Grieß, Markbrühe, frischer Schnittlauch, die Lammkeule, ein Tannenzweig, zwei Liter Merlot, Knoblauch, Zwiebeln, frische Prinzessinnenböhnchen, Eier, Speisestärke, Puderzucker, Rohschokolade, Mandelstifte und Mandelblättchen …«

Halt!

Entsetzt drückte ich auf die Stoptaste. Markbrühe, Schnittlauch, Tannenzweig?

Tief durchatmen. Entspannen. Warum hatte ich mir diese blöde DVD nicht vorher angesehen? Weil auf der DVD stand »Das ultimative Weihnachtsmenü! Ohne Vorkenntnisse und ohne Vorbereitung kinderleicht nachzukochen!« Warum nur fiel ich auf diese Werbefuzzis immer wieder herein?

Was ist Markbrühe? Okay, Schnittlauch hatte ich in getrockneter Form. Gibt es dafür ein Verfallsdatum? Mit solchen Details konnte ich mich jetzt wirklich nicht beschäftigen. So ein getrockneter Schnittlauch wird ja wohl fünf Jahre halten. In meinem Garten steht eine Fichte. Die mußte es auch tun. Tanne, Fichte … Nadelholz eben. Merlot ist ein Rotwein. Das fand ich nach einer kurzen Internetrecherche heraus. Dann mußte halt unser guter Trollinger dran glauben. Daran ließ sich nun nichts mehr ändern. In weiser Voraussicht hatte ich mir ein Päckchen Schokoladenpudding besorgt. Gut, dann würde es eben Schokoladenpudding ohne Mandeln geben.

Ich eilte in den Garten, um einen Fichtenzweig abzuschneiden. Die Fichte schaute mich vorwurfsvoll an.

Danach ging ich in den Keller, um den Trollinger zu holen. Vorsichtshalber nahm ich gleich drei Flaschen mit. Zwei für das Menü, eine für mich. Diese Methode funktionierte bei Biolek schon seit Jahren völlig zuverlässig.

Als ich wieder in meiner Küche stand, schaltete ich den DVD-Spieler ein. Es folgte die nächste Anweisung: »Legen Sie die Lammkeule in ein großes Gefäß wie dieses.«

Das Gefäß sah aus wie eine Kinderbadewanne. Damit konnte ich nicht dienen. Also stöpselte ich meinen Kleinbildfernseher samt DVD-Spieler aus und begab mich damit ins Badezimmer. Dort stöpselte ich alles wieder ein. Schon ging es weiter.

»Legen Sie die Lammkeule in das Gefäß und begießen Sie diese mit zwei Liter Merlot.«

Also goß ich die zwei Liter des schönen Trollingers in die Badewanne, nachdem ich die Lammkeule dort platziert hatte. Leider sah das nicht so aus wie auf der DVD bei dem Vier-Sterne-Koch. Der Wein stand nur 1/2 Zentimeter hoch. Klar. Mein »Gefäß« war auch ein bißchen größer als das in der Sendung verwendete.

Ich gab den schönen Trollinger verloren. Zum Glück fiel mir ein, daß ich eine große Bodenvase hatte. Ich holte weitere zwei Flaschen Trollinger aus dem Keller, gab die Lammkeule in die Vase und schüttete den guten Trollinger darüber. Genau! Das war schon viel besser.

»Nun geben Sie den Tannenzweig dazu.«

Kein Problem. Ich stopfte den Fichtenzweig zur Lammkeule in die Vase.

»Verwenden Sie keinesfalls Fichtenzweige. Das beeinträchtigt den Geschmack!«

Über dieses Stadium war ich längst hinaus. Ich wollte, daß überhaupt etwas zum Essen auf dem Tisch stand.

»Nun fügen Sie klein geschnittenen Knoblauch – keinesfalls gepreßten! –, blättrig geschnittene Schalotten, Salz und Pfeffer hinzu.«

Was zur Hölle sind denn Schalotten? Ich klingelte bei Petra, meiner Nachbarin.

»Petra, entschuldige, wenn ich am Weihnachtstag störe. Ich habe von Theo ein schönes Kochbuch geschenkt bekommen. In einem der Rezepte sollen Schalotten verwendet werden. Was sind denn Schalotten?«

»Schalotten sind eine Zwiebelart. Aber Du kannst natürlich auch ganz normale Zwiebeln verwenden. Was treibst Du eigentlich? Das hört sich an, als wolltest Du kochen?!«

Auf diesen ironischen Unterton konnte ich gerne verzichten.

»Ich und kochen? Jetzt mach mal halblang! Theo hat mich nur gebeten, die Rezepte auswendig zu lernen. Er kommt gleich von seiner Mutter zurück und wird mich abfragen.«

Petra schaute mich perplex an. Ihr fehlten die Worte.

Zurück in meiner Küche mahlte ich etwas getrockneten Knoblauch aus der Mühle und gab ihn zur Lammkeule. Anschließend warf ich ein paar Zwiebeln in meinen Moulinex. Den Zwiebelbrei fügte ich ebenfalls hinzu. Sowohl Knoblauch als auch »Schalotten« dienten nur dem Geschmack. Wie das aussah, war ja wohl herzlich egal.

So. Geschafft!

»Nun lassen Sie die Lammkeule drei Tage in der Beize.«

Drei Tage? Die hatten sie doch nicht mehr alle! Wo stand bitte, daß man für die Zubereitung dieses »einfachen« Weihnachtsmenüs mehrere Tage brauchte?

Ich bemerkte, daß mein Küchenwein aus unerfindlichen Gründen alle war. Ich begab mich also wieder in den Keller und holte weitere zwei Flaschen Trollinger.

Ich öffnete eine Flasche, trank ein Glas, schnappte die zweite Flasche und klingelte bei Petra.

»Petra, entschuldige, daß ich vorher so unhöflich war. Ich bin etwas im Streß. Ich koche gerade ein Weihnachtsmenü. Ich soll eine Lammkeule drei Tage beizen. Wie Du unschwer erkennen kannst, habe ich keine drei Tage Zeit. Weihnachten ist heute. Kannst Du mir helfen?«

Mit diesen Worten übergab ich Petra die Flasche Trollinger.

Petra war gerührt und sagte: »Klar helfe ich Dir. Meine Pute ist so gut wie fertig. Ich muß nachher nur noch die Klöße aufsetzen.«

Petra folgte mir in unsere Küche. Sie warf einen ungläubigen Blick auf die Bodenvase samt Lammkeule im Trollinger.

»Also, am besten Du kippst Essig oder Essigessenz dazu und läßt das eine halbe Stunde einwirken. Dann kannst Du die Lammkeule in den Backofen schieben. Soll ich Dir helfen?«

Dankbar nahm ich an.

Wir tranken den Rest des Trollingers, während wir darauf warteten, daß die Beize ihre Wirkung tat.

Endlich konnte die Lammkeule in den Backofen.

Ich holte eine weitere Flasche Trollinger aus dem Keller.

»Petra, diese ganze Kocherei, das ist doch Wahnsinn! Theo will etwas essen, das so schmeckt wie bei Muttern. Ich bin nicht ›Muttern‹. Ich bin seine Ehefrau. Theo hat mich doch nicht etwa geheiratet, weil ich so koche wie seine Mutter. Oder doch?«

»Bleib mal ruhig«, sagte Petra. »Wir kriegen das schon hin.«

Sie ging zurück in ihr Haus und kam dann mit einer Grießklößchensuppe aus der Tüte von Maggi, einer Dose Prinzessinnenböhnchen und einem Schokoladenpudding mit Mandeln von Dr. Oetker zurück.

Ich war gerührt. Sogar an Kartoffeln hatte Petra gedacht.

Wir schälten und kochten die Kartoffeln. Wir bereiteten die Grießklößchensuppe nach Packungsanweisung zu. Kurzum, wir kochten einen halben Liter Wasser und kippten den Beutelinhalt hinein. Zehn Minuten köcheln lassen.

Für den Schokoladenpudding kochten wir etwas Milch und fügten das Pulver unter Rühren hinzu.

Fertig. Wir füllten den fertig gekochten Pudding in Sektschalen und stellten ihn kalt.

Für die Bohnen aus der Dose hatte ich mir etwas Tolles ausgedacht. Na ja, nicht ich. Das hatte ich aus einer Kochsendung. Ich briet klein gehackte Zwiebeln in Butterschmalz an, fügte etwas Mehl hinzu, goß alles mit dem Bohnensud auf und fügte die Bohnen hinzu. Ein Gedicht! Es fehlte nur noch etwas getrocknete Petersilie, und dann war die Beilage fertig!

Nach einem weiteren Glas Trollinger verabschiedete sich Petra und wünschte mir viel Glück mit meinem Weihnachtsmenü. Die Lammkeule war auch schon durch. Nun konnte nichts mehr schiefgehen!

Für das große Event fehlte nur noch die Hauptperson: Theo, mein Göttergatte.

Um mir die Wartezeit zu verkürzen, öffnete ich eine weitere Flasche des süffigen Trollingers. Während ich den Trollinger schlürfte, erkaltete mein Weihnachtsmenü.

Gegen 15 Uhr trudelte Theo ein. Stolz präsentierte er diverse Tupperware-Dosen.

»Elly, ich weiß ja, wie ungern Du kochst. Meine Mutter hat deshalb für Dich eine Kleinigkeit zum Essen mitgegeben. Grießklößchensuppe, Lammkeule, grüne Bohnen und Kartoffeln! Als Nachtisch gibt es dann Schokoladenpudding mit Mandeln. Das Rezept ist von einem Vier-Sterne-Koch. Lass es Dir schmecken!«

Leider ging es mir zu diesem Zeitpunkt nicht mehr wirklich gut. Während ich über der Kloschüssel hing, beschloß ich, nächstes Weihnachten auf den Malediven oder den Seychellen zu verbringen. Mit oder ohne Theo.

ZSUZSA BÁNK

Weihnachtswald

Sie will Sylvie vom Flughafen abholen, morgens, kurz vor sieben, Ortszeit. Sie findet es komisch, zu sagen: Ortszeit, und Sylvie lacht ein bißchen am Telefon, um ihr einen Gefallen zu tun. An diese Flughafentüren muß sie denken, daran, wie sie auseinandergleiten, sich langsam öffnen, mit diesem Geräusch, das keines ist, an Anzeigetafeln, an das blaßgelbe Licht über einem grauen Noppenboden, der die Stimmen, die Ansagen aus den Lautsprechern, hin und her jagt, hinauf und wieder hinab, zur Rolltreppe, die man nimmt, bevor man hinter grünen Türen in einen Wagen steigt, um sich wenig später in einem Netz aus Straßen und Brücken zu verlieren. Und an diesen Geruch denkt sie, diesen Flughafengeruch, den es nur hier gibt. Auf anderen Flughäfen riecht es anders.

Sylvie landet am vierundzwanzigsten. Sie hat keinen anderen Flug buchen können, hat zu lange gezögert, zu lange gewartet, weil sie nicht wußte, ob sie überhaupt fliegen oder weiter auf ihrem Bett liegen soll, um nicht hinaus zu müssen, in die Kälte, zu Maronenbuden und Weihnachtsmännern, mit denen sie sich fotografieren lassen und das Bild als Postkarte verschicken. In den letzten Tagen ist sie immer wieder zum Empire State Building gelaufen, vorbei an den Massen, die auf der Fifth Avenue Geschenke einkaufen, hat den Aufzug zur Aussichtsterrasse genommen, zusammen mit den Touristen, die sie verachtet, seit sie Stipendiatin an der New School ist und ein winziges Zimmer im East Village hat, in dem nichts weiter steht als das schmale Bett und der Schreibtisch des Vormieters und das monatlich ein kleines Vermögen kostet. An jedem Tag hat sie trotz Mütze, Schal und Mantel gefroren und nicht gewußt, warum es dieser Platz, dieser Ort ist, den sie aufsucht, mit hundert anderen, die vor einem Gitter stehen und in eine Kamera winken, während der Wind an ihren Jacken und Kapuzen zieht, und was sie daran findet, von oben auf eine Stadt zu schauen, die bloß aussieht wie ein gigantischer Friedhof, auf dem die Gräber viel zu dicht beieinanderstehen.

Sie will Lea loswerden, soviel hat sie jetzt verstanden, und allein schon dieses Wort loswerden hat sie über Tage, über Wochen verfolgt und nicht mehr losgelassen, aber sie hat kein besseres, kein milderes gefunden. Loswerden wollte sie Lea, ohne einen wirklichen Grund zu haben, jedenfalls keinen, den sie hätte nennen und den andere hätten verstehen können, und sie hat dieses Stipendium angenommen, als könnte sie Lea nicht in ihrer Stadt loswerden, als brauchte sie dafür einen ganzen Ozean, der sie voneinander trennt und Lea von ihr fernhält.

Sie gibt ihr Gepäck auf. Die Frau am Schalter wünscht Happy Holidays, ohne hochzuschauen. Acht Stunden Flug. Sie hat nichts zu lesen dabei. Sie wird den Sitz zurückklappen, an die Kabinendecke starren, auf dieses Brummen hören und an das denken, von dem sie sich langsam entfernt, jetzt, da sie mit zwei Einkaufstüten in den Händen den Gang hinabläuft, vorbei an großen Fenstern, vor denen die Maschinen warten, vorbei an Kunsttannen und Sitzgruppen in Lila.

Sie fragt sich, warum sie Weihnachten ausgesucht hat, um zurückzufliegen. Ausgerechnet das Jahresende, das alles wie unter einem Brennglas zeigt. Warum sie gerade jetzt in einem Flugzeug sitzen muß, mit zwei Tüten, darin eine Kunstfellmütze mit New York-Schriftzug, die man unter dem Kinn zusammenbindet, passende Fäustlinge, maschinenwaschbar, eine Daunenjacke xs, dunkelblau, bei Macy's am Packtisch eingewickelt, in glänzend rotes Papier. Sie schläft wenig, drei Stunden vielleicht. Der Geruch von Flugzeugkaffee, von Flugzeugbrötchen weckt sie, dazu das Klappern des Getränkewagens. Sie hält die Mütze in ihren Händen und weiß nicht, wie sie dorthin gekommen ist.

Lea ist wie immer zu spät. Sylvie steht neben ihrem Koffer, über ihr rattern die Anzeigetafeln, melden im Sekundentakt neue Landungen. Sieben Uhr dreiundvierzig Ortszeit. Sie lehnt sich zurück, an die Wand, neben einem Telefon, schaut auf den Gepäckwagen, auf den Boden, der naß ist und glänzt, vom letzten Wischen. Jemand hält ihr eine Zeitung vor die Augen. Sie schaut auf, es ist Lea. Lea, mit ihrer Puppennase, ihren schmalen Schultern, ihren kleinen Füßen. Lea, die ihre Puppennase an Sylvies Hals legt, laut einatmet, und sagt, hier, kannst es lesen, heute abend wird es schneien. Sie zeigt mit einem Finger auf die Schlagzeile und fragt, freust du dich, und Sylvie sagt, ja, natürlich, natürlich freue ich mich.

Sie fahren über Autobahnen, über ihnen Flugzeuge, fahren von Süden in die Stadt hinein, vorbei am Stadtwald, vorbei am Stadion, mit den Lichtern über dem Eingang. Sylvie wischt mit der Hand über die Scheibe. Es wird nicht hell werden heute. Da sie kaum spricht, fragt Lea, bist du sehr müde, und Sylvie erwidert, ja, und schließt schnell die Augen, als müßte sie einen Beweis liefern. Du brauchst dich um nichts zu kümmern, es ist alles da, sagt Lea, als sie den Wagen abstellt und sie mit dem Aufzug hochfahren in den sechsten Stock, wo Sylvie die Balkontür öffnet, um in den Innenhof zu schauen, einen Innenhof aus Veranden und Dachterrassen, die geschmückt sind, mit Lichtern und Ketten und Tannenzweigen.

Lea wohnt im obersten Stock, mit Blick auf einen Backsteinturm, an dem die Spitze zu fehlen scheint, und mit Blick auf diesen Himmel, in den sie abends schauen kann, stundenlang, ohne sich zu langweilen. Es beruhige sie, sagte sie damals, als klar wurde, daß sie mit Sylvie nicht zusammenwohnen würde und allein hier einzog, auch daß die Türen sich nur schwer öffnen lassen, auch das beruhige sie, auch die Sprechanlage mit Bildschirm, auf dem der Eingang zu sehen ist, und jeder, der davorsteht.

Lea wirft die Schlüssel aufs Sofa, streift die Schuhe ab, setzt sich, reibt ihre kleinen Hände aneinander, schneuzt sich die Nase, die rot geworden ist, von den wenigen Schritten durch die Kälte. Sie sagt, auf dem Herd steht ein Karpfen, wir essen ihn nachher, später, in der Nacht, wenn wir draußen waren und naß und halb erfroren sein werden. Sie sagt, laß uns warten, bis es dunkel wird, bis es anfängt zu schneien, deutet mit beiden Händen auf den Platz neben sich, damit Sylvie sich zu ihr setzt, und dann warten sie, mit Blick in diesen Hof, sehen durchs Fenster, an das Lea Weihnachtsengel aus Papier geklebt hat, zehn, zwanzig Engel nebeneinander, in roten Kleidern aus Filz, mit offenen, runden Mündern und gefalteten Händen. Immer wieder steht Sylvie auf, geht ein paar Schritte, am Fenster entlang, aus Angst einzuschlafen, auf Leas Sofa zu liegen und von ihr angeschaut zu werden. Sie ist sicher, etwas an ihrem Schlaf, bloß an ihrer Art zu liegen, würde sie verraten.

Später sagt Sylvie, Schnee will ich sehen, am Vierundzwanzigsten, verstehst du: Schnee. Nicht nur vor dem Fenster, sondern auf Tannen, Tannen mit Schnee will ich sehen. Lea sagt sofort, gut, du sollst Schnee auf Tannen haben, so schnell, als habe sie darauf gehofft, daß Sylvie sich genau das wünschen würde. Sie holt ihren viel zu großen Lammfellmantel für Sylvie aus dem Schrank, öffnet den Koffer, ohne zu fragen, nimmt Stiefel und Hosen heraus, packt eine Flasche Cognac in eine Tüte, steckt ihre Blockflöte in die Jackentasche. Sie fahren mit dem Wagen hoch, dorthin, wo der Wald beginnt, vorbei an den letzten Häusern, mit ihren erleuchteten Fenstern, ihren geschmückten Türen, ihren Kränzen aus Tannenzweigen, roten Bändern und Kugeln, dann weiter, trotz Schildern, die es verbieten, durch einen still liegenden Wald, in dem heute, in dem jetzt, außer ihnen niemand ist. Sie lassen den Wagen stehen, weil er nur noch rutscht und gleitet, über einen Schnee, der ein, zwei Zentimeter hoch liegt und in den letzten Stunden gefallen sein muß.

Der Wald verschluckt sie, und Lea fragt leise, willst du wirklich? Sie trägt die Fäustlinge, die Sylvie mitgebracht hat, die Daunenjacke in xs, die ihr immer noch zu groß ist, die Handschuhe schauen kaum unter den Ärmeln hervor. Alle drei, vier Schritte richtet sie die Mütze aus Kunstfell mit dem New York-Schriftzug, weil sie verrutscht, trotz der Bänder, die sie unter dem Kinn zusammengebunden hat. Lea läuft vor Sylvie, ab vom Weg, hinein ins Dickicht, klettert über Baumstämme, stapft über Blätter, Zweige, über Moos. Sie läuft so, wie sie auch im Sommer läuft, wenn sie keine dicke Jacke, keine dicken Schuhe trägt, nur ein leichtes Kleid, nur Schuhe, die man nicht zu binden braucht, so, wie sie auch im letzten Sommer, als Sylvie noch hier war, gelaufen ist und Sylvie zum ersten Mal dachte, sie hat es sich antrainiert, sie hat es lange geübt, so zu laufen. Trotz der Dunkelheit kann Sylvie Leas Atem sehen. Sie kann sehen, wie sie ihn in die kalte Luft haucht, in diesen Wald hinein.

Lea bleibt stehen, nimmt den Cognac aus der Tüte, trinkt einen Schluck, wischt mit dem Handschuh über die Lippen, windet sich ein bißchen, so als ekelte sie sich. Sie reicht Sylvie die Flasche, flüstert, sei still. Sie reden nicht, atmen leise. Nur die Daunenjacke hören sie, die knistert, obwohl sich Lea nicht bewegt, und es stört Sylvie, dieses Geräusch, es stört sie plötzlich so, wie sie vieles, zu vieles an Lea stört, auch daß sie im Auto jedesmal den Spiegel und den Sitz neu einstellt, obwohl niemand damit gefahren ist, selbst das stört sie, selbst Leas Briefe, an denen sie jeden Tag ein bißchen geschrieben und die sie wochenweise abgeschickt hat, um Sylvie ja nichts versäumen zu lassen, selbst die haben sie gestört, und daß jeder, dem sie es gesagt hat, fragen mußte, wie kann dich das stören?

Laß uns erst weitergehen, wenn wir etwas hören, flüstert Lea, und Sylvie weiß genau, wie sie jetzt aussieht, weil sie immer so aussieht, wenn sie etwas vorschlägt, von dem sie glaubt, andere kämen nicht darauf, anderen fiele das niemals ein. Und dann spielen sie dieses Spiel, trotz der Kälte, trotz ihrer Müdigkeit, warten, bis sich etwas bewegt, trinken einen Schluck, gehen weiter, bis Lea ein Zeichen gibt, die rechte Hand hebt, in diesem dicken Fäustling, sie wieder stehenbleiben, horchen und warten, bis sich etwas bewegt. Sie vergessen die Zeit. Sylvie kann nicht mehr sagen, ob sie seit Minuten oder schon seit Stunden laufen, aber sie ist sicher, sie laufen im Kreis. Längst schon hätten sie die nächste Straße erreichen müssen, einen Weg, eine Schneise. Lea fragt, hast du Angst, und Sylvie sagt, nein, dafür bin ich zu betrunken, zu müde.

Sie klettern auf einen Hochsitz. Lea hält sich fest am nassen Holz der Leiter, rutscht ab, Stufe für Stufe, mit einem dumpfen, schlagenden Geräusch, bis zum Boden, als hätte sie keine Kraft, die Füße auf eine Stufe zu setzen, ihr Fallen aufzuhalten. Sie bleibt liegen, dreht sich auf den Bauch, klemmt die Fäuste unters Kinn und lacht ihr lautes, klares Kinderlachen in diese Stille hinein, in dieses Dickicht aus Zweigen, aus Zapfen und Nadeln. Später sitzt sie oben neben Sylvie, auf zwei Brettern, die den Kleiderstoff einreißen lassen, in drei, vielleicht vier Metern Höhe. Sie hat ihren Kopf an Sylvies Schulter gelegt. Sie riecht nach Cognac. Sylvie sagt, Lea, dein Kopf ist mir zu schwer, hör auf damit, nimm deinen Kopf weg, aber sie schläft. Jetzt, plötzlich, hier, schläft sie. Auf diesem Hochsitz, unter diesem Himmel, der sich weißgelb gefärbt hat, ohne daß Sylvie es gemerkt hätte, und sie weiß nicht, sind es die Lichter des Flughafens, die Lichter der Stadt, die den Himmel färben, oder ist es der Schnee, der jetzt wieder fällt, jetzt, da Lea mit dem Kopf an ihrer Schulter eingeschlafen ist.

Schneeflocken legen sich auf Leas neue Mütze, auf ihre Jacke, und jetzt, da ihr Kopf an Sylvies Schulter liegt, ihre Hand auf ihrem Bein, fällt Sylvie ein, wie sie das erste Mal zum See gegangen sind, nicht weit von hier, dort, wo man die startenden Flugzeuge hören kann, in einem dieser heißen Sommer, vor Jahren, und wie leicht sie sich gefühlt hatte, fast schwerelos, mit Blick auf ein glitzerndes Grün, mit wenigen weißen Flecken darauf, Wellen und Segel. Jetzt fällt ihr ein, wie Lea im Wasser, hinter den Stegen, an den Bojen, ihr Kinderlachen gelacht hatte, dieses laute, schnelle, atemlose, das Sylvie damals noch gefallen hatte, und wie Lea neben ihr lag, mit diesen nassen langen Haaren, und wie ihr der Sand darin nichts ausgemacht hatte.

Sylvie schaut auf den fallenden Schnee, der dichter geworden ist und jetzt jedes Geräusch schluckt, selbst das, was sie eben noch gehört haben. Sylvie sagt, Lea, ich hatte nicht vor, zurückzufliegen. Sie sagt es, weil sie es sagen muß und erst jetzt sagen kann, jetzt, da sie weiß, Lea hört sie nicht, sie schläft. Sylvie redet langsam, als könnte die Geschwindigkeit beim Reden etwas an dem ändern, was sie sagt. Es war keine gute Idee, den vierundzwanzigsten hier zu verbringen, mit dir, ich hätte anrufen, vorgeben sollen, die Flüge seien annulliert, wegen des Wetters, wegen eines Sturms, der zuviel Schnee bringt, ich hätte etwas erfinden sollen. Und jetzt, da sie es endlich ausspricht, fällt ihr nicht mehr ein, warum sie es nicht getan hat, warum sie all das nicht getan hat, nur, um hier zu sitzen, neben einer betrunkenen Lea, an Heiligabend, im Stadtwald, auf einem Hochsitz.

Als sie aufwacht, zieht Lea die Handschuhe ab, legt sie in Sylvies Schoß und fängt an, Flöte zu spielen. Sie legt ihre kalten Finger auf die Öffnungen, sie muß nichts sehen dafür. Leise rieselt der Schnee spielt sie, dann ein verzögertes, schiefes O Tannenbaum, und Sylvie singt dazu, leise, mit Pausen, weil ihr der Text fehlt, hier, in diesem Wald, von dem Lea glaubt, es gebe Rehe und Hirsche und Wildschweine darin, obwohl sie noch nie welche gesehen haben, zwischen Autobahnkreuzen und Flugschneisen.

Auf dem Weg zurück spielt Lea weiter, ohne Unterbrechung. Sie setzt die Flöte nicht ein einziges Mal ab, und Sylvie denkt, wie sie das kann, gehen, durch die Dunkelheit, dabei Flöte spielen, ohne hinzusehen, nicht einen falschen Ton spielt sie. Und Sylvie, ohne daß Lea sie darum bitten müßte, fängt an, diese eine Weihnachtsgeschichte zu erzählen, die Lea fast aufsagen kann, die sie aber von Sylvie hören möchte, jedes Jahr von ihr hören möchte, und deshalb fängt Sylvie an, *draußen im Wald stand ein hübscher Tannenbaum, er hatte einen guten Platz, Sonne konnte er bekommen, Luft war genug da, und ringsum standen viele größere Gefährten, Tannen wie auch Kiefern.* Lea setzt die Flöte ab, greift nach Sylvies Hand, und Sylvie weiß, wie sie jetzt schaut, wie ihr Blick ist, ohne daß sie Lea sehen müßte. Lea hält Sylvies Hand fest, die kalt ist, trotz der Handschuhe, trotz des Cognacs, und fährt selber fort, wie sie immer fortfährt, mit jeder Geschichte, *aber er war so sehr darauf versessen zu wachsen, er dachte nicht an die warme Sonne und nicht an die frische Luft.*

Sie stehen am Wagen. Der Wald hat sie entlassen, obwohl Sylvie geglaubt hatte, er würde es nicht tun, bis es am Morgen heller geworden wäre. Sie stehen mit nassen Stiefeln, nassen Füßen. Lea sagt, keinen Meter fährt sie, nicht mit einer halben Flasche Cognac im Blut, und Sylvie erwidert, gut, wir laufen zurück, aber über Umwege, im Zickzack. Und dann gehen sie, ohne viel zu reden, langsam vorbei an Vorgärten, über leere Straßen, zum Fluß hinab. Ein Wind zerrt an den Brücken. Sie laufen über schmale Uferwiesen unter Schnee, setzen die ersten Spuren. Sylvie schaut Lea zu, wie sie im Kreis geht, ein bißchen wie eine Gefangene, die sie mittags in den Hof lassen, und jetzt, da sie ihre Schuhe in den Schnee setzt, wieder und wieder, kommt es Sylvie vor, als sei sie weit weg, unerreichbar weit weg, obwohl es nur zehn, zwanzig Schritte sind, die sie trennen. Sylvie sagt, übrigens, Lea, sie sagt es mit einer etwas zu langen Pause zwischen übrigens und Lea, in diesem Ton, den Sylvies Stimme in solchen Momenten annimmt und den Lea kennt, längst schon. Sie sagt, Lea, was ich dir sagen wollte, aber Lea unterbricht sie, schüttelt den Kopf, an dem die Mütze verrutscht, hält ihre Hände wie einen Trichter an den Mund, ihre Hände in dicken Fäustlingen, als stünde Sylvie nicht zehn, zwanzig Meter vor ihr, sondern als müßte ihre Stimme über eine weite Strecke klingen. Sie ruft, sag es nicht noch einmal, dreht sich um, läuft weg, rückt ihre Mütze zurecht, ihre viel zu große Mütze, die Sylvie ausgesucht hat, gestern, in größter Eile, bevor die Geschäfte schlossen, die sie von einer Verkäuferin hat anprobieren lassen, von der sie glaubte, sie habe ungefähr Leas Größe, gestern, als sie nicht wußte, ob sie dieses Flugzeug nehmen würde.

Lea läuft die Wiese hinab, über Kopfsteinpflaster zur Brücke, sie dreht sich nicht mehr um. Sylvie folgt ihr, langsam. Sie ruft, Lea, warte, aber es ist kein wirkliches Rufen, dafür ist es zu leise. Sie könnte jetzt stehenbleiben, sich umdrehen und weggehen, zurück über diese schmalen Uferwiesen, verschwinden, in den nächsten Straßen, hinter den nächsten Mauern. Aber dann geht sie doch weiter, schneller sogar, als müßte sie sich beeilen, als könnte sie abgehängt werden, die Stufen hoch zur Brücke, und weiter, bis sie Lea einholt, auf halbem Weg, weit oben, über dem Fluß.

Lea hat ihr Gesicht abgewendet, sie zögert einen Augenblick, dann kniet sie sich hin, läßt ihren Kopf nach vorne gegen das Geländer fallen, öffnet die Arme, legt sie rechts und links an die Stäbe, schaut zwischen ihnen hindurch aufs Wasser, das langsamer zu fließen scheint, jetzt, da der Wind plötzlich nachläßt, und dann sagt sie noch einmal leise: Ich will es nicht hören. Sie sagt es zum Wasser, als gelte es nicht Sylvie, sondern diesem Fluß, als müßte sie mit dem Wasser reden, nicht mit Sylvie, als könnte sie Sylvie ausschließen davon. Sylvie setzt sich neben sie, schaut mit ihr auf die Wellen, die schwarz aussehen in diesem Licht, das von der Brücke, von den Uferstraßen kommt.

Das Interconti wirft seinen Lichterweihnachtsbaum an. Lea schaut hoch, zu dieser Betonfassade mit hellen Fenstern, die einen Tannenbaum zeichnen. Sie steht auf, streift mit den Händen über die Daunenjacke, mit diesem Blick, mit dem sie nichts, mit dem sie niemanden mehr sieht, und einen Moment lang glaubt Sylvie, sie will diese Jacke ausziehen, auch die Mütze, die Fäustlinge, sie will sie ins Wasser werfen und gehen, sie will ihr zeigen, daß sie nicht friert, auch ohne Jacke und Mütze nicht friert. Sylvie wartet darauf, einen Augenblick lang wartet sie darauf, aber dann setzt sich Lea wieder, dichter neben Sylvie, lehnt den Rücken an das Geländer, streckt die Beine aus, läßt den Kopf erst hart an die Stäbe und dann weich an Sylvies Schulter fallen. Irgendwo läuten Glocken.

TRUMAN CAPOTE

Weihnachtserinnerungen

Stellen Sie sich einen Morgen Ende November vor. Einen Winteranfangsmorgen vor über zwanzig Jahren. Versetzen Sie sich in die Küche eines weitläufigen alten Hauses auf dem Lande. Ihr wesentliches Merkmal ist ein wuchtiger schwarzer Herd; aber es gibt auch einen großen runden Tisch und einen offenen Kamin, vor dem zwei Schaukelstühle stehen. Erst heute begann der Kamin jahreszeitgemäß zu prasseln.

Eine Frau mit kurz geschorenen weißen Haaren steht am Küchenfenster. Sie trägt Tennisschuhe und einen unförmigen grauen Pullover über einem sommerlichen Kattunkleid. Sie ist klein und lebhaft, wie ein Zwerghuhn; aber infolge einer langen Krankheit in der Jugend sind ihre Schultern mitleiderregend gekrümmt. Ihr Gesicht ist bemerkenswert – nicht unähnlich dem von Lincoln, zerklüftet wie seines und von Sonne und Wind gefärbt; aber es ist auch zart, feinknochig, und ihre Augen sind sherryfarben und ängstlich. »Du meine Güte«, ruft sie aus, und ihr Atem beschlägt die Fensterscheibe, »es ist Früchtekuchenwetter!«

Die Person, zu der sie spricht, bin ich. Ich bin sieben; sie ist über sechzig. Wir sind miteinander verwandt, sehr entfernt, und wir leben zusammen – schon seit ich mich erinnern kann. Es wohnen noch andere Leute im Haus,

Familienangehörige; und obwohl sie Macht über uns haben und uns häufig zum Weinen bringen, haben wir, im Großen und Ganzen, nicht allzu viel mit ihnen zu tun. Wir beide sind uns selbst die besten Freunde. Sie nennt mich Buddy, zum Andenken an einen Jungen, der früher ihr bester Freund war. Der andere Buddy starb in den 1880er-Jahren, als sie noch ein Kind war. Sie ist noch immer ein Kind.

»Ich wusste es schon, bevor ich aufstand«, sagt sie, als sie sich vom Fenster abwendet, ein zielstrebiges Leuchten in den Augen. »Die Schläge der Dorfuhr klangen so kalt und klar. Und es waren keine Vögel zu hören; sie sind in wärmere Gefilde gezogen, in der Tat. Ach, Buddy, hör auf, dich vollzustopfen, und hol unser Wägelchen. Hilf mir, meinen Hut zu suchen. Wir müssen dreißig Kuchen backen.«

Es ist immer das Gleiche: Ein Morgen im November kommt, und meine Freundin, wie um offiziell die Weihnachtszeit einzuläuten, die ihre Fantasie beflügelt und das Feuer in ihrem Herzen anfacht, verkündet: »Es ist Früchtekuchenwetter! Hol unser Wägelchen. Hilf mir, meinen Hut zu suchen.«

Der Hut wird gesucht und gefunden, ein Wagenrad aus Stroh, garniert mit Samtrosen, die der Aufenthalt im Freien ausgebleicht hat: Er gehörte früher einer modebewussteren Verwandten. Gemeinsam ziehen wir unser Wägelchen, einen klapprigen Kinderwagen, hinaus in den Garten und in ein Gehölz aus Pekannussbäumen. Der Kinderwagen gehört mir; das heißt, er wurde für mich gekauft, als ich geboren wurde. Er ist aus Korbgeflecht, inzwischen ziemlich lädiert, und die Räder wackeln wie die Beine eines Betrunkenen. Aber er leistet uns treue Dienste; im Frühling nehmen wir ihn mit in den Wald und füllen ihn mit Blumen, Kräutern, wildem Farn für unsere Verandatöpfe; im Sommer beladen wir ihn mit unseren Picknicksachen und Zuckerrohrangeln und schieben ihn hinunter an den Bach; auch im Winter findet er Verwendung: als Karren, um Brennholz vom Hof in die Küche zu schaffen, als warmes Bett für Queenie, unseren zähen orangeweißen kleinen Terrier, der die Staupe und zwei Klapperschlangenbisse überlebt hat. Queenie trottet auch jetzt neben ihm her.

Drei Stunden später sind wir wieder in der Küche und schälen eine gehäufte Kinderwagenladung aufgelesener Pekannüsse. Vom vielen Bücken tut uns der Rücken weh: Wie schwer sie zu finden waren (die Haupternte wurde bereits von den Bäumen geschüttelt und verkauft, nicht von uns, sondern von den Besitzern des Wäldchens) zwischen dem alles bedeckenden Laub, dem mit Reif überzogenen, trügerischen Gras. Krrrack! Ein fröhliches Knacken, wie Fetzen von fernem Donnergrollen, wenn die Schalen aufbrechen und der glänzende Berg aus süßem, öligem, elfenbeinfarbenem Fruchtfleisch in der Milchglasschüssel anwächst. Queenie bettelt um eine Kostprobe, und hin und wieder steckt ihr meine Freundin ein Bröckchen zu, obwohl sie behauptet, dass wir uns dadurch selber schaden. »Wir dürfen ihr nichts geben, Buddy. Wenn wir damit anfangen, hören wir nicht mehr auf. Und es ist ohnehin kaum genug da. Für dreißig Kuchen.« In der Küche wird es dunkel. Die Abenddämmerung verwandelt das Fenster in einen Spiegel: Unsere Spiegelbilder verschmelzen mit dem aufgehenden Mond, während wir am offenen Kamin im Feuerschein arbeiten. Schließlich, als der Mond schon sehr hoch steht, werfen wir die letzte Schale ins Feuer und sehen mit einem Seufzer zu, wie sie Feuer fängt. Der Kinderwagen ist leer, die Schüssel randvoll.

Wir essen zu Abend (kalte Maisbrötchen, Speck, Brombeermarmelade) und besprechen den nächsten Tag. Morgen beginnt die Arbeit, die ich am liebsten mag: das Einkaufen. Kirschen und Zitronat, Ingwer und Vanille und dosenweise Hawaii-Ananas, dazu Orangeat und Rosinen und Walnüsse und Whiskey und soundso viel Mehl, Butter, soundso viele Eier, Gewürze, Essenzen: Wir werden bestimmt ein Pferd brauchen, um unser Wägelchen nach Hause zu ziehen.

Doch bevor diese Einkäufe getätigt werden können, erhebt sich die Frage, wie das alles bezahlen. Wir beide haben kein Geld, abgesehen von minimalen Beträgen, die andere Personen im Haus gelegentlich bereitstellen (zehn Cent gelten bereits als größere Summe), und was wir durch diverse Aktivitäten selbst verdienen: Wir veranstalten Trödelmärkte, verkaufen Eimer voll selbst gepflückter Brombeeren, Gläser mit selbst gemachter Marmelade und Apfelgelee und eingeweckten Pfirsichen, holen Blumen für Beerdigungen und Hochzeiten. Einmal haben wir den neunundsiebzigsten Preis, fünf Dollar, bei einem landesweiten Football-Preisausschreiben gewonnen. Nicht dass wir die blasseste Ahnung von Football hätten. Aber wir nehmen an jedem Preisausschreiben teil, von dem wir erfahren: Derzeit richten sich unsere Hoffnungen auf den 50 000-Dollar-Hauptpreis, der für den Namen einer neuen Kaffeemarke winkt (wir schlugen »Göttertrank« vor; und, nach einigem Zögern, da meine Freundin fand, es könnte vielleicht ein Sakrileg sein, den Slogan »Göttertrank! Gott sei Dank!«). Um die Wahrheit zu sagen, unser einziges *wirklich* einträgliches Geschäft war das Unterhaltungs- und Kuriositätenmuseum, das wir im Sommer vor zwei Jahren im Holzschuppen hinten im Hof eingerichtet hatten. Die Unterhaltung war ein Stereoskop mit Ansichten von Washington und New York, das uns eine Verwandte geliehen hatte, die schon in diesen Städten gewesen war (sie war furchtbar wütend, als sie herausfand, warum wir es uns geborgt hatten); die Kuriosität war ein dreibeiniges Küken, das eine unserer eigenen Hennen ausgebrütet hatte. Jeder hier in der Gegend wollte das Küken sehen: Als Eintritt verlangten wir von Erwachsenen fünf Cent, von Kindern zwei Cent. Und nahmen über zwanzig Dollar ein, bevor das Museum infolge des Ablebens der Hauptattraktion schloss.

Aber irgendwie schaffen wir es jedes Jahr, Rücklagen für Weihnachten zu bilden, eine Art Früchtekuchen-Fonds. Dieses Geld verwahren wir in einem uralten Perlentäschchen unter einem losen Brett unter dem Fußboden unter einem Nachttopf unter dem Bett meiner Freundin. Das Täschchen wird selten aus seinem sicheren Versteck geholt, außer um eine Einzahlung oder, was jeden Samstag der Fall ist, eine Abhebung vorzunehmen; denn samstags werden mir zehn Cent zugebilligt, damit ich ins Kino gehen kann. Meine Freundin war noch nie im Kino und hat dies auch nicht vor: »Ich möchte lieber, dass du mir den Film erzählst, Buddy. Auf diese Weise kann ich ihn mir besser vorstellen. Außerdem sollte man in meinem Alter sein Augenlicht nicht verplempern. Wenn der Herr kommt, will ich ihn klar und deutlich sehen.« Außer dass sie noch nie einen Film gesehen hat, hat sie auch noch nie: in einem Restaurant gegessen, sich mehr als fünf Meilen von zu Hause entfernt, ein Telegramm bekommen oder geschickt, etwas anderes als Comic-Hefte und die Bibel gelesen, Make-up benutzt, geflucht, einem Menschen Böses gewünscht, vorsätzlich gelogen, einen hungrigen Hund hungern lassen. Hier einige Dinge, die sie tut oder kann: mit einer Hacke die größte Klapperschlange töten, die je in unserem Bezirk gesehen wurde (sechzehn Rasselsegmente), Tabak schnupfen (heimlich), Kolibris zähmen (versuchen Sie es mal), bis sie sich auf ihren Finger setzen, Gespenstergeschichten erzählen (wir glauben beide an Gespenster), die so schauerlich sind, dass man sogar im Juli eine Gänsehaut bekommt, Selbstgespräche führen, im Regen spazieren gehen, die schönsten Kamelien im Ort züchten, sämtliche traditionellen indianischen Heilmittel herstellen, einschließlich eines garantiert wirkenden Warzenentferners.

Nachdem wir zu Abend gegessen haben, ziehen wir uns in das Zimmer in einem abgelegenen Teil des Hauses zurück, in dem meine Freundin unter einer Patchworkdecke in einem Eisenbett schläft, das rosarot gestrichen ist, in ihrer Lieblingsfarbe. Still und stumm, die Freude an unserem heimlichen Tun auskostend, holen wir das Perlentäschchen aus seinem Versteck und schütten den Inhalt auf die Patchworkdecke. Dollarscheine, fest zusammengerollt und so grün wie Knospen im Mai. Düstere Fünfzigcentstücke, schwer genug, um einem Toten die Augen zu schließen. Hübsche Zehner, die lebhafteste Münze, die, die wirklich klimpert. Fünfcent- und Fünfundzwanzigcentstücke, abgenutzt und glatt wie Flusskiesel. Aber hauptsächlich ein hassenswertes Häufchen bitter riechender Centstücke. Letzten Sommer verpflichteten sich andere im Haus, uns einen Cent je fünfundzwanzig getötete Fliegen zu bezahlen. War das ein Gemetzel im August: als Fliegen ins Jenseits befördert wurden! Aber es war keine Arbeit, auf die wir stolz waren. Und wie wir nun dasitzen und Münzen zählen, ist es, als wären wir wieder dabei, tote Fliegen zu addieren. Weder meine Freundin noch ich haben ein Gedächtnis für Zahlen; wir zählen langsam, verlieren den Faden, fangen von vorne an. Ihren Berechnungen zufolge haben wir 12,73 Dollar. Meinen zufolge genau 13 Dollar. »Hoffentlich hast du dich verzählt, Buddy. Mit dreizehn können wir nichts anfangen. Sonst fallen die Kuchen zusammen. Oder es kommt jemand auf den Friedhof. Mir selbst würde es nicht im Traum einfallen, am Dreizehnten aufzustehen.« Das stimmt: Sie verbringt den Dreizehnten immer im Bett. Also ziehen wir, um auf Nummer sicher zu gehen, einen Cent ab und werfen ihn aus dem Fenster.

Von den Zutaten, die in unsere Früchtekuchen kommen, ist der Whiskey am teuersten und auch am schwersten zu beschaffen: Die Gesetze unseres Bundesstaates verbieten seinen Verkauf. Aber jeder weiß, dass man bei Mr. Haha Jones eine Flasche erwerben kann. Und am nächsten Tag, nachdem unsere prosaischeren Einkäufe getätigt sind, machen wir uns auf den Weg zu Mr. Haha Jones' Geschäftsadresse, einem »sündigen« (um die öffentliche Meinung zu zitieren) Fisch- und Tanzlokal unten am Fluss. Wir waren schon mehrmals dort, und aus dem gleichen Grund; aber in früheren Jahren hatten wir stets mit Hahas Frau zu tun, einer Indianerin mit jodfarbener Haut und mit Wasserstoffsuperoxyd gebleichten Haaren, die immer einen todmüden Eindruck macht. Genau gesagt, haben wir ihren Mann noch nie zu Gesicht bekommen, aber wir haben gehört, dass er ebenfalls ein Indianer ist. Ein Riese mit Narben von Messerstechereien auf den Wangen. Man nennt ihn Haha, weil er so trübsinnig ist, ein Mann, der niemals lacht. Als wir uns seinem Lokal nähern (einer großen Blockhütte, die innen und außen mit Ketten schreiend bunter, nackter Glühbirnen dekoriert ist und am schlammigen Rand des Flusses im Schutz von Bäumen steht, in denen Spanisches Moos zwischen den Ästen hängt wie graue Schleier), verlangsamen sich unsere Schritte. Selbst Queenie hört auf herumzutollen und bleibt dicht neben uns. In Hahas Lokal wurden schon Leute umgebracht. Zerstückelt. Niedergeschlagen. Ein Fall kommt nächsten Monat vor Gericht. Natürlich ereignen sich diese Vorfälle bei Nacht, wenn die bunten Lichter verrückte Muster werfen und das Grammofon spielt. Tagsüber ist Hahas Lokal schäbig und verlassen. Ich klopfe an die Tür, Queenie bellt, meine Freundin ruft: »Mrs. Haha, Ma'am? Jemand zu Hause?«

Schritte. Die Tür geht auf. Uns bleibt das Herz stehen. Es ist Mr. Haha persönlich! Und er ist *wirklich* ein Riese; er hat *wirklich* Narben; er lächelt *wirklich* nicht. Nein, er stiert uns finster aus satanisch verzogenen Augen an und verlangt zu wissen: »Was wollt ihr von Haha?«

Einen Moment lang sind wir zu gelähmt, um sprechen zu können. Doch dann findet meine Freundin ihre Stimme wieder, die bestenfalls ein Flüstern ist: »Verzeihen Sie, Mister Haha, wir hätten gern einen Liter von Ihrem feinsten Whiskey.«

Seine Augen verziehen sich noch mehr. Ist das die Möglichkeit? Haha beginnt zu lächeln! Sogar zu lachen. »Wer von euch ist denn der Schluckspecht?«

»Für Früchtekuchen, Mr. Haha. Zum Backen.«

Das ernüchtert ihn. Er runzelt die Stirn. »Pure Verschwendung für guten Whiskey.« Nichtsdestotrotz zieht er sich in sein schummriges Lokal zurück und taucht kurz darauf mit einer unetikettierten Flasche auf, in der sich eine buttergelbe Flüssigkeit befindet. Er demonstriert uns, wie sie in der Sonne funkelt, und sagt: »Zwei Dollar.«

Wir bezahlen ihn mit Fünfern, Zehnern und Centstücken. Aber als er die Münzen wie eine Handvoll Würfel in der hohlen Hand klimpern lässt, wird sein Gesicht auf einmal weicher. »Ich mach euch 'n Vorschlag«, sagt er und kippt das Geld wieder in unser Perlentäschchen, »schickt mir einfach einen von euren Früchtekuchen dafür.«

»Das«, bemerkt meine Freundin auf dem Heimweg, »ist wirklich ein netter Mann. Wir werden eine Extratasse Rosinen in seinen Kuchen tun.«

Der schwarze Herd, geschürt mit Kohlen und Brennholz, glüht wie ein erleuchteter Kürbis. Schneebesen wirbeln, Rührlöffel kreisen in Schüsseln mit Butter und Zucker, Vanille parfümiert die Luft, Ingwer gibt ihr Würze; aromatische, die Nase kitzelnde Düfte erfüllen die Küche, durchdringen das Haus, ziehen auf Rauchwölkchen aus dem Kamin hinaus in die Welt. Nach vier Tagen ist die Arbeit getan. Einunddreißig Kuchen, mit Whiskey angefeuchtet, ruhen auf Fensterbänken und Regalen.

Für wen sie sind?

Für Freunde. Nicht unbedingt hiesige Freunde: Tatsächlich ist der größte Teil für Personen bestimmt, denen wir vielleicht nur ein einziges Mal oder sogar noch nie begegnet sind. Für Menschen, die unsere Bewunderung erregen. Wie Präsident Roosevelt. Wie Pfarrer J.C. Lucey und seine Frau, baptistische Missionare in Borneo, die hier im letzten Winter einen Vortrag gehalten haben. Oder der kleine Scherenschleifer, der zweimal im Jahr durchkommt. Oder Abner Packer, der Fahrer des Sechs-Uhr-Busses aus Mobile, der uns jeden Tag zuwinkt, wenn er in einer Staubwolke vorbeisaust. Oder die jungen Wistons, ein Ehepaar aus Kalifornien, deren Auto eines Nachmittags vor dem Haus eine Panne hatte und die sich eine Stunde lang sehr nett mit uns auf der Veranda unterhielten (der junge Mr. Wiston machte ein Foto von uns, das einzige, das je von uns aufgenommen wurde). Ist es, weil meine Freundin allen *außer* Fremden gegenüber schüchtern ist, dass uns diese Fremden, und selbst flüchtige Bekannte, wie unsere treuesten Freunde erscheinen? Ich glaube, ja. Und unsere Sammelalben mit Dankesschreiben auf Briefpapier des Weißen Hauses, gelegentlichen Nachrichten aus Kalifornien und Borneo, billigen Postkarten des Scherenschleifers geben uns das Gefühl, mit der großen, weiten Welt verbunden zu sein, die jenseits der Küche mit ihrem begrenzten Blick auf den Himmel liegt.

Ein dezemberlich kahler Feigenzweig schabt am Fenster. Die Küche ist leer, die Kuchen sind fort; gestern haben wir die letzten zur Post gebracht, wo die Portokosten unseren letzten Cent auffraßen. Wir sind pleite. Das deprimiert mich, doch meine Freundin besteht darauf zu feiern – mit zwei Fingerbreit Whiskey, die noch in Hahas Flasche sind.

Queenie bekommt einen Löffel voll in einen Napf Kaffee (sie mag ihren Kaffee stark und mit Zichorienzusatz). Den Rest teilen wir auf zwei Geleegläser auf. Wir sind beide ganz ehrfürchtig angesichts der Vorstellung, puren Whiskey zu trinken; sein Geschmack löst grimassierende Gesichter und angewidertes Schütteln aus. Doch nach und nach beginnen wir zu singen, jeder von uns ein anderes Lied, und das gleichzeitig. Ich kenne den Text meines Liedes nicht, nur die Zeile: *Come on along, come on along, to the darktown strutters' ball.* Aber ich kann tanzen: Denn das will ich einmal werden, Stepptänzer beim Film. Mein tanzender Schatten hüpft über die Wände; unsere Stimmen lassen das Geschirr wackeln; wir kichern, als würden uns unsichtbare Hände kitzeln. Queenie rollt sich auf den Rücken, ihre Pfoten pflügen durch die Luft, eine Art Grinsen zieht ihre schwarzen Lefzen auseinander. Tief drinnen bin ich so warm und sprühend wie die zerfallenden Holzscheite, so sorgenfrei wie der Wind im Kamin. Meine Freundin tänzelt um den Herd herum, den Saum ihres armseligen Kattunkleides mit den Fingerspitzen haltend, als wäre es ein Festgewand: *Show me the way to go home,* singt sie, und ihre Tennisschuhe quietschen auf dem Fußboden. *Show me the way to go home.*

Auftritt: zwei Verwandte. Sehr zornig. Mit Augen, die schimpfen, Zungen, die schelten. Hören Sie, was sie zu sagen haben, wie ihre Worte sich zu einer grimmigen Melodie überschlagen: »Ein siebenjähriges Kind! Atem nach Alkohol riecht! hast du den Verstand verloren? siebenjähriges Kind betrunken machen! jetzt total übergeschnappt! der Anfang vom Ende! Kusine Kate vergessen? Onkel Charlie?

Onkel Charlies Schwager? dich schämen! skandalös! eine Schande! auf die Knie, beten, den Herrn um Verzeihung bitten!«

Queenie verkriecht sich unter den Herd. Meine Freundin starrt auf ihre Schuhe, ihr Kinn zittert, sie hebt den Rock hoch und schnäuzt sich und rennt in ihr Zimmer. Lange nachdem das Dorf schlafen gegangen und das Haus still geworden ist, abgesehen vom Schlagen der Uhren und dem Knistern ausgehender Kaminfeuer, weint sie noch in ihr Kissen, das schon so nass ist wie das Taschentuch einer Witwe.

»Nicht weinen«, sage ich, als ich mich auf das Fußende ihres Betts setze und trotz meines Flanellnachthemds zittere, das noch nach Hustensaft vom letzten Winter riecht, »nicht weinen«, bitte ich, streichle ihre Zehen, kitzle ihre Füße, »dafür bist zu alt.«

»Ich weine«, bringt sie hervor, »*weil* ich zu alt bin. Alt und komisch.«

»Du bist nicht komisch. Sondern lustig. Viel lustiger als alle anderen. Aber wenn du nicht zu weinen aufhörst, bist du morgen so müde, dass wir keinen Baum holen können.«

Sie richtet sich auf. Queenie springt aufs Bett (was Queenie nicht darf) und leckt ihr die Wangen. »Ich weiß, wo wir schöne Bäume finden, Buddy. Und Stechpalmenzweige. Mit Beeren, so groß wie deine Augen. Tief drinnen im Wald. Weiter weg, als wir je waren. Dort hat Papa früher immer unsere Weihnachtsbäume geholt: hat sie auf der Schulter heimgetragen. Das ist fünfzig Jahre her. Ich kann es kaum erwarten, bis es Morgen wird.«

Morgen. Raureif glitzert auf dem Gras; die Sonne, rund

wie eine Orange und orangerot wie der Mond im Hochsommer, schwebt am Horizont, lässt den mit Silber überzogenen Wald erstrahlen. Ein wilder Truthahn kollert. Ein entlaufenes Schwein grunzt im Unterholz. Dann, am Rand eines knietiefen, schnell fließenden Wasserlaufs, müssen wir unser Wägelchen zurücklassen. Queenie watet als Erste in den Bach, überquert ihn planschend mit vorwurfsvollem Gebell wegen der starken Strömung, der Lungenentzündung verursachenden Kälte. Wir folgen, unsere Schuhe und Ausrüstung (ein Beil, ein Rupfensack) hoch über den Köpfen tragend. Noch eine Meile: voll scharfer Stacheln, Kletten und dorniger Sträucher, die sich in unserer Kleidung verfangen; voll rostiger Kiefernnadeln, auf denen bunte Pilze und abgeworfene Federn schimmern. Da, dort, ein Aufblitzen, ein Flattern, ein schrilles Kreischen, das uns daran erinnert, dass nicht alle Vögel in den Süden gezogen sind. Die ganze Zeit windet sich der Pfad durch zitronengelbe Tümpel aus Sonnenlicht und pechschwarze Tunnel aus Kletterpflanzen. Ein weiterer Bach wird überquert: Ein aufgescheuchter Schwarm gesprenkelter Forellen bringt das Wasser um uns herum zum Schäumen, und Frösche, so groß wie Essteller, üben Bauchlandungen; fleißige Biber bauen an einem Damm. Am gegenüberliegenden Ufer schüttelt sich Queenie und zittert. Meine Freundin zittert ebenfalls: nicht vor Kälte, sondern vor Begeisterung. Eine der ramponierten Rosen auf ihrem Hut verliert ein Blütenblatt, als sie den Kopf hebt und den schweren Kieferngeruch einatmet. »Wir sind fast da; riechst du es schon, Buddy?«, sagt sie, als würden wir uns dem Meer nähern.

Und tatsächlich ist es eine Art Meer. Ein Areal würziger

Christbäume, stacheliger Stechpalmen. Rote Beeren, so glänzend wie chinesische Glocken: Schwarze Krähen stürzen sich krächzend auf sie. Nachdem wir unseren Sack mit genug Grün und Rot vollgestopft haben, um ein Dutzend Fenster mit Girlanden zu schmücken, gehen wir daran, einen Baum auszusuchen. »Er sollte«, sagt meine Freundin sinnend, »doppelt so groß sein wie ein Junge. Damit kein Junge den Stern stehlen kann.« Der, den wir auswählen, ist doppelt so groß wie ich. Ein tapferer, stattlicher Kerl, der dreißig Beilhieben standhält, ehe er mit einem ächzenden gellenden Schrei umstürzt. Ihn hinter uns herschleifend wie eine Jagdtrophäe, treten wir den langen Heimweg an. Alle paar Meter geben wir den Kampf auf, setzen uns hin und schnappen nach Luft. Aber wir besitzen die Kraft erfolgreicher Jäger; diese und das männliche, eisige Parfüm des Baumes beleben uns, treiben uns weiter. Viele Komplimente begleiten unsere Rückkehr bei Sonnenuntergang auf der roten Lehmstraße ins Dorf; doch meine Freundin ist schlau und unverbindlich, wenn Vorbeigehende den Schatz bewundern, der auf unserem Wägelchen thront: So ein schöner Baum, und woher der kommt? »Von da drüben«, murmelt sie vage. Einmal hält ein Auto, und die träge Frau des reichen Mühlenbesitzers beugt sich heraus und quäkt: »Ich geb euch fünfundzwanzig Cent für den Baum da.« Normalerweise scheut sich meine Freundin, nein zu sagen; doch diesmal schüttelt sie sofort den Kopf. »Den würden wir nicht für einen Dollar hergeben.« Die Frau des Mühlenbesitzers lässt nicht locker. »Ein Dollar? Dass ich nicht lache! Fünzig Cent. Das ist mein letztes Angebot. Sie können sich ja einen neuen holen, gute Frau.« Als Antwort bemerkt meine Freundin sanft: »Das bezweifle ich. Es gibt alles nur ein Mal.«

Daheim: Queenie sackt vor dem Kamin zusammen und schläft bis zum nächsten Morgen, schnarcht dabei so laut wie ein Mensch.

In einer Truhe auf dem Dachboden befinden sich: eine Schuhschachtel mit Hermelinschwänzen (vom Operncape einer sonderbaren Frau, die einmal ein Zimmer im Haus gemietet hatte), einige Rollen ausgefranste Silbergirlanden, die mit den Jahren goldfarben geworden sind, ein silberner Stern, eine kurze Kette mit angeschlagenen, zweifellos gefährlichen bonbonbunten Glühbirnen. Großartige Dekorationen so weit, aber sie reichen bei weitem nicht aus: Meine Freundin möchte, dass unser Baum glänzt »wie das Fenster in der Baptistenkirche«, sich biegt unter der schieren Masse des Schmucks. Aber die Made-in-Japan-Pracht aus dem Kaufhaus können wir uns nicht leisten. Und so machen wir das, was wir immer machen: sitzen tagelang am Küchentisch und hantieren mit Schere und Farbstiften und Stapeln von Buntpapier. Ich mache die Zeichnungen, und meine Freundin schneidet sie aus: jede Menge Katzen, dazu Fische (weil die leicht zu malen sind), einige Äpfel, einige Wassermelonen, ein paar geflügelte Engel, gefertigt aus dem sorgsam aufbewahrten Stanniolpapier von Hershey-Schokoriegeln. Wir benutzen Sicherheitsnadeln, um diese Kreationen am Baum zu befestigen; als krönenden Abschluss bestreuen wir die Zweige mit zerzupfter Baumwolle (die wir im August eigens für diesen Zweck gepflückt haben). Meine Freundin, die die Wirkung begutachtet, schlägt die Hände zusammen. »Ganz ehrlich, Buddy. Findest du nicht, dass er zum Fressen ist?« Queenie versucht prompt, einen Engel zu fressen.

Nachdem wir für alle Fassadenfenster Stechpalmengirlanden geflochten und bebändert haben, sind als Nächstes die Geschenke für die Familie an der Reihe. Batikschals für die Frauen, für die Männer ein selbst gebrauter Sirup aus Zitrone und Lakritz und Aspirin, einzunehmen »bei den ersten Anzeichen einer Erkältung und nach der Jagd«. Aber wenn es Zeit wird, unser Geschenk für den anderen zu machen, arbeiten meine Freundin und ich getrennt und heimlich. Ich würde ihr gerne ein Messer mit Perlmuttgriff kaufen, ein Radio, ein ganzes Pfund Kirschen mit Schokoladenüberzug (wir haben einmal welche gegessen, und sie sagt immer: »Davon könnte ich glatt leben, Buddy, bei Gott, das könnte ich – und ich führe den Namen des Herrn nicht vergeblich im Munde«). Stattdessen bastle ich ihr einen Drachen. Sie würde mir gerne ein Fahrrad schenken (das hat sie schon eine Million Mal gesagt: »Wenn ich es nur könnte, Buddy. Es ist schlimm genug, im Leben ohne etwas auskommen zu müssen, das man *selbst* haben möchte; aber was mich wirklich in Harnisch bringt, ist, einem anderen nicht das schenken zu können, was *er* haben sollte. Aber eines Tages schaffe ich es, Buddy. Ich besorge dir ein Fahrrad. Frag mich nicht, wie. Und wenn ich's stehlen muss«). Stattdessen bin ich ziemlich sicher, dass sie mir einen Drachen bastelt – genau wie im letzten Jahr und in dem davor: Im Jahr davor schenkten wir uns Schleudern. Wogegen ich nichts einzuwenden habe. Denn wir sind Meister im Drachen-steigen-Lassen und studieren die Windverhältnisse wie Seefahrer; meine Freundin, die erfahrener ist als ich, kann einen Drachen fliegen lassen, wenn nicht einmal genug Wind da ist, um Wolken zu tragen.

An Heiligabend kratzen wir nachmittags fünf Cent zusammen und gehen zum Fleischer, um Queenie ihr traditionelles Geschenk zu kaufen, einen guten Rinderknochen zum Nagen. Der Knochen, in eine Comic-Seite eingewickelt, wird oben in der Nähe des silbernen Sterns in den Baum gehängt. Queenie weiß, dass er da ist. Sie hockt sich vor den Baum und starrt wie gebannt gierig hinauf: Selbst wenn es Zeit zum Schlafengehen ist, rührt sie sich nicht von der Stelle. Sie ist genauso aufgeregt wie ich. Ich trete die Zudecke weg und drehe mein Kopfkissen um, als wäre es eine glühend heiße Sommernacht. Irgendwo kräht ein Hahn: fälschlicherweise, denn die Sonne ist noch auf der anderen Seite der Welt.

»Buddy, bist du wach?« Es ist meine Freundin, die aus ihrem Zimmer ruft, das neben meinem liegt; und schon im nächsten Moment sitzt sie mit einer Kerze in der Hand auf meinem Bett. »Ich kann einfach nicht schlafen«, verkündet sie. »In meinem Kopf geht alles drunter und drüber. Buddy, meinst du, dass Mrs. Roosevelt unseren Kuchen zum Abendessen serviert?« Wir kuscheln uns ins Bett, und sie drückt meine Hand, liebevoll. »Früher kam mir deine Hand immer viel kleiner vor. Es will mir gar nicht gefallen, dass du langsam groß wirst. Wenn du groß bist, sind wir dann immer noch Freunde?« Ich sage, immer und ewig. »Aber ich bin so traurig, Buddy. Ich wollte dir doch so gern ein Fahrrad schenken. Ich hab versucht, meine Kamee zu verkaufen, die Papa mir geschenkt hat. Buddy« –

sie zögert, als wäre es ihr peinlich –, »ich hab dir wieder einen Drachen gebastelt.« Dann gestehe ich, dass auch ich ihr einen gemacht habe; und wir lachen. Die Kerze brennt herunter, bis man sie nicht mehr halten kann. Sie geht aus, das Sternenlicht wird sichtbar, die Sterne, die sich am Fenster drehen wie Weihnachtssänger, die der Tagesanbruch allmählich, ganz allmählich verstummen lässt. Vielleicht nicken wir ein; aber die ersten Anzeichen der Morgendämmerung treffen uns wie ein Schwall kaltes Wasser: Wir sind auf, hellwach und wandern herum, während wir darauf warten, dass die anderen aufwachen. Mit voller Absicht lässt meine Freundin einen Kochtopf auf den Küchenboden fallen. Ich steppe vor geschlossenen Türen. Einer nach dem anderen tauchen die Hausbewohner auf, die aussehen, als würden sie uns beide am liebsten umbringen: Aber es ist Weihnachten, also können sie es nicht. Zuerst ein üppiges Frühstück: einfach alles, was man sich nur vorstellen kann – von Pfannkuchen und gebratenem Eichhörnchen bis hin zu Maisbrei und Honigwaben. Was alle in gute Stimmung versetzt, nur meine Freundin und mich nicht. Wir brennen nämlich so darauf, an die Geschenke zu kommen, dass wir keinen Bissen hinunterbringen.

Offen gesagt, ich bin enttäuscht. Wer wäre das nicht? Bei Socken, einem Sonntagshemd, Taschentüchern, einem abgelegten Pullover und einem Jahresabonnement für eine religiöse Kinderzeitschrift. *Der kleine Hirte.* Es macht mich fuchtig. Ganz ehrlich.

Meine Freundin hat mehr Glück. Ein Säckchen Satsumas ist ihr bester Fang. Am stolzesten ist sie jedoch auf einen weißen Wollschal, den ihre verheiratete Schwester gestrickt hat. Aber sie *sagt,* ihr liebstes Geschenk sei der Drachen, den ich ihr gebastelt habe. Und er ist *wirklich* wunderschön; wenn auch nicht so schön wie der, den sie für mich gebastelt hat, der blau ist und übersät mit goldenen und grünen Fleißsternchen; außerdem steht mein Name darauf, »Buddy«.

»Buddy, der Wind weht.«

Der Wind weht, und nichts kann uns davon abhalten, auf die Weide unterhalb des Hauses zu laufen, wo Queenie schon dabei ist, ihren Knochen zu vergraben (und wo, im Winter darauf, auch Queenie begraben werden wird). Dort stürmen wir durch das kräftige hüfthohe Gras, lassen unsere Drachen steigen, spüren, wie sie an der Schnur zerren wie Himmelsfische, als sie in den Wind eintauchen. Zufrieden, von der Sonne gewärmt, strecken wir uns im Gras aus und schälen Satsumas und sehen dem Treiben unserer Drachen zu. Schon bald vergesse ich die Socken und den abgelegten Pullover. Ich bin so glücklich, als hätten wir den 50 000-Dollar-Hauptpreis bei dem Kaffeenamen-Preisausschreiben bereits gewonnen.

»Ich bin ja so töricht!«, ruft meine Freundin aus, plötzlich munter geworden wie eine Frau, der zu spät einfällt, dass sie Plätzchen im Backofen hat. »Weißt du, was ich immer gedacht habe?«, fragt sie, als hätte sie eine Entdeckung gemacht, und lächelt nicht mich, sondern einen Punkt weiter weg an. »Ich dachte immer, ein Mensch müsse krank sein und im Sterben liegen, bevor er den Herrn sieht. Und ich habe mir immer vorgestellt, wenn Er kommt, dann ist das so ähnlich, wie wenn man das Fenster in der Baptistenkirche betrachtet: so hübsch wie Buntglas, durch das die

Sonne einfällt, ein solcher Glanz, dass man nicht merkt, wie es dunkel wird. Und es war mir immer ein Trost: der Gedanke, dass dieser Glanz alle schaurigen Gefühle vertreibt. Aber ich möchte wetten, es ist nicht so. Ich möchte wetten, dass der Mensch am Ende erkennt, dass der Herr sich bereits gezeigt hat. Dass alles, was da ist« – sie macht eine ausladende Handbewegung, die Wolken und Drachen und Gras und die ihren Knochen verbuddelnde Queenie einschließt –, »alles, was man immer sieht, dass das bedeutet, das Antlitz des Herrn zu sehen. Was mich angeht, ich könnte die Welt mit dem heutigen Tag vor Augen verlassen.«

Es ist unser letztes gemeinsames Weihnachtsfest.

Das Leben trennt uns. Die, die es am besten wissen, beschließen, dass ich auf eine Schule mit militärischer Ausbildung gehöre. Und so beginnt eine ununterbrochene Folge elender disziplinierender Gefängnisse und streng reglementierter Ferienlager. Ich habe auch ein neues Zuhause. Aber das zählt nicht. Zu Hause ist da, wo meine Freundin ist, und dort komme ich nie mehr hin.

Doch sie bleibt dort, werkelt weiter in der Küche herum. Allein mit Queenie. Dann ganz allein. (»Lieber Buddy«, schreibt sie in ihrer krakeligen, fast unleserlichen Handschrift, »gestern hat Jim Macys Pferd Queenie böse getreten. Sei dankbar, dass sie nicht sehr leiden musste. Ich habe sie in ein gutes Leintuch gewickelt und sie in unserem Wägelchen hinunter auf Simpsons Weide gefahren, wo sie bei all ihren Knochen ist …«) Eine Zeit lang fährt sie fort, jeden November ganz allein ihre Früchtekuchen zu backen; nicht mehr so viele, aber doch einige, und natürlich schickt sie mir immer »den Besten vom ganzen Schub«. Und jedem Brief legt sie ein in Toilettenpapier eingewickeltes Zehncentstück bei: »Geh ins Kino, und schreibe mir den Inhalt des Films.« Doch allmählich beginnt sie mich in ihren Briefen mit ihrem anderen Freund zu verwechseln, dem Buddy, der in den 1880er-Jahren starb; mehr und mehr ist der Dreizehnte nicht der einzige Tag, an dem sie im Bett bleibt: Dann kommt ein Morgen im November, ein blätterloser, gesangloser Winteranfangsmorgen, an dem sie sich nicht dazu aufraffen kann auszurufen: »Du meine Güte, es ist Früchtekuchenwetter!«

Und als das passiert, weiß ich es. Eine Nachricht, die es mir mitteilt, bestätigt lediglich eine Information, die eine geheime Ader bereits erhalten hat, einen unersetzbaren Teil von mir abtrennt, ihn davonfliegen lässt wie einen Drachen, dessen Schnur gerissen ist. Darum suche ich, als ich an diesem Dezembermorgen über einen Schulhof gehe, ständig den Himmel ab. Als erwartete ich, zwei verlorene Drachen zu sehen, die fast wie Herzen hinauf in den Himmel steigen.

ERICH KÄSTNER

Feier mit Hindernissen

Jene Feier, von der ich sogleich berichten werde, fand im vorigen Jahr bei Harriet Spencer statt. Ich hatte Harriet kennengelernt, als sie noch Elevin der Stein'schen Akrobatikschule war. Dort hatte ich sie eines Tages versonnen in einer Ecke stehen und das linke Bein fast schwermütig über die rechte Schulter legen sehen. Wie sie das wohl mache, hatte ich höflich gefragt, und ob sie keine Knochen habe und woran sie während solcher Kunststücke denke. Seitdem duzten wir uns.

Nun traf ich sie, am Nachmittag des Heiligabends, zufällig wieder. Sie hatte die ersten Engagements, in Köln und Manchester, hinter sich und trat in Berlin auf. »Tag, Paula«, sagte ich. (Harriet Spencer hieß sie nur im Varieté.) Und sie lud mich zur Weihnachtsfeier ein. Es kämen ein paar nette Kollegen. Die Arbeitsstätte sei am Heiligen Abend geschlossen. Die Gelegenheit sei günstig.

Weil ich nicht im engeren Sinne Familiäres vorhatte, ging ich hin. Es waren mehrere Herren und Damen anwesend, und Paula rief, nun könne das Essen anfangen. Die Wirtin kam ins Zimmer und trug einen Stoß Teller. Einer der Herren fragte, ob er behilflich sein dürfe, griff nach den Tellern und warf einen nach dem andern, quer durchs Zimmer, auf den Tisch, an dem wir saßen. Dann pfiffen Messer und Gabeln an unsern Ohren vorbei und legten sich gehorsam neben die Teller. Die Wirtin schrie um Hilfe. Aber der Herr sagte freundlich: »Keine Sorge, liebe Frau, ich bin der weltberühmte Jongleur Mazeppa.« Und dann schleuderte er dampfende Frankfurter Würstchen, für jeden Gast ein Paar, auf die Teller. Ich bin ein offener Charakter; zu lügen widersteht mir; ich erkläre, dass er den Kartoffelsalat auszuteilen der Wirtin überließ. Wegen der Mayonnaise.

Wir waren unsrer sieben. Und Paula sagte, Alfredo, der Luftakt, fehle noch, doch die Haustür sei bis zehn offen. Wir wünschten einander Appetit und begannen zu essen. Da erhob sich ein würdig wirkender, vollbärtiger Herr, und wir legten die Bestecke beiseite, um seiner Tafelrede zu lauschen. Er sagte aber gar nichts, lächelte nur höflich, packte das Tischtuch und riss es blitzartig unter den Tellern und Gläsern fort. Das Geschirr klirrte kaum. Paula sah, dass ich zusammenzuckte, und meinte begütigend, Professor Bellini sei ein großer Zauberkünstler. Ich entgegnete, ich habe einen nervösen Magen. Der Professor bat um Entschuldigung. »Schon gut«, sagte ich, leicht verstimmt.

Wir aßen unsre Frankfurter Würstchen. »Eigentlich wollte ich einen Christbaum mitbringen«, sagte Professor Bellini zu Paula, »aber ich dachte, du hättest einen.«

»Nein, Alfredo wollte ihn besorgen«, meinte Paula.

»Ich begreife nicht, wo der Kerl bleibt«, erklärte eine muskulöse Blondine.

»Alfredos Partnerin, sie heißt Elvira«, flüsterte mir Paula ins Ohr. Da klopfte es, als poche jemand gegen Glas.

»Da ist er endlich«, rief Elvira und lief blindlings zum

Fenster. Sie öffnete es; draußen, die Winternacht im Rücken, stand ein eleganter junger Mann. Er hielt einen allerliebsten Tannenbaum, der mit brennenden Kerzen besteckt war, in der Hand und wünschte Fröhliche Weihnachten.

»Ist er wirklich sämtliche vier Stockwerke draußen am Haus hochgeklettert?«, fragte ich ernstlich erschrocken. Paula nickte und schien sich nicht zu wundern. Alfredo reichte den brennenden Tannenbaum durchs Fenster und wollte grade ins Zimmer steigen. Da erblickte er den Tisch und brüllte: »Ihr habt mit dem Essen nicht auf mich gewartet? Na, dann gute Nacht.«

Und schon war er wieder verschwunden! Elvira beugte sich aus dem Fenster und rief: »Freddy, sei doch nicht so empfindlich!« Aber der junge Mann kam nicht zurück. Elvira schloss verstimmt das Fenster und sagte: »Dauernd nimmt er übel.«

Wir aßen weiter. Die Würstchen waren leider kalt geworden. Es war wohl Bestimmung, dass dieser Abend nicht ruhig verlaufen sollte. Im Korridor entstand Lärm. Mir blieb, nur bildlich gesprochen, das Messer im Halse stecken. Die Tür wurde aufgerissen. Im Rahmen erschien Paulas Wirtin. Doch sie wurde von unsichtbaren Gewalten zurückgerissen, und an ihrer Stelle tauchte ein Mann auf. Ein Mann von beträchtlichen Ausmaßen. Er sagte mit zornbebender Stimme: »Mein Name ist Herr Streitmüller. Ich wohne eine Etage tiefer.«

Paula rief: »Frohes Fest, lieber Herr Streitmüller. Was haben Sie zu Weihnachten bekommen?«

Aber Herr Streitmüller war gegen Konversation. Er hob drohend den Arm und brüllte: »Wozu hat das Haus eine

Treppe? Warum klettern Ihre Gäste die Fassade hinunter? Meine Frau hat vor Schreck die Sprache verloren!«

»Seien Sie froh«, sagte Professor Bellini, ging auf den Eindringling los und zog ihm eine lebendige Ente aus der Tasche. »Hier«, meinte der Professor sanft, »bringen Sie das Geflügel Ihrer sprachlosen Gemahlin.« Doch Herr Streitmüller haute dem Zauberkünstler auf die Finger und schrie: »Ich hole die Polizei!«

In diesem Augenblick erhob sich einer von Paulas Gästen, ein breitschultriger, untersetzter Mensch, und sagte müde: »Tür zu, Fenster auf!« Elvira lief zum Fenster und öffnete es. Paula schloss die Tür und flüsterte mir zu: »Um des Himmels willen, Ajax, der Kraftakt, wird zornig.«

Ajax schritt schläfrig auf den langen Herrn Streitmüller zu, packte ihn plötzlich, trug ihn zum Fenster, hob ihn hoch, schob die langen zappelnden Beine übers Gesims und hielt den ganzen Mann mit einem gestreckten Arm in die kühle Nacht hinaus. »So«, meinte Ajax, »wenn Sie frech werden, mache ich langsam die Hand auf. Verstanden? Ich ersuche Sie nunmehr, O du fröhliche, o du selige zu singen. Elvira, ’ne Zigarette.« Elvira gehorchte. Herr Streitmüller gehorchte nicht. Wir hörten ihn ächzen. »Falls Sie das Lied nicht kennen, singen Sie stattdessen O Tannenbaum«, sagte Ajax, »aber warten Sie nicht allzu lange, sonst lasse ich Sie fallen.«

Nun gab Herr Streitmüller nach. Er sang: »O Tannenbaum, o Tannenbaum, wie grün sind deine Blätter.« Dann wurde im dritten Stock ein Fenster aufgerissen, und Frau Streitmüller sah zu ihrem größten Erstaunen ihren singenden Mann frei in der Luft hängen. Sie fand dabei ihre

Sprache wieder. »Singen Sie mit, werte Dame«, rief Ajax, »sonst fällt Ihr Gatte auf die Straße!« Frau Streitmüllers Augen füllten sich mit Tränen der Wut. Aber sie sang. Und ohne einen weiteren Kommentar abzuwarten, begann das terrorisierte Ehepaar schließlich sogar die zweite Strophe.

»Ajax, halt ein«, rief Paula. »Sie können den Text nicht.«

Ajax, der Kraftakt, transportierte Streitmüller ins Zimmer zurück und sagte: »Gehen Sie mir rasch aus den Augen.« Das tat der lange Herr denn auch. Er verschwand, so schnell ihn seine zitternden Beine trugen. Und wir waren wieder unter uns.

»Ich habe eine Überraschung für euch«, sagte der Professor Bellini. »Ich möchte bescheren. Dreht euch nicht um!« Er trug einen Tisch in eine Zimmerecke, setzte den brennenden Christbaum auf den Tisch, und wir hörten, wie er hantierte und seine Geschenke hinlegte. Es war richtig weihnachtlich, und wir wagten uns nicht umzudrehen.

»Ist er nicht goldig?«, fragte Paula.

»So«, rief der Professor endlich, »jetzt dürft ihr herschauen!«

Wir wandten uns um und riefen wie aus einem Munde: »Ah!« Der Tisch war mit Geschenken beladen! Es glänzte und glitzerte wie im Märchen.

Aber die Freude dauerte nicht lange. Plötzlich brüllte der Jongleur Mazeppa: »Meine Uhr!« Und Elvira heulte: »Mein Armband!« Und Ajax knurrte: »Mein Zigarettenetui.« Ich rief: »Meine Strumpfbänder!« Der Professor hatte uns bestohlen. Er hatte uns ausgeplündert! Unsre Taschen waren leer, und der Inhalt lag, bunt und strahlend, auf dem Weihnachtstisch. Wir stürzten drauflos, und jeder suchte, was ihm gehörte. Ich fand außer der Brieftasche meine Uhr, Hildegards Fotografie, den Füllfederhalter, den silbernen Kamm, den Pass und den Steuerbescheid auf dem Tisch. Den andern erging es ähnlich. Ajax war besonders wütend, denn Bellini hatte ihm die Schnürsenkel heimlich aus den Schuhen gezogen und unter den Christbaum gelegt. »Armer Mensch«, sagte Ajax mitleidig, »nun hat sich's ausgezaubert.« Dann packte er den Professor und warf ihn durchs Fenster auf die vorm Haus stehende Platane.

Mazeppa, der Jongleur, wollte Bellini einen Teller hinterherschleudern, traf aber den Kraftakt. Elvira kreischte auf und sprang, mit einem Salto, aufs Sofa. Paula hielt die Beine vors Gesicht. Die Männer warfen mit Stühlen und brennenden Christbaumkerzen. Vorm Hause, hoch im Baum, heulte der Zauberkünstler.

Ich empfahl mich, ohne viele Worte zu machen. Auf der Straße wurde mir wohler. Vor der Platane hatten sich Passanten versammelt und riefen nach einer Leiter. Denn Professor Bellini hing unerreichbar im Wipfel. Herr und Frau Streitmüller sahen schadenfroh aus dem Fenster.

Ich ging zu Aschinger, trank fünf Steinhäger und nahm an der Bescherung für Junggesellen teil. Ich bekam ein Paket Pfefferkuchen geschenkt. Sie waren steinhart.

Ich benutze sie noch heute als Briefbeschwerer.

ULRICH KNELLWOLF

Trautes hochheiliges Paar

Eben wurde der zweite Gang des Heiligabend-Diners aufgetragen, Hummersüppchen mit Engelsflügeln.

»Es werden doch keine echten sein«, scherzte Madame im schulterfreien Kleid am dritten Tisch links. »Doch doch! Sie haben drei Erzengel geschossen und ausgekocht«, erwiderte aus dem etwas zu hohen Stehkragen hervor ihr Gemahl. »Du Unflat!« rief Madame gespielt entsetzt.

Das Streichquartett spielte Boccherini.

»Wenn ich denke, wie viele unterernährte Afrikaner nur von der Hälfte dessen, was wir heute hier verdrücken, am Leben bleiben könnten«, nörgelte der Fünfzehnjährige mit den schmutzigen Turnschuhen am Tisch des Bankiers mit vollem Mund. »Nun sei doch endlich einmal still, wenigstens heute abend«, wollte sein Vater gerade sagen. Da kreischte hinten am Fenster die ältere Dame im paillettenbestickten Schwarzen mit nadelspitzer Stimme: »Nein aber auch! Schaut euch das an!« und zeigte nach draußen.

Die Augen aller, die an der Fensterfront saßen, folgten ihrem Zeigefinger. In der zweiten Reihe stand der Sohn des Bankiers neugiergetrieben auf. »Setz dich, bitte!« zischte sein Vater. Aber andere, vorwiegend aus der dritten Reihe, folgten seinem Beispiel. Sogar die Kellner blickten statt auf

Teller und Weißwein-, Rotwein- und Wassergläser in die nächtliche Schneelandschaft hinaus.

»Dieses Bild! Wie ein alter Holländer«, rief die paillettentragende Dame, von der es hieß, daß sie eine Kunstmäzenin sei. »Die Heilige Familie«, brummte, vernehmlich gerührt, der Herr am Nebentisch, angeblich eine Koryphäe für Pädagogik an einer deutschen Universität. »Das wird sie erst, Herr Kollege«, sprach sachlich bestimmt vom Tisch in der zweiten Reihe der Gynäkologe.

Nun drehte sich auch der Direktor, auf seinem allabendlichen Gang von einem Tisch zum andern begriffen und heute zur Feier des Abends im Frack, zum Fenster und sah im Licht der Bogenlampen das Pärchen langsam die Auffahrt heraufkommen. Er stützte sie; sie konnte kaum mehr gehen. Junge Leute, Kinder fast noch, deutlich unter zwanzig jedenfalls, und sie mit einem Bauch, als habe sie einen Globus verschluckt.

»Das Mädchen ist schwanger«, stellte der Gynäkologe überflüssigerweise fest. »Und kann kaum mehr!« rief schrill und schulterfrei von links Madame.

Das Pärchen näherte sich dem Haupteingang. Der Direktor eilte, nur knapp die Etikette wahrend, aus dem Speisesaal. »Er wird sie doch nicht abweisen wollen, nicht heute!« sagte entsetzt die Paillettendame und erhob sich kampfeslustig. Mit ihr erhoben sich auch Madame im Schulterfreien und einige andere Gäste. »Solltest du nicht?« fragte leise die Frau des Gynäkologen. »Ich möchte mich nicht aufdrängen«, antwortete ihr Mann. »Sie ist sicher kaum fünfzehn«, gab die Frau des Gynäkologen zu bedenken. Der Fünfzehnjährige mit den schmutzigen Turnschuhen am Tisch des Bankers kicherte, Butter auf eine Semmel streichend, in sich hinein.

Als die Dame im paillettenbestickten Schwarzen und die schulterfreie Madame, gefolgt von ihren in Smoking und Fliege uniformierten Ehemännern das Entrée erreichten, sahen sie das Pärchen an der Theke des Concierges lehnen und hörten Arcangelo, den Schlüsselgewaltigen, sagen: »Tut mir leid, wir sind voll belegt.«

»Das darf doch nicht wahr sein!« rief Madame. »Wirklich nicht!« rief ihr Gatte. »Nicht an diesem Abend!« rief die Dame in Pailletten. »Meine Herrschaften, bitte!« sagte der Direktor. »Wir haben kein einziges Bett frei«, sagte laut und entschieden der Concierge. »Arcangelo!« mahnte anklägerisch Madame. »Seien Sie kein Unmensch«, fügte die Dame im Schwarzen hinzu, während die Ehegemahle heftig nickten. »Kein einziges Bett mehr frei, nicht einmal in den Angestelltenzimmern«, beharrte hartherzig Arcangelo.

»Ich kann nicht mehr«, hauchte das Mädchen und drohte zu Boden zu sinken.

»Ich sage dir ja, du sollst etwas tun«, zischte die Frau des Gynäkologen ihren Mann an. Wie die meisten andern Gäste waren auch sie ins Foyer getreten, um zu sehen, was es gebe. »Ich hab ja meine Sachen gar nicht hier«, gab der Gynäkologe zurück.

»Nichts zu machen«, klagte scheinheilig händeringend der Direktor.

»Dann mache ich etwas!« rief da die ältere Dame im paillettenbestickten Schwarzen. Sie trat auf das Pärchen zu. »Bitte kommen Sie mit mir zum Lift. Haben Sie noch die Kraft? Ich stelle Ihnen mein Zimmer zur Verfügung, wenigstens bis ein Krankenwagen kommt.«

»Die Zeit wird für den Transport ins Spital nicht reichen«, sagte der junge Mann, »es kommt jeden Augenblick.«

Die Paillettendame schritt voraus, das Pärchen hinterher, an dem im Entrée aufgestellten Christbaum vorbei zum Lift. Arcangelo war hinter der Theke hervorgekommen.

»Sie werden mich nicht hindern, Sie nicht!« drohte gebieterisch die Dame. Da blieb Arcangelo stehen wie alle andern auch und starrte mit blöden Augen auf die sich schließende Lifttür und hörte, wie sich der Aufzug in Bewegung setzte.

Jetzt brach das große Gerede aus. »Du hättest etwas tun müssen!« sagte die Frau des Gynäkologen. »Was denn?« widersprach der Gynäkologe. »Sie werden immer jünger«, stellte die Frau des Pädagogikprofessors fest.

Da kam der Lift zurück. Die Tür öffnete sich und heraus trat strahlend wie eine Heldin die Dame im paillettenbestickten Schwarzen. »So, fürs erste sind sie versorgt. Hat jemand den Arzt und die Ambulanz gerufen? Nicht? Ja, was steht ihr denn alle hier herum! Los, Arcangelo, es eilt!«

Arcangelo eilte hinter die Theke zum Telefon, und die ersten Gäste gingen wieder an ihre Tische im Speisesaal zurück.

»Wir möchten mit dem Service fortfahren, wenn es Ihnen recht ist, meine Damen und Herren«, rief der erleichterte Direktor mit erhobenen Armen.

»Die denken alle nur ans Essen«, sagte der Fünfzehnjährige mit den schmutzigen Turnschuhen zu sich selbst. Das Quartett spielte ›Stille Nacht‹.

Der dritte Gang war Loup de mer auf einem Lauchbett. Die meisten hatten ihn bereits und mit einer gewissen Erleichterung gegessen, als eine Gruppe Männer eintraf: der Dorfarzt, zwei Leute von der Ambulanz und, ungerufen, ebenfalls zwei von der Polizei.

»Dieses Pärchen, wo ist es?« fragte so laut, daß es im Speisesaal zu hören war, der eine Polizist. »Die haben den Trick schon in St. Moritz angewendet«, sagte der andere.

Jetzt fühlte sich der Gynäkologe zum Eingreifen gedrängt. »Bedenken Sie, daß das Mädchen hochschwanger ist«, rief er im Hinauseilen.

»Sie glauben wohl noch an den Storch«, sagte der erste Polizist zu ihm. »Kissen unter dem Pullover, nichts weiter. Kaum hat man die in ein Zimmer gelassen, ist die Schwangerschaft auf wundersame Art vorbei.«

»Sie meinen ...?« stotterte der Direktor.

»Fahren wir hinauf«, bestimmte der Polizist.

Als sie wieder herunterkamen, grinste er. »Was habe ich gesagt? Sie müssen ihren Wagen ganz in der Nähe abgestellt haben. Über alle Berge. Und drei Zimmer durchwühlt.«

»Meine Perlen!« kreischte die Dame mit den Pailletten.

»Unseres auch?« fragte die Frau des Gynäkologen. »Es liegt gleich daneben ...«

Nachdem die Polizei den Schaden aufgenommen hatte und gegangen war und alle beim Dessert saßen, sagte der Gynäkologe leicht verbissen zu seiner Frau: »Wenn ich an deinen Diamantring denke, komme ich mir fast vor wie einer der Heiligen Drei Könige.«

Die ältere Dame im schwarzen Kleid sagte zu der schulterfreien Madame am Nebentisch: »Es war ein sehr eindrückliches Bild. Noch nie ist mir Weihnachten so nahegekommen. Nur, leider, meine Perlen …«

Und Madame, der ein Platinarmband fehlte, antwortete: »Es muß wohl ein wenig schmerzen, damit es einem nahekommen kann, nicht wahr, meine Liebe?«

CHARLES DICKENS

Marleys Geist

Marley war tot, so viel vorab. Daran besteht nicht der geringste Zweifel. Der Geistliche, der Schreiber, der Totengräber und der Hauptleidtragende hatten seine Bestattung schriftlich bezeugt. Scrooge hatte es schriftlich bezeugt. Und in der Londoner City war Scrooges Name so gut wie bares Geld bei allem, was er unternahm. Der alte Marley war so tot wie ein Türnagel.

Wohlgemerkt! Ich will nicht etwa behaupten, ich wüsste aus eigener Anschauung, was an einem Türnagel besonders tot sein sollte. Persönlich könnte ich dazu neigen, einen Sargnagel für das toteste Stück Metall im ganzen Eisenwarenhandel zu halten. Aber in dem Vergleich steckt die gesammelte Weisheit unserer Vorfahren, und fern sei mir, ihn mit frevlerischen Händen anzutasten und das Vaterland in den Ruin zu stürzen. Man wird mir also gestatten, nachdrücklich zu wiederholen, dass Marley so tot war wie ein Türnagel.

Wusste Scrooge, dass er tot war? Gewiss wusste er es. Wie hätte es anders sein sollen? Scrooge und er waren seit wer weiß wie vielen Jahren Partner gewesen. Scrooge war sein einziger Testamentsvollstrecker, sein einziger Nachlassverwalter, sein einziger Rechtsnachfolger, sein einziger Erbe und Vermächtnisnehmer, sein einziger Freund und sein einziger Hinterbliebener. Und selbst Scrooge war von dem traurigen Ereignis nicht so sehr am Boden zerstört, dass er es sich als ausgezeichneter Geschäftsmann hätte nehmen lassen, noch am Tag der Beerdigung ein unstreitig gutes Geschäft abzuschließen.

Die Erwähnung von Marleys Beerdigung bringt mich zu meinem Ausgangspunkt zurück. Es besteht kein Zweifel daran, dass Marley tot war. Das muss man sich mit aller Deutlichkeit vor Augen führen, denn sonst wäre an der Geschichte, die ich erzählen will, nichts Außergewöhnliches. Wären wir nicht felsenfest davon überzeugt, dass Hamlets Vater vor Beginn des Stücks starb, wäre sein nächtliches Herumspazieren im Ostwind auf seinen eigenen Befestigungen nicht bemerkenswerter als das plötzliche Auftauchen eines beliebigen Herrn mittleren Alters nach Einbruch der Dunkelheit an einem zugigen Ort – zum Beispiel auf dem Kirchhof von St. Pauls –, um den verzagten Geist seines Sohnes buchstäblich in Furcht und Schrecken zu versetzen.

Scrooge ließ den Namen des alten Marley nie übermalen. Jahre später stand er noch über der Tür des Kontors: Scrooge & Marley. Die Firma war unter dem Namen Scrooge & Marley bekannt. Manchmal nannten Leute, die neu im Geschäft waren, Scrooge Scrooge, und manchmal Marley, aber er hörte auf beide Namen. Ihm war es einerlei.

Oh! Was für ein knausriger Schinder war dieser Scrooge! Was für ein unnachgiebiger, knickriger, wucherischer, raffgieriger, habsüchtiger, geldgieriger, geiziger alter Sünder! Hart und kalt wie Feuerstein, aus dem kein Stahl jemals einen großherzigen Funken geschlagen hatte, verschlossen und wortkarg und einsiedlerisch wie eine Auster. Die Kälte seines Inneren hatte seine alten Züge vereist, seine spitze Nase gezwickt, seine Wangen zerknittert, seinen Gang versteift, hatte seine Augen gerötet und seine dünnen Lippen blau gefärbt und gellte bissig in seiner schrillen Stimme. Frostiger Rauhreif lag auf seinem Kopf und hing in seinen Augenbrauen und an seinem hageren Kinn. Die eigene niedrige Temperatur trug er immer mit sich herum; an den Hundstagen kühlte er sein Büro damit; und zu Weihnachten taute er es um keinen einzigen Grad auf.

Äußerliche Hitze und Kälte hatten wenig Einfluss auf Scrooge. Keine Wärme konnte ihn wärmen, keine Winterkälte konnte ihn abkühlen. Kein Wind war so beißend, kein Schneefall so unbeirrbar, kein prasselnder Regen so abweisend wie er. Garstiges Wetter konnte ihm nichts anhaben. Der unbarmherzigste Regen, Schnee, Hagel und Schneeregen konnte sich nur in einer Hinsicht brüsten, ihm überlegen zu sein: Sie zeigten sich oft verschwenderisch, und das tat Scrooge nie.

Niemand hielt ihn auf der Straße an und sagte freudig: »Mein lieber Scrooge, wie geht es Ihnen? Wann werden Sie mich besuchen?« Kein Bettler flehte ihn um eine kleine Gabe an, kein Kind fragte ihn nach der Uhrzeit, kein Mann und keine Frau hatten sich bei ihm auch nur ein einziges Mal in seinem Leben nach dem Weg zu diesem oder jenem Ort erkundigt. Sogar die Blindenhunde schienen Scrooge zu kennen; denn wenn sie ihn kommen sahen, zerrten sie ihre Schutzbefohlenen in Eingänge und Hinterhöfe und wedelten dabei mit dem Schwanz, als wollten sie sagen:

»Lieber kein sehendes Auge haben als den bösen Blick, blinder Herr!«

Aber was scherte das Scrooge? Es kam ihm gerade zupass. Sich an den Rand des Menschengewühls und seiner Lebenswege zu drücken und sich jegliche menschliche Anteilnahme vom Leib zu halten, das war für Scrooge, was Schlauköpfe »kapital« nennen.

Vor langer, langer Zeit – es war ausgerechnet Heiligabend – saß Scrooge in seinem Kontor und arbeitete. Das Wetter war kalt, düster, beißend, neblig obendrein, und er hörte, wie die Leute in dem Hof draußen hin und her gingen und schnieften und sich mit den Händen an die Brust klopften und auf das Pflaster stampften, um sich die Füße zu wärmen. Die Uhren in der City hatten eben erst drei geschlagen, doch es war schon fast dunkel; es war den ganzen Tag nicht recht hell geworden; und in den Büroräumen ringsum flackerten Kerzen wie rötliche Schlieren in der dicken braunen Luft. Durch jede Spalte und jedes Schlüsselloch drang der Nebel herein, und draußen war er so dicht, dass die Häuser gegenüber bloße Phantome waren, obwohl der Hof kaum enger hätte sein können. Wenn man sah, wie die schmutzige Wolke sich schwer herabsenkte und alles verdüsterte, hätte man meinen können, Mutter Natur wohnte nebenan und braute in großem Maßstab.

Die Tür von Scrooges Kontor stand offen, damit er seinen Schreiber im Auge behalten konnte, der in einer trostlosen kleinen Zelle hinter dem Büro, einer Art Käfig, Briefe abschrieb. Scrooge hatte ein sehr kleines Feuer, doch das Feuer des Schreibers war noch viel kleiner, so dass es aussah wie eine einzige Kohle. Er konnte jedoch nichts nachlegen, denn die Kohlenkiste stand in Scrooges Zimmer; und jedes Mal, wenn der Schreiber mit der Kohlenschaufel hereinkam, drohte Scrooge ihm unweigerlich mit baldiger Kündigung. Woraufhin der Schreiber sich seinen weißen Wollschal um den Hals schlang und sich an der Kerze zu wärmen versuchte, was ihm nicht gelingen wollte, da er über keine lebhafte Phantasie gebot.

»Frohe Weihnachten, Onkel! Gott segne dich!«, rief eine fröhliche Stimme. Es war die Stimme von Scrooges Neffen, der so rasch hereingekommen war, dass Scrooge es gar nicht bemerkt hatte.

»Pah!«, sagte Scrooge. »Unfug!«

Scrooges Neffe war vom schnellen Gehen in Nebel und Frost so erhitzt, dass er geradezu glühte; sein Gesicht war gerötet und erfreulich anzusehen; seine Augen funkelten, und sein Atem erzeugte Rauchwölkchen.

»Weihnachten Unfug, Onkel!«, sagte Scrooges Neffe. »Das ist doch gewiss nicht dein Ernst.«

»O doch«, sagte Scrooge. »Frohe Weihnachten! Welches Recht hast du, froh zu sein? Welchen Grund hast du, froh zu sein? Du bist schließlich arm.«

»Wohlan denn«, erwiderte der Neffe gut gelaunt. »Welches Recht hast du, Trübsal zu blasen? Welchen Grund hast du, sauertöpfisch zu sein? Du bist schließlich reich.«

Da Scrooge nicht sogleich eine Antwort zur Hand hatte, sagte er noch einmal »Pah!«, und fügte hinzu: »Unfug.«

»Sei nicht verdrießlich, Onkel«, sagte der Neffe.

»Was soll ich sonst sein«, erwiderte der Onkel, »wenn ich in einer solchen Welt der Narren leben muss? Frohe

Weihnachten! Pfui Schande, frohe Weihnachten! Was ist die Weihnachtszeit für dich anderes als eine Zeit, wo du Rechnungen ohne Geld begleichst, eine Zeit, wo du dich ein Jahr älter und keine Stunde reicher weißt, eine Zeit, wo du Bilanz ziehst und jeder einzelne Posten in deinen Rechnungsbüchern ganze zwölf Monate hindurch unfehlbar zu deinen Ungunsten ausfällt? Wenn es nach mir ginge«, sagte Scrooge ungehalten, »sollte jeder Schwachkopf, der ›Frohe Weihnachten‹ ruft, zusammen mit seinem eigenen Pudding gekocht und mit einem Stechpalmenzweig als Pflock im Herzen begraben werden. Jawohl!«

»Onkel!«, flehte der Neffe.

»Neffe!«, erwiderte der Onkel unerbittlich. »Feiere Weihnachten auf deine Weise, und lass es mich auf meine Weise feiern.«

»Feiern?«, wiederholte Scrooges Neffe. »Aber das tust du ja nicht.«

»Dann lass' ich es eben bleiben«, sagte Scrooge. »Und dir wünsche ich alles Gute. Wie es dir dein Weihnachten all die Jahre beschert hat.«

»Gewiss gibt es viele Dinge, die mir Gutes hätten bescheren können und die ich nicht zu nutzen verstand«, erwiderte der Neffe, »darunter auch Weihnachten. Aber ich bin überzeugt, dass die Weihnachtszeit und das Christfest für mich noch jedes Jahr – abgesehen von der Verehrung, die dem heiligen Namen und dem Ursprung des Brauchtums gebührt, sofern man davon überhaupt absehen kann – immer eine gute Zeit war: eine Zeit der Nächstenliebe, des Verzeihens, der Barmherzigkeit und der Freude, die einzige Zeit, die ich im langen Kalender des Jahres kenne, zu der Männer und

Frauen einmütig ihre verschlossenen Herzen weit zu öffnen und der Leute unterhalb ihrer zu gedenken scheinen, als wären sie wahrhaftig Mitreisende auf dem Weg zum Grab und nicht eine andere Gattung von Geschöpfen auf einer anderen Reise. Und deshalb, Onkel, glaube ich, dass Weihnachten mir Gutes beschert hat und mir Gutes bescheren wird, auch wenn ich darum kein bisschen mehr Gold oder Silber in der Tasche habe; und ich sage: Gott segne es!«

Der Schreiber in dem Käfig klatschte unwillkürlich Beifall, wurde sich der Ungehörigkeit seines Tuns sogleich gewahr und schürte das Feuer, womit er den letzten schwachen Funken für immer löschte.

»Wenn ich noch einen Ton von *Ihnen* höre«, sagte Scrooge, »werden Sie zur Feier des Festtages umgehend Ihre Stellung verlieren. Du bist ja ein gewaltiger Redner, junger Mann«, fügte er an die Adresse seines Neffen hinzu. »Wie geschaffen für das Parlament.«

»Sei nicht so missmutig, Onkel. Komm! Besuche uns morgen zum Abendessen!«

Scrooge sagte, bevor er das tue, wolle er ihn lieber – ja, das sagte er wirklich, die ganze Wendung mit allen Worten – lieber wolle er ihn vorher, hm, in dieser mehr als misslichen Lage sehen.

»Aber warum?«, rief Scrooges Neffe. »Warum?«

»Warum hast du geheiratet?«, fragte Scrooge.

»Weil ich mich verliebt habe.«

»Weil du dich verliebt hast!«, knurrte Scrooge, als wäre das die einzige Sache auf der Welt, die noch abgeschmackter war als frohe Weihnachten. »Guten Tag!«

»Komm schon, Onkel, vor meiner Heirat hast du mich

doch auch nie besucht. Warum soll sie der Grund sein, dass du diesmal nicht kommen willst?«

»Guten Tag«, sagte Scrooge.

»Ich will nichts von dir; ich bitte dich um nichts; warum können wir nicht Freunde sein?«

»Guten Tag«, sagte Scrooge.

»Ich bedaure von ganzem Herzen, dass ich dich nicht umstimmen kann. Wir hatten nie einen Streit miteinander. Aber ich habe zur Ehre des Weihnachtsfests diesen Versuch unternommen, und meine weihnachtliche Gesinnung werde ich bis zuletzt beibehalten. Und deshalb frohe Weihnachten, Onkel!«

»Guten Tag!«, sagte Scrooge.

»Und ein glückliches neues Jahr!«

»Guten Tag!«, sagte Scrooge.

Sein Neffe verließ den Raum dennoch ohne ein böses Wort. An der Tür des Kontors blieb er stehen, um dem Schreiber frohe Weihnachten zu wünschen; und obwohl dem Schreiber noch so kalt sein mochte, war sein Herz wärmer als Scrooges, denn er erwiderte die guten Wünsche voller Herzlichkeit.

»Das ist noch so einer«, brummte Scrooge, der mithörte; »mein Schreiber – verdient fünfzehn Shilling die Woche, hat Frau und Familie und faselt von einem frohen Weihnachtsfest. Das bringt mich bald ins Tollhaus.«

Als der Irrenhäusler im Vorraum Scrooges Neffen hinausgelassen hatte, waren zwei andere Leute hereingeschlüpft. Es waren stattliche Herren, erfreulich anzusehen, die nun barhäuptig in Scrooges Büro standen. Sie hielten Bücher und Papiere in Händen und verneigten sich.

»Scrooge und Marley, wenn ich nicht irre«, sagte einer der beiden und warf einen Blick auf seine Liste. »Habe ich das Vergnügen mit Mr. Scrooge oder mit Mr. Marley?«

»Mr. Marley ist seit sieben Jahren tot«, erwiderte Scrooge. »Er ist heute auf den Tag vor sieben Jahren gestorben.«

»Wir bezweifeln nicht, dass seine Freigebigkeit von seinem überlebenden Partner fortgesetzt wird«, sagte der Herr und überreichte seine Empfehlungsschreiben.

Seine Worte trafen zweifellos zu, denn die Firmenpartner waren beide vom gleichen Schlag gewesen. Als er das ominöse Wort »Freigebigkeit« hörte, runzelte Scrooge die Stirn, schüttelte den Kopf und gab dem Herrn seine Empfehlungsschreiben zurück.

»Zu dieser festlichen Jahreszeit, Mr. Scrooge«, sagte der Herr und nahm einen Stift in die Hand, »ist es noch wünschenswerter als sonst, dass wir das Los der Armen und Mittellosen ein wenig lindern, denn sie leiden gegenwärtig große Not. Viele Tausende entbehren das Nötigste, und Hunderttausende entbehren die einfachsten Dinge, Sir.«

»Gibt es keine Gefängnisse?«, fragte Scrooge.

»Es gibt viele«, sagte der Gentleman und legte den Stift hin.

»Und die Armenhäuser?«, fragte Scrooge. »Sind sie noch in Betrieb?«

»Sie sind es. Aber«, erwiderte der Herr, »ich wünschte, ich könnte sagen, sie wären es nicht.«

»Tretmühle und Zwangsarbeit sind also nicht abgeschafft?«, sagte Scrooge.

»Das Gegenteil ist der Fall, Sir.«

»Aha! Was Sie vorhin sagten, ließ mich befürchten, diese

nützlichen Einrichtungen seien versehentlich abgeschafft worden«, sagte Scrooge. »Ich bin sehr froh, dass dem nicht so ist.«

»Unter dem Eindruck, dass diese Anstalten dem niederen Volk nicht unbedingt christlichen Trost für Leib oder Seele spenden«, erwiderte der Herr, »sind einige von uns bestrebt, Spenden zu sammeln, um den Armen Speise und Trank und Heizmaterial zu kaufen. Wir haben diese Zeit gewählt, weil in der Weihnachtszeit die Not als besonders bitter empfunden wird und zugleich der Überfluss frohlockt. Welchen Betrag darf ich auf Ihren Namen verzeichnen?«

»Gar keinen!«, erwiderte Scrooge.

»Sie wünschen, anonym zu bleiben?«

»Ich wünsche, in Ruhe gelassen zu werden«, sagte Scrooge. »Da Sie mich fragen, was ich wünsche, Gentlemen, ist das meine Antwort. Ich treibe zu Weihnachten kein Allotria, und ich kann es mir nicht leisten, Tagedieben dazu zu verhelfen. Ich helfe, die Einrichtungen zu unterhalten, die ich erwähnte; sie sind kostspielig genug; und wer in Not ist, muss sich dorthin bequemen.«

»Viele können es nicht; und viele würden lieber sterben.«

»Wenn sie lieber sterben wollen«, sagte Scrooge, »dann hindert sie niemand, es zu tun und die überschüssige Bevölkerung zu vermindern. Im Übrigen – Sie müssen entschuldigen – ist mir das unbekannt.«

»Es könnte Ihnen aber bekannt sein«, bemerkte der Herr.

»Es geht mich nichts an«, erwiderte Scrooge. »Unsereins hat genug damit zu tun, seine eigenen Angelegenheiten zu verstehen und sich nicht in die anderer Leute einzumischen. Meine Angelegenheiten nehmen mich zur Gänze in Anspruch. Guten Tag, meine Herren!«

Die Herren begriffen, dass es aussichtslos war zu beharren, und gingen. Scrooge machte sich wieder an die Arbeit, sehr zufrieden mit sich selbst und gehobenerer Laune als üblich.

Unterdessen verdichteten Nebel und Dunkelheit sich so sehr, dass Leute mit brennenden Fackeln unterwegs waren und ihre Dienste anboten, den Kutschpferden zu leuchten und ihnen den Weg zu zeigen. Der alte Kirchturm, dessen grimmige alte Glocke durch ein Spitzbogenfenster in der Wand immer hinterhältig zu Scrooge hinunterspähte, wurde unsichtbar und schlug die Stunden und Viertelstunden in den Wolken mit bebendem Nachhall, als klapperte er in seinem eisigen Kopf dort oben mit den Zähnen. Die Kälte wurde durchdringend. Auf der Hauptstraße, an der Hofecke, reparierten Arbeiter die Gasleitungen, und sie hatten in einem Kohlenbecken ein großes Feuer entfacht, um das herum sich eine Gruppe zerlumpter Männer und Jungen versammelt hatte, die sich die Hände wärmten und verzückt in die Glut zwinkerten. Die Wasserpumpe war vereinsamt, und ihr Tropfwasser gefror trotzig zu misanthropischem Eis. Die Festbeleuchtung der Läden, in deren Schaufenstern Stechpalmenzweige und -beeren in der Wärme der Lampen knisterten, warf einen rötlichen Schein auf die bleichen Gesichter der Passanten. Das Gewerbe der Geflügelhändler und der Krämer wurde zu einem hellen Vergnügen: einem herrlichen Schauspiel, das es schier unmöglich machte zu glauben, so nüchterne Vorgänge wie

Kauf und Verkauf könnten etwas damit zu tun haben. Der Lord Mayor von London in der Trutzburg des mächtigen Mansion House gab seinen fünfzig Köchen und Hausdienern Anweisung, eine Weihnachtsfeier auszurichten, wie es dem Haushalt eines Lord Mayor gebührte; und selbst der kleine Schneider, dem der Lord Mayor am Montag zuvor eine Geldbuße von fünf Shilling auferlegt hatte, weil dieser sich auf der Straße betrunken und blutrünstig aufgeführt hatte, rührte in seiner Dachstube den Pudding für den kommenden Tag, während seine magere Frau sich mit dem Baby aufmachte, um das Rindfleisch zu kaufen.

Noch nebliger und kälter! Schneidend, stechend, beißend kalt. Hätte der gute Sankt Dunstan die Nase des bösen Feindes mit ein wenig solchen Wetters gezwickt, statt seine gewohnten Waffen zu benutzen, dann hätte dieser weiß Gott laut gebrüllt. Der Besitzer einer kümmerlichen jungen Nase, von der hungrigen Kälte benagt und zerbissen wie ein Knochen, an dem ein Hund nagt, bückte sich zu Scrooges Schlüsselloch, um ihn mit einem Weihnachtslied zu erfreuen, doch bei den ersten Tönen von *»God bless you merry gentleman! May nothing you dismay!«* griff Scrooge so energisch nach seinem Lineal, dass der Sänger in Todesangst entfloh und das Schlüsselloch dem Nebel und Scrooges noch engerem Geistesverwandten, dem Frost, überließ.

Schließlich kam die Stunde, zu der das Kontor geschlossen wurde. Widerwillig stieg Scrooge von seinem Hocker und gab damit dem Schreiber in seinem Käfig wortlos zu verstehen, worauf dieser nur gewartet hatte, denn wie der Blitz löschte er seine Kerze und setzte seinen Hut auf.

»Sie wollen morgen den ganzen Tag frei haben, nehme ich an?«, sagte Scrooge.

»Wenn genehm, Sir.«

»Es ist nicht genehm«, sagte Scrooge, »und es ist nicht fair. Wenn ich Ihnen dafür fünf Shilling vom Lohn abzöge, würden Sie das vermutlich nicht in Ordnung finden, oder?«

Der Schreiber lächelte verzagt.

»Aber ich«, sagte Scrooge, »soll mich damit abfinden, Ihnen einen Tageslohn zu zahlen, obwohl Sie nicht zur Arbeit kommen.«

Der Schreiber bemerkte, dass das ja nur einmal im Jahr vorkomme.

»Eine erbärmliche Ausrede dafür, einem anderen jeden fünfundzwanzigsten Dezember in die Tasche zu greifen!«, sagte Scrooge, während er seinen Übermantel bis zum Kinn zuknöpfte. »Aber ich nehme an, Sie bestehen darauf, den ganzen Tag zu bekommen. Seien Sie am Morgen darauf umso zeitiger wieder da!«

Das versprach der Schreiber; und Scrooge ging mit einem Knurren hinaus. Das Kontor war im Handumdrehen zugesperrt, und der Schreiber, dem die Enden seines weißen Schals um die Beine baumelten (denn einen Übermantel nannte er nicht sein Eigen), schlitterte am Ende von Cornhill hinter einer Reihe von Jungen eine Rutschbahn hinunter, zwanzig Mal hintereinander, zu Ehren von Heiligabend, und lief dann, so schnell ihn die Beine trugen, nach Camden Town, um zu Hause Blindekuh zu spielen.

Scrooge nahm sein freudloses Nachtmahl in dem gewohnten freudlosen Wirtshaus ein; und nachdem er alle Zeitungen gelesen und sich den Rest des Abends mit seinem Kontobuch versüßt hatte, ging er nach Hause, um sich zu Bett zu begeben. Er wohnte in Räumlichkeiten, die früher seinem verstorbenen Partner gehört hatten. Es war eine düstere Wohnung in einem finsteren hohen Gebäude am Ende eines Hofs, wo es so wenig zu suchen hatte, dass man sich des Eindrucks nicht erwehren konnte, es hätte sich beim Versteckspielen mit anderen Häusern dorthin verirrt, als es noch jung war, und später nicht mehr hinausgefunden. Inzwischen war es alt und trübselig geworden, denn außer Scrooge bewohnte es niemand, und die anderen Räume waren als Büros vermietet. In dem Hof war es so finster, dass selbst Scrooge, der jeden Stein kannte, sich genötigt fand, sich mit den Händen vorwärtszutasten. Nebel und Frost hingen so undurchdringlich in dem schwarzen alten Eingang des Gebäudes, dass es aussah, als säße der Wettergott in kummervollem Brüten auf der Schwelle.

Unstreitig ist nun, dass an dem Türklopfer überhaupt nichts Besonderes war, abgesehen davon, dass er sehr groß war. Ebenso unstreitig ist, dass Scrooge ihn beim Kommen und Gehen abends und morgens dort vorzufinden pflegte, und nicht minder unstreitig ist, dass Scrooge so wenig von dem besaß, was man gemeinhin Phantasie nennt, wie irgendjemand sonst in der ganzen City von London, eingeschlossen sogar – und das will wahrhaftig etwas heißen – Stadtbehörde, Ratsherren und Gilden. Obendrein hatte Scrooge keinen Gedanken an Marley verschwendet, seit er am Nachmittag seinen vor sieben Jahren verstorbenen Partner erwähnt hatte. Angesichts all dessen soll man mir bitte einmal erklären – so man es denn kann –, wie es kam, dass Scrooge, als er den Schlüssel in das Türschloss steckte, in dem Türklopfer, ohne dass dieser irgendeine Verwandlung durchgemacht hätte, keinen Türklopfer erblickte, sondern Marleys Gesicht.

Marleys Gesicht. Es lag nicht in undurchdringlichem Schatten wie die anderen Gegenstände in diesem Hof, sondern war von einem trüben Licht umgeben wie ein verdorbener Hummer in einem dunklen Keller. Es war nicht zornig oder grimmig, sondern sah Scrooge an, wie Marley ihn früher angesehen hatte, die gespenstische Brille auf die gespenstische Stirn hochgeschoben. Die Haare waren merkwürdig bewegt wie durch einen Atemhauch oder heiße Luft; dafür waren die Augen zwar weit aufgerissen, aber völlig unbewegt. Das und die fahle Hautfarbe verliehen dem Gesicht etwas Schreckliches, doch der Schrecken schien unabhängig von ihm und außerhalb seines Einflusses zu bestehen und nicht Teil seines Ausdrucks zu sein.

Als Scrooge den Blick fest auf diese Erscheinung gerichtet hielt, war sie plötzlich wieder ein Türklopfer.

Es wäre nicht redlich zu behaupten, er wäre nicht erschrocken oder sein Inneres wäre nicht von einem Grauen ergriffen worden, wie es Scrooge nicht einmal als Kind erlebt hatte. Doch er führte die Hand zu dem Schlüssel, den er losgelassen hatte, drehte ihn mit festem Griff, trat ein und entzündete die Kerze.

Er hielt inne und zögerte für einen Augenblick, bevor er die Tür schloss; er blickte zuerst vorsichtig hinter die Tür, als befürchtete er, dort Marleys Zopf in den Flur hängen zu sehen. Doch an der Rückseite der Tür war nichts weiter zu sehen als die Schrauben und Nüsse, mit denen der Klopfer befestigt war; und deshalb sagte Scrooge: »Pah, pah!«, und schloss die Tür mit einem lauten Knall.

Der Knall dröhnte im Haus wie Donnerhall. Jedes Zimmer im Obergeschoss und jedes Fass im Keller des Weinhändlers schien eine eigene Salve von Echos abzufeuern. Scrooge gehörte nicht zu denen, die sich vor Echos fürchten. Er sperrte die Tür ab und ging durch den Flur und die Treppe hinauf, ganz langsam, und putzte dabei die Kerze.

Natürlich gibt es die Redensart von der sechsspännigen Kutsche, mit der man eine solide alte Treppe hinauf oder durch einen löcherigen jungen Parlamentsbeschluss hindurch fahren könnte, aber ich will allen Ernstes behaupten, dass man einen Leichenwagen diese Treppe hätte hinaufbugsieren können, und zwar quer, mit dem Achsholz zur Wand und der Wagentür zum Treppengeländer, ohne die geringsten Schwierigkeiten. Dafür wäre die Treppe breit genug gewesen, und es wäre noch Platz übrig geblieben; was vielleicht der Grund dafür ist, dass es Scrooge scheinen wollte, als sähe er in der Düsternis einen Leichenwagen, der vor ihm die Treppe hinaufschwebte. Nicht einmal ein halbes Dutzend Straßenlaternen hätte den Eingang hell beleuchten können; man kann sich also denken, wie finster es dort mit Scrooges Talglicht war.

Scrooge stieg nach oben, ohne sich einen Deut darum zu scheren, denn Dunkelheit ist billig, und Scrooge war es zufrieden. Doch bevor er seine schwere Tür schloss, ging er durch seine Räume, um sich zu vergewissern, dass alles an seinem Platz war. Die Erinnerung an das Gesicht ließ ihm dies ratsam erscheinen.

Wohnzimmer, Schlafzimmer, Rumpelkammer. Alles, wie es sich gehörte. Niemand unter dem Tisch, niemand unter dem Sofa; ein kleines Feuer in dem Kamin; Löffel und Schüssel bereit; und das Töpfchen mit dünnem Haferbrei (Scrooge war erkältet) wartete auf dem Kaminvorsprung. Niemand unter dem Bett; niemand in der Ankleidekammer; niemand in Scrooges Schlafrock, der in verdächtiger Haltung an der Wand hing. Rumpelkammer wie gewohnt. Altes Feuergitter, alte Schuhe, zwei Fischkörbe, dreibeiniger Waschtisch und ein Schürhaken.

Recht zufrieden schloss er die Tür und sperrte sich ein; sperrte sich mit doppeltem Umdrehen des Schlüssels ein, was nicht seine Art war. So gegen Überraschungen gewappnet, nahm er seine Halsbinde ab, schlüpfte in Schlafrock und Schlappen und Nachtmütze und setzte sich vor das Feuer, um seinen Haferbrei zu essen.

Es war in der Tat ein sehr bescheidenes Feuer, so gut wie nichts in einer so bitterkalten Nacht. Er musste sich ganz nah setzen, ja fast hineinsetzen, um auch nur den geringsten Eindruck von Wärme aus der kleinen Handvoll Brennstoff zu gewinnen. Es war ein alter Kamin, vor langer Zeit von einem holländischen Händler errichtet und rundherum mit wunderlichen holländischen Kacheln verkleidet, bemalt mit Szenen aus der Heiligen Schrift. Da waren Kain und Abel, die Töchter des Pharao, die Königin von Saba, Engelsboten, die auf Wolken wie Federbetten durch die Lüfte herabstiegen, Abraham, Belsazar, Apostel, die in Saucieren in See stachen, Hunderte Gestalten, die seine Gedanken beschäftigen konnten; und dennoch erschien das Gesicht Marleys, der seit sieben Jahren tot war, wie der Stab des

Propheten und verschlang das alles. Hätte man die Bilder von diesen glatten Kacheln wegwischen und durch die verstreuten Bruchstücke seiner Gedanken ersetzen können, dann wäre auf jeder von ihnen ein Abbild des Kopfs des alten Marley erschienen.

»Unfug!«, sagte Scrooge und ging im Zimmer auf und ab.

Nach mehreren Runden setzte er sich wieder. Als er im Sessel den Kopf zurücklegte, fiel sein Blick zufällig auf eine Klingel, die im Zimmer hing und nicht mehr in Gebrauch war und die aus einem längst vergessenen Grund mit einem Zimmer im obersten Stockwerk des Gebäudes in Verbindung stand. Mit großem Erstaunen und mit einer seltsamen, unerklärlichen Furcht sah er, wie diese Klingel hin- und herzupendeln begann. Anfangs pendelte sie so langsam, dass sie fast unhörbar blieb; doch bald ertönte sie laut, und alle Klingeln im Haus schlossen sich an.

Das mochte eine halbe oder eine ganze Minute gewährt haben, aber es kam ihm vor wie eine Stunde. Das Geklingel verstummte, wie es begonnen hatte: auf einen Schlag. Dann erfolgte ein klirrendes Geräusch von tief unten, ein Geräusch, als zerrte jemand eine schwere Kette über die Fässer im Keller des Weinhändlers. Daraufhin erinnerte Scrooge sich daran, gehört zu haben, dass Gespenster in verwunschenen Häusern Ketten mit sich schleppen sollten.

Die Kellertür wurde mit lautem Dröhnen aufgestoßen, und dann hörte er das Geräusch viel lauter im unteren Stockwerk; dann kam es die Treppe hoch; und dann kam es geradewegs auf seine Tür zu.

»Es ist und bleibt Unfug!«, sagte Scrooge. »Das glaube ich einfach nicht.«

Dennoch erbleichte er, als es ohne Einhalt durch die schwere Tür hereinkam und in das Zimmer und bis vor seine Augen gelangte. Als es eintrat, zuckte die erlöschende Kerzenflamme auf, als riefe sie: »Ich kenne ihn! Marleys Geist!«, und fiel wieder in sich zusammen.

Dasselbe Gesicht, ohne Abstriche. Marley mit seinem Zopf, seiner üblichen Weste, seinen engen Hosen und seinen Stiefeln; die Troddeln an seinen Stiefeln standen ab wie sein Zopf und seine Rockschöße und die Haare auf seinem Kopf. Die Kette, die er mitschleppte, war um seine Taille geschlungen. Sie war lang und wand sich um ihn herum wie ein Schwanz; und sie bestand (wie Scrooge bemerkte) aus Geldkassetten, Schlüsseln, Vorhängeschlössern, Rechnungsbüchern, Urkunden und schweren stählernen Sparbüchsen. Sein Körper war durchsichtig; und Scrooge, der ihn ansah, konnte durch seine Weste hindurch die zwei Knöpfe an der Rückseite seines Rocks sehen.

Scrooge hatte oft sagen hören, Marley habe kein Herz im Leibe, aber bis zu dieser Stunde hatte er das nicht geglaubt.

Und selbst jetzt glaubte er es nicht. Obwohl er das Phantom durchdringend betrachtete und sah, wie es vor ihm stand, obwohl er die frösteln machende Wirkung seiner todeskalten Augen spürte und sogar gewahrte, aus welchem Stoff das gefaltete Taschentuch bestand, das um Kopf und Kinn der Erscheinung gebunden war und das ihm zuerst nicht aufgefallen war, blieb er noch immer skeptisch und wehrte sich gegen seine Sinneswahrnehmung.

»Was soll das?«, sagte Scrooge brüsk und kalt wie immer. »Was willst du von mir?«

»Viel!« Das war Marleys Stimme, ganz ohne Zweifel.

»Wer bist du?«

»Frag mich, wer ich *war.*«

»Und wer *warst* du?«, sagte Scrooge etwas lauter. »Du siehst eigenartig aus – so anders.« Er war im Begriff gewesen zu sagen: *»wie ein Gespenst«*, und hatte im letzten Augenblick zu der unverfänglicheren Formulierung gegriffen.

»Im Leben war ich dein Partner Jacob Marley.«

»Kannst du – kannst du dich hinsetzen?«, fragte Scrooge mit zweifelndem Blick.

»Das kann ich.«

»Dann tu es.«

Scrooge fragte das, weil er nicht wusste, ob ein so durchsichtiger Geist in der Lage wäre, sich auf einen Stuhl zu setzen; und er dachte sich, falls dies unmöglich wäre, könnte es eine unangenehme Erklärung erforderlich machen. Aber der Geist nahm auf der anderen Seite des Kamins Platz, als täte er das alle Tage.

»Du glaubst nicht an mich«, bemerkte der Geist.

»So ist es«, sagte Scrooge.

»Welchen Beweis meines Vorhandenseins verlangst du über das Zeugnis deiner Sinne hinaus?«

»Das weiß ich nicht«, sagte Scrooge.

»Warum traust du deinen Sinnen nicht?«

»Weil Kleinigkeiten«, sagte Scrooge, »ihnen die Fassung rauben können. Eine kleine Magenverstimmung macht sie zu Betrügern. Du magst ein unverdautes Stück Rindfleisch sein, ein Klecks Senf, ein Krümel Käse, ein Stückchen halbgare Kartoffel. An dir ist mehr Magenbeschwerde als Grabeserde, was du auch sein magst!«

Scrooge war im Allgemeinen kein Scherzbold, und in

diesem Augenblick war ihm in seinem Inneren alles andere als nach Scherzen zumute. In Wahrheit verhielt es sich so, dass er sich keck gab, um seine Anspannung und sein Entsetzen zu bändigen, denn die Stimme des Phantoms ging ihm schaurig durch Mark und Bein.

Auch nur einen Augenblick schweigend dazusitzen und diese unbeweglichen, glasigen Augen anzustarren, würde ihn vollends um den Verstand bringen, dachte sich Scrooge. Grauenhaft war auch die eigene Höllenatmosphäre, in der das Gespenst sich bewegte. Spüren konnte Scrooge sie nicht, aber vorhanden war sie zweifellos, denn obwohl der Geist völlig reglos dasaß, wehten seine Haare und seine Troddeln und seine Rockschöße wie im heißen Dunst eines Ofens.

»Siehst du diesen Zahnstocher?«, sagte Scrooge, der aus dem soeben erwähnten Grund schnell wieder die Initiative ergriff – er wollte den steinernen Blick der Erscheinung von sich ablenken, sei es auch nur für die Dauer einer Sekunde.

»Ich sehe ihn«, erwiderte der Geist.

»Du siehst aber nicht hin«, sagte Scrooge.

»Dennoch«, sagte der Geist, »sehe ich ihn.«

»Nun gut!«, erwiderte Scrooge. »Den muss ich nur verschlucken, um bis an das Ende meiner Tage von einer Legion Kobolde verfolgt zu werden, die ich ganz allein erschaffen habe. Unfug, sage ich dir – Unfug!«

Auf diese Worte hin stieß der Geist einen markerschütternden Schrei aus und schüttelte seine Kette mit einem so schrecklichen und grauenhaften Geräusch, dass Scrooge sich an seinem Sessel festhalten musste, um nicht ohnmächtig zu Boden zu stürzen. Doch um wie viel größer war sein Entsetzen, als das Phantom die Binde abnahm, die um seinen Kopf gewickelt war, als wäre sie zu warm, um im Haus getragen zu werden, und ihm der Unterkiefer auf die Brust klappte!

Scrooge fiel auf die Knie und schlug sich die Hände vor das Gesicht.

»Erbarmen!«, rief er. »Schreckliche Erscheinung, warum quälst du mich?«

»Weltlich gesinnter Mann!«, erwiderte der Geist, »glaubst du an mich oder nicht?«

»Ich glaube«, sagte Scrooge. »Ich muss es. Aber warum wandeln Geister auf der Erde, und warum suchen sie mich heim?«

»Jedem Menschen ist auferlegt«, erwiderte der Geist, »dass der Geist, der ihm innewohnt, sich unter seine Mitmenschen begibt und weit herumreist; und wenn sein Geist dies zu Lebzeiten versäumt hat, dann ist er dazu verdammt, es nach dem Tod zu tun. Er ist dazu verurteilt, durch die Welt zu wandern – oh, weh mir! – und mit anzusehen, woran er jetzt nicht mehr teilhaben kann, im Leben aber hätte teilhaben können und so sein Glück gefunden hätte!«

Wieder stieß das Gespenst einen Schrei aus und schüttelte seine Kette und rang seine schemenhaften Hände.

»Du bist gefesselt«, sagte Scrooge zitternd. »Sag mir, warum.«

»Ich trage die Kette, die ich zu Lebzeiten geschmiedet habe«, erwiderte der Geist. »Ich habe sie Glied um Glied und Elle um Elle geschmiedet; ich habe sie aus freien Stücken angelegt und habe sie aus freien Stücken getragen. Kommt ihr Muster dir etwa unbekannt vor?«

Scrooge zitterte immer mehr.

»Oder sind dir vielleicht«, fuhr der Geist fort, »Gewicht und Länge der dicken Kette bekannt, die du selbst trägst? Vor sieben Weihnachtsabenden war sie genauso schwer und lang wie diese. Seitdem hast du an ihr weitergearbeitet. Es ist eine gewaltige Kette!«

Unwillkürlich suchte Scrooge mit dem Blick den Fußboden ab, als befürchtete er, von einer fünfzig bis sechzig Klafter langen Eisenkette umgeben zu sein, doch er konnte nichts finden.

»Jacob«, sagte er flehend. »Alter Jacob Marley, erzähl mir noch mehr. Sprich mir Trost zu, Jacob.«

»Ich habe keinen Trost zu spenden«, erwiderte der Geist. »Trost kommt aus anderen Regionen, Ebenezer Scrooge, und wird anderen Menschen als dir von anderen Mittlern als mir überbracht. Und ebenso wenig kann ich dir alles erzählen, was ich gerne erzählen würde. Nur mehr wenig Zeit ist mir vergönnt. Ich darf nirgends rasten, nirgends bleiben, nirgends verweilen. Nie hat mein Geist sich über unser Kontor hinausbewegt – bedenke es wohl! –, nie hat mein Geist zeit meines Lebens das enge Loch unserer Wechselstube verlassen; und beschwerlich sind die Wege, die ich wandeln muss!«

Scrooge hatte die Angewohnheit, die Hände in die Hosentaschen zu stecken, wenn er nachdachte. Als er erwog, was der Geist gesagt hatte, tat er dies nun, doch ohne aufzustehen oder den Blick zu heben.

»Da hast du es wohl sehr langsam angehen lassen, Jacob«, bemerkte Scrooge in recht sachlichem Ton, wenngleich demütig und ehrerbietig.

»Langsam!«, wiederholte der Geist.

»Seit sieben Jahren tot«, sagte Scrooge nachdenklich. »Und die ganze Zeit unterwegs?«

»Die ganze Zeit«, sagte der Geist. »Ohne Rast und ohne Ruhe. Unablässige Folterqualen der Reue.«

»Du reist geschwind?«, fragte Scrooge.

»So schnell wie der Wind«, erwiderte der Geist.

»Dann müsstest du ja in sieben Jahren eine gewaltige Strecke zurückgelegt haben«, sagte Scrooge.

Als der Geist dies vernahm, stieß er abermals einen Schrei aus und klirrte in der nächtlichen Totenstille so grauenhaft mit seiner Kette, dass der Nachtwächter es zu Recht als Ruhestörung angezeigt hätte.

»Oh! Gefangen, gebunden und zwiefach in Eisen geschlossen bist du«, rief das Gespenst, »der du nicht weißt, dass unsterbliche Wesen sich unermessliche Zeiten lang in der Ewigkeit für unsere Welt abmühen müssen, bevor das Gute, das in ihr möglich ist, sich überhaupt zeigen kann. Der du nicht weißt, dass jeder Christ, der in seinem kleinen Wirkungskreis Gutes tut, sein sterbliches Leben als zu kurz befinden muss für all das Nützliche, das er tun könnte. Der du nicht weißt, dass selbst unendliche Reue keine Wiedergutmachung für die Vergeudung der Gelegenheiten im Lauf eines Lebens bedeuten kann! Und so wie du war auch ich! Oh! So war ich!«

»Aber du warst immer ein guter Geschäftsmann, Jacob«, stammelte Scrooge, denn er begann die Worte des Gespensts auf sich selbst zu münzen.

»Geschäfte!«, rief der Geist und rang wieder die Hände. »Die Menschheit hätte mein Geschäft sein sollen. Die allgemeine Wohlfahrt, Nächstenliebe, Barmherzigkeit, Nachsicht und Wohlwollen hätten allesamt mein Geschäft sein sollen. Die Geschäfte meines Gewerbes waren nichts als ein Wassertropfen in dem allumfassenden Ozean meines eigentlichen Geschäfts!«

Es hielt seine Kette mit ausgestrecktem Arm in die Höhe, als wäre sie der Grund seines nutzlosen Kummers, und warf sie schwer auf den Boden.

»Zu dieser Zeit des verlaufenden Jahres«, sagte das Gespenst, »leide ich am meisten. Warum wanderte ich gesenkten Blicks durch die Scharen meiner Mitmenschen und sah nie zu dem gesegneten Stern hinauf, der die Weisen aus dem Morgenland zu einer ärmlichen Hütte führte? Gab es etwa keine armseligen Heime, zu denen sein Licht *mich* hätte führen können?«

Es erfüllte Scrooge mit großem Unbehagen, das Gespenst so entsetzlich klagen zu hören, und er begann schrecklich zu schlottern.

»Hör auf mich!«, rief der Geist. »Meine Zeit ist fast um.«

»Ich höre auf dich«, sagte Scrooge. »Aber sei nicht hart zu mir! Treibe es nicht zu bunt, Jacob! Bitte!«

»Wie es dazu kommt, dass ich vor dir in einer Gestalt erscheine, die du sehen kannst, darf ich dir nicht sagen. Unsichtbar saß ich so manchen Tag neben dir.«

Das war keine angenehme Vorstellung. Scrooge fröstelte, und er wischte sich den Schweiß von der Stirn.

»Dieser Teil meiner Buße fällt mir nicht leicht«, fuhr der Geist fort. »Ich bin heute Nacht hierhergekommen, um dich zu ermahnen. Du hast noch eine letzte Gelegenheit, meinem Schicksal zu entgehen. Eine Gelegenheit und eine Hoffnung, die ich dir verschaffe, Ebenezer.«

»Du warst mir immer ein treuer Freund«, sagte Scrooge. »Ich danke dir.«

»Drei Geister«, nahm der Geist den Faden wieder auf, »werden dich heimsuchen.«

Scrooges Miene wurde fast so griesgrämig wie die des Geistes.

»Ist das die Gelegenheit und die Hoffnung, von der du sprachst, Jacob?«, fragte er mit unsicherer Stimme.

»So ist es.«

»Ich – ich glaube, ich verzichte lieber«, sagte Scrooge.

»Ohne ihren Besuch«, sagte der Geist, »wirst du den Pfad, den ich gehe, nicht meiden. Erwarte den ersten morgen, wenn die Glocke ein Uhr schlägt.«

»Könnte ich sie nicht alle auf einmal zu Besuch haben und die Sache hinter mich bringen, Jacob?«, schlug Scrooge vor.

»Erwarte den zweiten in der Nacht darauf zur gleichen Stunde. Den dritten in der Nacht darauf, wenn der zwölfte Schlag nicht mehr nachhallt. Mach dich darauf gefasst, mich nie wieder zu erblicken; und sei um deines eigenen Seelenheils willen darauf bedacht, nie zu vergessen, was heute zwischen uns geschah!«

Nachdem das Gespenst diese Worte gesprochen hatte, nahm es seine Binde vom Tisch und wand sie sich wieder um den Kopf. Scrooge hörte die Zähne der Erscheinung klappern, bis die Binde die Kiefer wieder zusammenpresste. Erst dann wagte er den Blick wieder zu heben und sah, dass sein übernatürlicher Besucher ihm in aufrechter Haltung gegenüberstand, die Kette um den Arm geschlungen.

Die Erscheinung entfernte sich rückwärts; und bei jedem ihrer Schritte hob sich das Fenster ein wenig mehr, bis es weit offen stand, als das Gespenst es erreichte. Das Gespenst winkte Scrooge zu sich, und er trat hinzu. Als sie zwei Schritte voneinander entfernt waren, hob Marleys Geist die Hand, um Scrooge zu bedeuten, näher solle er nicht kommen. Scrooge blieb stehen.

Weniger aus Gehorsam als vielmehr aus Furcht und Erstaunen: denn indem der Geist die Hand hob, wurde Scrooge verworrener Geräusche in der Luft gewahr, unzusammenhängender Klage- und Jammerlaute, unsagbar kummervoller und selbstanklägerischer Wehklagen. Nachdem das Phantom eine Weile gelauscht hatte, stimmte es in den düsteren Trauergesang ein und schwebte in die finstere, schwarze Nacht hinaus.

Scrooge folgte ihm zum Fenster, durch die Neugier verwegen geworden. Er blickte hinaus.

Die Luft war voller Phantome, die in rastloser Eile hierhin und dorthin unterwegs waren und dabei jammerten und klagten. Alle trugen sie Ketten wie Marleys Geist; einige (möglicherweise Regierungen, die sich schuldig gemacht hatten) waren aneinandergekettet; ohne Ketten war keines. Viele hatte Scrooge zu ihren Lebzeiten persönlich gekannt. Mit einem alten Gespenst in weißer Weste, an dessen Knöchel ein riesengroßer Geldschrank befestigt war und das jämmerlich weinte, weil es einer elenden Frau, die es unten auf der Erde mit ihrem Säugling auf einer Türschwelle sitzen sah, nicht helfen konnte, hatte er auf recht vertrautem Fuß verkehrt. Das Unglück all dieser Gespenster bestand fraglos darin, dass sie in menschliche Angelegenheiten einzugreifen und sie zum Guten zu wenden versuchten, die Macht dazu jedoch für immer verloren hatten.

Ob diese Wesen sich in Nebel auflösten oder ob Nebel sie zu umhüllen begann, hätte Scrooge nicht zu sagen gewusst. Doch die Gestalten entschwanden gleichzeitig mit ihren Stimmen; und die Dunkelheit war nun wieder dieselbe wie zuvor, als er nach Hause gegangen war.

Scrooge schloss das Fenster und untersuchte die Tür, durch die der Geist eingetreten war. Sie war doppelt abgesperrt, so, wie er sie eigenhändig abgesperrt hatte, und die Riegel waren nicht angetastet. Er wollte »Unfug!« sagen, verstummte jedoch bei der ersten Silbe. Und da er von der gerade überstandenen Aufregung oder von der Plackerei des Tages oder von dem Einblick in eine Welt des Unsichtbaren oder von der eintönigen Gesellschaft des Gespensts oder infolge der späten Stunde überaus ruhebedürftig war, ging er sogleich zu Bett, ohne sich vorher zu entkleiden, und schlief auf der Stelle ein.

F. SCOTT FITZGERALD

Ein glückloser Weihnachtsmann

Schuld an der ganzen Sache war Miss Harmon. Ohne ihren törichten Einfall hätte Talbot sich nicht lächerlich gemacht und – aber ich greife vor.

Es war Weihnachtsabend. Heilsarmee-Weihnachtsmänner mit hochroten Nasen verkündeten es durch lautes Klappern ihrer Blechlöffel an gebrechliche Pappkamine. Mit Päckchen beladene alte Junggesellen vergaßen die bange Frage, für wie viele Hausschuhe und Morgenmäntel sie sich am nächsten Tag würden bedanken müssen, und tauchten in die Atmosphäre allgemeiner freudiger Erregung ein, die das geschäftige Manhattan erfüllte.

Im Salon eines Hauses an einer sparsam beleuchteten Wohnstraße am östlichen Ende des Broadways saß die Dame, die wie gesagt die Geschichte angezettelt hatte. Sie führte ein halb frivoles, halb sentimentales Gespräch mit einem tadellos gekleideten jungen Mann, der neben ihr auf dem Sofa saß – dies übrigens in allen Ehren, denn sie waren verlobt und wollten im Juni heiraten.

»Harry Talbot«, sagte Dorothy Harmon, stand auf und lachte dem heiteren jungen Herrn ins Gesicht. »Wenn du nicht der unmöglichste Junge bist, der mir je begegnet ist, esse ich die ganze Schachtel mit den grässlichen Pralinen leer, die du mir letzte Woche mitgebracht hast.«

»Man sollte Geschenke stets an der Einstellung des Schenkenden messen. Diese Pralinen haben mich eine Stange schwer verdientes Geld gekostet.«

»Schwer verdientes Geld? Es darf gelacht werden«, spottete Dorothy. »Dir ist ja wohl klar, dass du dein Lebtag noch keinen Cent verdient hast. Golfen und Tanzen – das ist alles, womit du dich ernsthaft beschäftigst. Du kriegst es ja nicht mal fertig, Geld auszugeben, vom Verdienen ganz zu schweigen.«

»Meine liebe Dorothy, ich habe letzten Monat ein anständiges Sümmchen an Schulden zusammengebracht, wie dir mein alter Herr bestätigen könnte.«

»Das nenne ich nicht Geld ausgeben, sondern verschleudern. Ich glaube, du könntest keine fünfundzwanzig Dollar auf vernünftige Art verschenken, und wenn es um deinen Kopf ginge.«

»Aber warum sollte ich fünfundzwanzig Dollar verschenken?«, protestierte Harry.

»Weil das echte Nächstenliebe wäre«, erklärte Dorothy. »Einen Schreibsekretär deinem Vater in Rechnung zu stellen und an mich schicken zu lassen bedeutet gar nichts, Geld an Fremde zu verschenken aber sehr wohl.«

»Geld verschenken kann doch jeder Trottel«, murrte Harry.

»Meinst du? Ich glaube nicht, dass du im Lauf eines Abends fünfundzwanzig Dollar verschenken könntest, selbst wenn du wolltest.«

»Natürlich könnte ich.«

»Dann versuch's.« Dorothy lief in die Diele, holte ihm Mantel und Hut und drückte ihm trotz seines Sträubens beides in die Hand. »Es ist jetzt halb neun. Um zehn bist du wieder hier.«

»Aber … aber …«, stotterte Harry.

Dorothy schob ihn zur Tür.

»Wie viel Geld hast du?«, fragte sie.

Harry holte verdrossen eine Handvoll Geld aus der Tasche und zählte. »Genau fünfundzwanzig Dollar und fünf Cents.«

»Sehr schön. Jetzt hör genau zu, das sind die Bedingungen: Du gehst los und gibst dieses Geld irgendwelchen Unbekannten, aber nicht mehr als zwei Dollar pro Person. Um zehn kommst du wieder und hast nicht mehr als fünf Cents in der Tasche.«

»Aber ich brauche diese fünfundzwanzig Dollar«, erklärte Harry, der immer weiter zur Tür gedrängt wurde.

»Ich muss mich doch sehr über dich wundern, Harry«, sagte Dorothy sanft und schlug ihm die Tür vor der Nase zu.

»Eine blödsinnige Idee, alles, was recht ist«, murrte Harry.

Er ging die Treppe hinunter und hielt inne. Wohin jetzt?

Er überlegte einen Augenblick, dann lief er in Richtung Broadway. Er hatte einen halben Block hinter sich, als ein Herr mit Zylinder auf ihn zukam. Harry blieb stehen, dann gab er sich einen Ruck, ging auf den Mann zu und sagte mit einem liebenswürdig gemeinten Lachen, das mehr wie ein Gurgeln klang: »Frohe Weihnachten, mein Freund.«

»Danke gleichfalls«, sagte der Zylinder und wollte weitergehen, aber Harry ließ sich nicht abwimmeln.

»Mein guter Mann …« Er räusperte sich. »Darf ich Ihnen etwas Geld geben?«

»Was?«, fuhr der Angesprochene auf.

»Sie brauchen ja vielleicht Geld, um … äh … den lieben Kleinen … eine Flickenpuppe zu kaufen.« Damit, fand er, hatte er glänzend die Kurve gekriegt.

Prompt flog sein Hut in die Gosse, und als er ihn aufhob, war der Mann schon weit weg.

»Fünf Minuten vergeudet«, murrte Harry, während er, von Zorn auf Dorothy erfüllt, seinen Weg fortsetzte. Bei seinem nächsten Versuch würde er anders vorgehen, sich höflicher ausdrücken.

Ein Pärchen kam auf ihn zu – eine junge Dame mit ihrem Begleiter. Harry stellte sich ihnen in den Weg und nahm den Hut ab.

»Weil Weihnachten ist und alle dies oder jenes verschenken, hab ich gedacht …«

»Gib ihm einen Dollar, Billy, damit wir weiterkommen«, sagte die junge Dame.

Billy drückte Harry gehorsam einen Dollar in die Hand, und die junge Dame stieß überrascht hervor: »Wenn das nicht Harry Talbot ist, der hier bettelt!«

Aber das hörte Harry schon nicht mehr. Als er begriffen hatte, dass die junge Dame eine Bekannte war, drehte er sich um, schoss wie ein Pfeil die Straße hoch und verfluchte seinen Leichtsinn, sich auf die Sache eingelassen zu haben.

Er kam zum Broadway, schritt langsam über die breite Straße mit ihren vielen bunten Lichtern und beschloss, das Geld den Gassenjungen zu geben, die hier herumliefen. Um ihn herum war alles in festlicher Vorfreude. Es wimmelte von Passanten, die sich in dem erhebenden Gefühl ihrer eigenen Freigebigkeit eins mit ihren Mitmenschen wussten. Harry kam sich, ziellos weiterschlendernd, seltsam fehl am Platz vor. Er war es gewohnt, sich bedienen und bedienern zu lassen, hier aber sprach niemand ihn an, und ein, zwei Passanten besaßen sogar die Frechheit, ihm lächelnd »Fröhliche Weihnachten« zu wünschen. Nervös wandte er sich an einen Jungen, der gerade an ihm vorbeilief.

»Hör mal, Kleiner, ich geb dir ein bisschen Geld.«

»Ich will Ihr Geld nicht«, sagte der Junge patzig.

Ziemlich kleinlaut ging Harry weiter. Er versuchte, einem Betrunkenen fünfzig Cents zu schenken, aber ein Polizist tippte ihm auf die Schulter und bedeutete ihm, er möge weitergehen. Vor einem zerlumpten Individuum blieb Harry stehen und flüsterte: »Wollen Sie Geld?«

»Klar«, sagte der Tramp. »Was soll ich machen?«

»Gar nichts«, versicherte Harry.

»Sie wollen mich wohl veräppeln«, grollte der Tramp. »Da suchen Sie sich mal 'n anderen.« Rasch mischte er sich unter die Menge.

Jetzt versuchte Harry, einem vorüberkommenden Pagen zehn Cents in die Hand zu drücken, aber der machte seinen Mantel auf und zeigte auf ein Schild »Keine Trinkgelder.«

Verstohlen wie ein Dieb näherte sich Harry einem italienischen Schuhputzer und legte ihm vorsichtig zehn Cents in die Hand. Aus sicherer Entfernung beobachtete er, wie der Junge verwundert den Dime einsteckte, und beglückwünschte sich. Jetzt brauchte er nur noch vierundzwanzig Dollar und neunzig Cents zu verschenken. Sein jüngster Erfolg brachte ihn auf eine Idee. Er machte vor einem Zeitungsstand halt, ließ vor den Augen des Verkäufers einen Zwei-Dollar-Schein fallen und setzte sich in Trab. Nach einem gekonnten Sprint verlangsamte er unter den befremdeten Blicken der mit Paketen beladenen Passanten den Schritt und klopfte sich im Geist schon auf den Rücken, als er hinter sich rasche Atemzüge hörte, und ebenjener Zeitungsboy, vor dem er gerade davongelaufen war, drückte ihm den Geldschein in die Hand und war blitzschnell wieder verschwunden.

Der Schweiß rann Harry von der Stirn. Bedrückt schleppte er sich weiter. Fünfundzwanzig Cents wurde er in einer Sammelbüchse für die Kinderhilfe los. Er hätte gern fünfzig Cents hineingesteckt, aber der Schlitz war zu klein. Seine erste größere Summe waren zwei Dollar für einen Heilsarmee-Weihnachtsmann. Danach hielt er nach weiteren Mitgliedern dieser Zunft Ausschau, aber die hatten offenbar alle schon Feierabend gemacht.

Er überquerte den Union Square, und nach einer halben Stunde geduldiger Mühen hatte er nur noch fünfzehn Dollar zu vergeben. Es schneite nasse Flocken, die auf den Gehsteigen zu Matsch wurden, und seine dünnen Tanzschuhe waren durchweicht, bei jedem Schritt quoll das Wasser heraus. Am Cooper Square bog er in die Bowery ab. Die Straßen leerten sich rasch, die Geschäfte schlossen, ihre Besitzer gingen heim. Ein paar Jungen johlten, als sie ihn sahen, aber er schlug den Mantelkragen hoch und trottete weiter. In seinen Ohren hallte in leicht spöttischem, aber gütigem Tonfall der Bibelspruch »Geben ist seliger denn Nehmen«.

Er ging die Third Avenue hoch und zählte sein restliches Geld – drei Dollar und siebzig Cents. Durch das dichter werdende Schneetreiben sah er zwei Männer unter einem Laternenpfahl stehen. Das war seine Chance. Er würde seine drei Dollar und siebzig Cents unter ihnen aufteilen. Er ging auf sie zu und tippte einem auf die Schulter. Der, ein hagerer, bedrohlich wirkender Kerl, drehte sich misstrauisch um.

»Hier, Bursche, nimm«, sagte Harry gebieterisch, denn er grollte der Menschheit im Allgemeinen und Dorothy im Besonderen. Der Mann fuhr wütend herum.

»Du bist einer von diesen Typen, die es mit der Wohltätigkeitsmasche versuchen, um uns wegen Bettelei ranzukriegen. Los, Jim, zeig ihm, wer wir sind.«

Und sie zeigten es ihm. Sie prügelten ihn, sie droschen auf ihn ein, sie rissen ihn zu Boden und trampelten auf ihm herum, sie zertraten seinen Hut und zerrissen seinen Mantel, bis Harry keuchend und um sich schlagend im Matsch lag. Er dachte an die Menschen, die ihm an diesem Abend Fröhliche Weihnachten gewünscht hatten. Ein frommer Wunsch!

Miss Dorothy Harmon schlug geräuschvoll ihr Buch zu. Nach elf – und kein Harry in Sicht. Wo steckte er nur? Wahrscheinlich hat er aufgegeben und ist längst zu Hause, dachte sie und streckte die Hand aus, um das Licht auszumachen, als sie draußen ein Geräusch hörte, als sei jemand gestürzt.

Dorothy eilte zum Fenster und zog das Rouleau hoch. Auf Händen und Knien schleppte sich das elende Zerrbild eines Mannes die Stufen hoch, ein Mann ohne Hut, ohne Mantel, ohne Kragen, ohne Schlips und voller Schnee –

Harry. Er machte die Tür auf und betrat den Salon, eine nasse Schneespur hinter sich herziehend.

»Na?«, sagte er herausfordernd.

»Harry«, stieß sie hervor, »bist du es wirklich?«

»Dorothy«, sagte er feierlich, »ich bin's.«

»Was … was ist passiert?«

»Ach, nichts Besonderes. Ich hab nur diese fünfundzwanzig Dollar verschenkt.« Damit setzte er sich aufs Sofa.

»Aber Harry … dein Auge ist ja ganz geschwollen.«

»Mein Auge? Mal überlegen. Das war beim zweiundzwanzigsten Dollar. Ich hatte ein kleines Problem mit zwei Herren, aber hinterher haben wir uns richtig angefreundet. Danach hatte ich Glück und bin zwei Dollar in den Hut eines blinden Bettlers losgeworden.«

»Du hast den ganzen Abend gebraucht, um das Geld zu verschenken?«

»Meine liebe Dorothy, ich habe in der Tat den ganzen Abend gebraucht, um das Geld zu verschenken.« Er stand auf und streifte einen Batzen Schnee von der Schulter. »Aber jetzt muss ich los. Draußen warten zwei … äh … Freunde auf mich.« Er ging zur Tür.

»Zwei Freunde?«

»Es sind die beiden, mit denen ich mein kleines Problem hatte. Sie werden mit mir zusammen Weihnachten feiern. Es sind im Grunde sympathische Burschen, wenn auch zuerst ein bisschen rüde.«

Dorothy schnappte nach Luft. Eine Minute blieb es ganz still. Dann nahm er sie in die Arme.

»Liebster«, flüsterte sie, »das alles hast du für mich getan.«

Gleich darauf sprang er die Stufen herunter und verschwand Arm in Arm mit seinen Freunden in der Dunkelheit.

»Gute Nacht, Dorothy«, rief er über die Schulter. »Und fröhliche Weihnachten.«

SIEGFRIED LENZ

Der Denkzettel

In Bollerup, Nachbarn, ließ sich der Winter deshalb so gut aushalten, weil jeder auf ihn vorbereitet war. Kaum waren die Felder leer, kaum waren die Mieten aufgeschichtet, die Ställe überholt, die Boote im Schuppen und die Knicks ausgedünnt, da sorgten sie auch schon vor, um den Winter mehr als erträglich zu machen – einen ziemlich einfallslosen Winter übrigens, der sich immer den gleichen Nordost vorspannte, um Grauschleier über die Ostsee zu ziehen, großflockiges Stiemwetter zu inszenieren oder, aber das erst im Januar, löcherige Eisschollen den verkrusteten Strand hinaufzudrücken.

Um sich also auf diesen Winter einzurichten, zogen manche Leute von Bollerup gleich nach den letzten herbstlichen Feldarbeiten in die benachbarten Wälder und ließen da ihre Bandsägen singen. Mit extra schweren Äxten hieben sie Bäume von der Steilküste los, schräg in der Luft hängende Buchen meistens, die der letzte Sturm fast, aber eben nur fast aus lehmigem Boden gerissen hatte. Zugesägt wurde da, aufgeklaftert, mit Hilfe von klingenden Eisenkeilen gespalten, und dann transportierten sie das geschlagene Holz aus allen Richtungen nach Hause und schichteten es auf, in lustvoll hochgezogenen Stapeln, vor allen Ställen, vor den Küchen, so hoch, daß manch einem die Fenster zuwuchsen.

Keiner in Bollerup sägte verbissener, keiner spaltete und schichtete das Holz genüßlicher als Franz Jesper Feddersen, mein Großonkel, den sie hier, solange ich weiß, nur den Pedder nannten, weil er unweigerlich in alles reintrat, dem jeder gefühlvolle Mensch nach Möglichkeit ausweicht. Natürlich genügte es dem Pedder nicht, Freude aus vorsorgender Arbeit zu beziehen; als ob er zwei, wenn nicht gar drei Winter hintereinander erwartete, schichtete er seine harzigen Klafter bis zum Dach auf. Allerdings muß ich zugeben, daß er diese besessene Vorsorge nicht nur seinetwegen traf; sie galt ebenso meiner Großtante Helene Feddersen, einer rechteckigen, übertrieben fröstelnden Person, die auch an Sommerabenden ihren Wintermantel trug. Jedenfalls sagten beide wörtlich von sich, daß sie »mit der Kälte auf Kriegsfuß« stünden – etwas Ähnliches hat man bestimmt schon gehört. Es paßte ganz gut zu diesem Franz Jesper Feddersen, daß er sich, als der Wind nach Nordost umsprang, gegen den beruhigenden Holzvorrat lehnte und, auch wenn dabei die Augen tränten, ausdauernd in den Wind starrte, als erwarte er den Winter persönlich.

Der kam, wie so oft, über Nacht, setzte ganz Bollerup Schneemützen auf, füllte Mulden und machte die Felder scheckig, und dem Schilf am Strand verlieh er eine Starre, daß es bei jedem Luftzug knackte und raschelte. Darauf hatte der Pedder nur gewartet: eifrig und, ich muß es sagen, auch geringschätzig trug er einige Arme voll Holz ins Haus und fütterte den Ofen so ausgiebig, daß sogar die beiden Katzen ins Freie drängten und der Postbote vorübergehend die Sprache verlor. Ich kann mir vorstellen, daß dieser Franz Jesper Feddersen sich zufrieden die Hände rieb, wenn draußen der eisige Wind um sein Haus ging, und daß seine eigensinnige Freude nur wuchs, wenn der Frost am Brandteich mit der Peitsche knallte.

So ein Winter von der herrschsüchtigen Art war es, als der Pedder eines Tages feststellte, daß seine Holzvorräte gewissermaßen die Schwindsucht bekamen: hier war etwas geschrumpft, dort eingefallen, von den Seiten hatten sich Klafter davongemacht, unter der mit Steinen beschwerten Teerpappe, die alle Stapel vor Nässe schützte, hatten sie sich herausgezogen und das Weite gesucht – es sah ganz danach aus, als wären sie vor seinem Ofen geflohen, der unablässig für zwar würzige, aber beinahe glühende Luft sorgte. Helene hatte das Holz nicht in seiner Abwesenheit verbraucht, das ergab ein einsilbiges Verhör, und da auch der Postbote es nicht mitgenommen haben konnte – er, der niemals fror, der sich sogar mit der Axt scharfkantige Löcher ins Eis hackte, nur, um nicht auf sein winterliches Bad zu verzichten –, und da seine Klafter auch nicht von allein Beine bekommen haben konnten, wurde Franz Jesper Feddersen zunächst nichts anderes als argwöhnisch. Äußerte noch keinen Verdacht, wurde noch nicht unruhig, trug nur, wie gesagt, seinen Argwohn durchs Haus. Der konnte allerdings nicht verhindern, daß in gewissen knirschenden Nächten die Holzstapel abermals schrumpften, besonders die gleichmäßig und ausdauernd brennenden Buchenkloben verschwanden spurlos, worauf der Pedder, nachdem er den Milchnapf der Katzen zum zweiten Mal zertreten hatte, auf stille Art beschloß, sich auf die Lauer zu legen.

Ich wundere mich nicht darüber, daß seine Lauer nichts

einbrachte, daß er keine gebückten Schatten entdeckte, die, an der Scheune bedrohlich vergrößert, die Stapel plünderten und sich unter knarrenden Lasten davonmachten – und zwar deshalb nicht, weil er in der pochenden Hitze des Hauses schon nach wenigen Minuten schläfrig wurde und einschlief. Am nächsten Morgen fehlte etwa die Menge Holz, mit der er, nach seinen Worten, dem Winter drei Tage lang eins auswischen konnte.

Mit reichlicher Verzögerung, wie es seinem Temperament entsprach, suchte er im verharschten Schnee neben den Holzstapeln nach Fußspuren; da waren Katzen vorbeigeschnürt, seine eigenen Pelzstiefel hatten Abdrücke hinterlassen, er entzifferte Helenes Spur und die Spuren von Kaninchen, und dann, als er schon aufgeben wollte, entdeckte er die befremdlichen Fußstapfen eines Wesens, das sich sowohl tretend als auch schleifend vorwärts bewegte. Während der eine Fuß also für ordentliche Abdrücke sorgte, schien der andere nur zischend über den Schnee gefahren zu sein – eine Erscheinung, die Franz Jesper Feddersen so beeindruckte, daß er die Spur verfolgte, durch den Gemüsegarten, gebeugt am schlappen Grünkohl vorbei, weiter über das verschneite Feld in Richtung Hünengrab, und immer noch gebeugt bis zu einem flachen, gleichwohl spurentilgenden Bach. Weiter ging er nicht, weiter lohnte es sich nicht zu gehen. Er sah auf und erblickte die beiden letzten Gehöfte von Bollerup, aus deren Schornsteinen es, wenn auch nicht friedlich, so doch dekorativ qualmte: in einem lebte Jörn, im andern Jens Otto Feddersen, der Dorsch. Grinsend trottete er dann nach Hause, gerade so, als ob er schon genug wüßte, kam also an und fand eine

Großtante Helene, die vor Erregung ihr Gesichtszucken bekommen hatte.

Natürlich hatte sie den rapiden Schwund der Holzvorräte entdeckt, und in ihrer vorauseilenden Sorge sah sie sich nicht nur fröstelnd, sondern bereits steif- und festgefroren. »Als Eiszapf«, sagte sie, »wirst sehen, Jesper, daß ich noch als Eiszapf ende, wenn unsere Vorräte so das Laufen kriegen.« Sie wimmerte. Sie erregte sich. Sie drohte zum Fenster hinaus in Richtung Hünengrab. »Herrgott noch mal«, rief sie, oder so ähnlich, »vielleicht hat uns jemand den Kältetod zugedacht, und du, Jesper, siehst zu!« – »Bisher«, sagte der Pedder, »ist noch kein Grund zur Panik, aber damit das Gesichtszucken nachläßt, könnte ich ja was unternehmen.«

Danach trug er gemächlich eine Anzahl Holzscheite in die Wohnung, höhlte diese Holzscheite nacheinander aus, schnappte sich das Säckchen mit Schwarzpulver und machte aus den Scheiten sozusagen hölzerne Granaten. Die Höhlungen wurden sorgfältig verschlossen, die Scheite wieder hinausgetragen zu den Stapeln und dort so verteilt, daß der Dieb, von welchem Ende er auch Pedders Holz abtrug, zumindest ein mit Pulver gefülltes Scheit nach Hause tragen mußte. Das reichte allerdings nicht aus, um Helenes Furcht vor einem Kältetod zu verringern. »Auf die Lauer legen mußt du dich«, sagte sie. »In die kalte Scheune einsperren mußt du ihn«, sagte sie, »und zwar zumindest für drei Tage.« Franz Jesper Feddersen winkte langsam ab und antwortete mit unheilvollem Lächeln: »Was seinen Lauf nehmen soll, hat schon seinen Lauf genommen, denn letzte Nacht ist wieder Holz verschwunden.«

Während Helene Feddersen jammernd die Hände rang, die verbliebenen Holzscheite abzählte und sogar erwog, sie mit verräterischer Farbe zu streichen, schleppte der Pedder wortlos zwei bequeme Stühle vor das Fenster, das den Blick in Richtung Hünengrab freigab, nötigte die Frau, Platz zu nehmen und die Dächer der beiden letzten Gehöfte, insbesondere das von Dorsch Feddersen, »still im Auge zu behalten«, wie er sagte. Und er sagte auch: »Warum alles aus mißlicher Nähe regeln, wenn es auf Entfernung viel unterhaltsamer geht?« Und dann warteten sie noch ein bißchen länger, noch etwas, meinetwegen können sie Tee mit Kandis trinken oder zwischendurch eine Fliederbeersuppe löffeln, die ja auch gegen Kälte gut ist – jedenfalls müssen sie sich bis zu violetter Winterdämmerung gedulden.

Gerechter Lohn des Wartens: auf einmal spielte Jens Otto Feddersens Ofen in seinem Haus Silvester. Nach einer schön gezackten Stichflamme schossen sprühende Wunderkerzen durch die Fenster, flammende Knallfrösche hüpften zum Bach hinab, eine helle, rotierende Sonne stieg in die Luft, und das schwere, das schneebemützte Dach lüftete sich ein wenig und sackte mit gestöhntem U-Laut wieder zurück – so tief, daß es auf dem Haus lag wie eine Mütze, die man viel zu tief in die Stirn gezogen hat. Eine Feuersbrunst entstand nicht.

Franz Jesper Feddersen forderte seine Frau auf, sich kältegerecht anzupellen, warf selbst die gefütterte Joppe über, und dann stiefelten sie beide in Richtung Hünengrab und weiter zu den letzten Gehöften, wo ein versengelter Dorsch hastig Hausrat und wertvollen Besitz ins Freie trug, unter anderem auch sein aus Eiche angefertigtes Holzbein für sonntags. Bevor ihm Pedder seine Hilfe anbot, erkundigte er sich teilnahmsvoll nach dem Grund des Unglücks. »Ach«, sagte Jens Otto Feddersen, »war man nix als der Ofen, ist einfach vor Altersschwäche explodiert.« – »Soll vorkommen«, sagte der Pedder, »aber ich hab auch schon gehört, daß manche Öfen nur deshalb explodieren, weil ihnen ein gewisses Holz nicht bekommt.« – »Das«, sagte der Dorsch, »kann gut sein, darum werde ich mir nächstens das Holz von weiter weg herholen.«

DANIEL SCHREIBER

Drei Jahre

Zwei Kapaune. Er würde zwei Chapons de Bresse machen. Gänse und Enten aß man um diese Zeit des Jahres ohnehin viel zu oft, Bressehühner waren so viel zarter als die üblichen Weihnachtsvögel und es hatte so etwas Festliches, dass es sie nur zwei Wochen im Jahr gab. Er müsste es hinbekommen, sie gut zuzubereiten. Er hatte lange kein großes Essen mehr ausgerichtet. Während seines Studiums hatte er eine Weile vom Kochen gelebt. Er hatte sich damals geduldig durch den Larousse Gastronomique gearbeitet und privat für verschiedene Familien gearbeitet, unter der Woche und zu besonderen Anlässen. Das war lange bevor es schick wurde, sein Olivenöl direkt vom italienischen Erzeuger zu beziehen und seine Küche mit Le-Creuset-Töpfen auszustatten. Kochen war eines seiner Talente gewesen, warum hatte er so lange niemanden mehr eingeladen? Er musste an Julius' große Augen während ihres ersten gemeinsamen Frühstücks denken, ein Omelette, zusammengeworfen aus ein paar Eiern, Tomaten, Schalotten und einem einsamen Stück Ziegenkäse, das er bei ihm im Kühlschrank gefunden hatte, dazu ein paar Oreganoblätter vom Nachbarbalkon. Sie waren danach den ganzen Sonntag im Bett geblieben.

»Ich hätte gerne zwei Kapaune«, sagte Jonas dem Leiter

der Geflügeltheke im festtäglich belebten Feinkostgeschäft. Vor ihm lag ein breites Angebot bleichgelber, gerupfter Vögel in verschiedenen Größen, ein Arrangement, das surreal wirkte. »Wie viele Leute haben Sie denn zum Essen?« Er hatte sich dieses Jahr überhaupt dazu entschlossen, wieder Weihnachten zu feiern und für Heiligabend ein paar Freunde zum Essen eingeladen, ein paar der Ex-Pats, die über die Feiertage in der Stadt geblieben waren, Marianna, seine beste Freundin, die er noch aus der lang zurückliegenden Zeit an der Uni kannte, und natürlich Andreas und Michael, die ihre achtjährige Pflegetochter mitbrachten und sich extra am Nachmittag beschenken würden, um zum Essen zu kommen. Er versuchte nachzuzählen, wie lange die beiden schon zusammen waren und kam nicht drauf, länger als er und Julius es jemals gewesen waren in jedem Fall. »Zwölf«, antwortete er, etwas zu spät. »Da werden zwei aber knapp, man braucht schon einiges, damit jeder satt wird.« »Zwei reichen, glaube ich.« Er wusste, dass zwei reichten. »Ist Ihr Kühlschrank denn groß genug? Bei den Temperaturen kann man nichts auf dem Balkon lagern.«

Er kannte den Verkäufer von früher. Er würde ihm noch erzählen, dass man eigentlich so und so viel Gramm pro Person brauche und ihm nahelegen, dass sein Backofen zu klein wäre, um beide gleichzeitig zu machen. Er würde ihm das Gefühl geben, dass er sich auf mehr einließ, als er bewältigen könnte. Er hatte keine Energie dafür, sich mit ihm auseinanderzusetzen, es war einfacher, sich das anzuhören und nichts zu sagen. Die Vögel würden gut sein. Der Geflügelhändler bezog die Kapaune direkt aus der Bresse-Region in der Nähe von Lyon, wenn er sich recht erinnerte, waren sie immer ausgezeichnet gewesen.

Früher hatte er oft darüber nachgedacht, wenigstens für ein paar Monate in Frankreich zu leben. Er hatte die Pläne nie in die Tat umgesetzt. Nach dem Studium war er zunächst nach Rom gezogen, eine schöne, aber prekäre Zeit. Nach seiner Rückkehr hatte er Julius kennengelernt und eine kleine Künstleragentur gegründet, die nach ein paar schwierigen Anfangsjahren ganz gut, wenn auch nie glänzend, lief. Das war auch die Zeit aufwändiger Essen gewesen, die Julius und er an manchen Samstagen und zu besonderen Anlässen gaben. Damals hatte er es genossen, kompliziert zu kochen, weil es seinen hektischen Arbeitsalltag zu unterbrechen schien, seine Aufmerksamkeit für zwei, drei Tage auf etwas anderes lenkte. Sie hatten so viel gearbeitet, eigentlich zu jeder Tages- und Wochenzeit, abgesehen von ein paar Urlauben auf Mittelmeerinseln oder in Tirol, bis auf die eine oder andere Reise nach New York oder Tokio. Julius, der eine Bilderbuchkarriere hingelegt hatte, war genauso arbeitsvernarrt wie er gewesen, aber im Gegensatz zu ihm hatte er als Finanzberater tatsächlich Geld verdient. Man hatte immer gut mit ihm verreisen können, sie hatten magische Urlaube gehabt.

Warum hatte er das alles so lange gemacht? Wenn er an jene Zeit zurückdachte, hatte er das Gefühl, dem Leben verzweifelt hinterhergelaufen zu sein. Nichts, was er damals machte, schien ihm ausreichend, egal, wie viel er arbeitete. Als hätte ihn ein tief sitzender Zweifel, den er nicht benennen konnte, angetrieben. Und Julius war nach ein paar Jahren nicht mehr zu trauen gewesen, im Nachhinein sah er das ziemlich deutlich. Nach ihrer Trennung hatte er sich lange gefragt, warum er das nicht vorher hatte erkennen können, und konnte den Gedanken nicht abschütteln, dass er es zumindest zu einem Grad gewusst haben musste. Er hatte lange an dem Glauben festgehalten, dass Julius etwas anderes wollte als viele ihrer Freunde, die offene Beziehungen führten, dass er anders war als seine Managerkollegen, mit ihren Affären, dem gockelhaften Geltungsbedürfnis, dem latenten Alkoholismus. Hätte er genauer hingesehen, wäre es ihm wahrscheinlich aufgefallen, dass ein Teil von Julius tatsächlich anders war, aber dass dieser Teil über die Jahre immer kleiner wurde. Ihre Beziehung hatte davon gelebt, dass er einer der letzten Zeugen dieses verschwindenden Teils von Julius war. Eines Nachmittags hatte sein Partner vor ihm gestanden, mit einem Glas sehr teuren Rotweins in der Hand, und er hatte ihm schon an seinem aufgelösten Gesichtsausdruck angesehen, was los war. »Ich habe Mist gebaut«, hatte er gesagt, mit trotziger Stimme und zugleich den Tränen nahe. »Bitte sag nicht, dass du eine Affäre hast.« »Ja, schon seit fast einem Jahr.« Er hatte nicht gewusst, warum er ihn fragte, ob es das erste Mal gewesen sei. Julius hatte nur den Kopf geschüttelt und losgeweint.

Als der Geflügelhändler ihm die beiden Chapons zeigte, die er aus der Kühlkammer geholt hatte, musste er staunen, wie schön und schwer so ein Hahn werden konnte. Aus so einem zähen, lauten Tier konnte innerhalb von acht oder neun Monaten ein edler Vogel werden. Man musste es nur im Alter von etwa zwölf Wochen sterilisieren. Das war etwas, das er während des Weihnachtsessens nicht erwähnen sollte. Er erinnerte sich von früher, dass alle Männer, egal ob schwul oder hetero, diesen Umstand seltsam persönlich nahmen. Er freute sich darauf, die Vögel zuzubereiten.

Für die Weihnachtsessen, die sie als Paar gaben, hatte er lange Zeit Gänse gemacht, so, wie man sie in England zubereitet, auf dem Rost bei einer mittleren Temperatur, so dass das Fett auf die darunterliegenden, mehligen Kartoffeln tropft. Eine Weile lang hatte er Enten serviert, mit dem Hauch einer Pinktönung, so wie er es mal von einer französischen Köchin gelernt hatte, in Geflügelbrühe vorgegart, um das Fett der Vögel zu reduzieren, und dann für eine Stunde in einem Ofen geröstet, der so heiß ist, dass die Küche qualmt, wenn man ihn vorher nicht penibel sauber gemacht hat. Eine Pute, die außer ihrer pittoresken Norman-Rockwell-Form kaum Qualitäten hat, wie er fand, hatte er nur zu ein paar Thanksgiving-Essen gemacht, für ihre Handvoll amerikanischer Freunde. Kapaune waren so viel eleganter als die anderen Weihnachtsvögel. Er hatte sie früher immer eine Nacht in mit Pfefferkörnern und Lorbeer gewürztes Salzwasser eingelegt. Vor dem Rösten hatte er etwas weiße Trüffelbutter und Thymianblätter unter die Haut gestopft, was dem Fleisch erdig-aromatische Noten gab, von denen man beim Essen nicht weiß, woher sie kommen.

Diese Essen. Der Druck, diese Anstrengung, Julius. Marianna war früher bei fast jedem Essen dabei gewesen. In der Trennungszeit hatte sie oft gesagt, dass es sinnlos sei, sich zu fragen, was der neue Partner des anderen einem selbst voraus habe. Ein Ratschlag, der ihm tatsächlich dabei half, sich nicht in den Gefilden jener Obsessionen zu verlieren, die eigentlich nahegelegen hatten. Aber war das eigentlich so eine dumme Frage? Der Mann, mit dem Julius damals schlief und den größten Teil seiner freien Zeit verbrachte, war noch nicht einmal 30 und fitnessstudiogestählter, als er oder Julius es jemals gewesen waren. Jonas hatte lachen müssen, als er ihm das nach einigem Zögern erzählte. Nicht weil er nicht erschüttert gewesen wäre oder seinen Partner nicht gerne angebrüllt hätte, sondern weil es ihm gelang, die Situation für ein paar Sekunden von außen zu betrachten. Julius hatte auch etwas lachen müssen, für ein paar Sekunden schien der alte Julius zurückzukehren, der Julius, den er so geliebt hatte. »Lass uns zusammenbleiben«, schlug dieser Julius vor. »Alle Schwulen gehen fremd, alle haben offene Beziehungen.« »Wie soll das gehen für uns«, hatte Jonas geantwortet, »selbst wenn das stimmen würde.« Irgendwann hätte er es vielleicht gekonnt, aber dafür schien es damals zu spät, er war sich zu sicher, dass er das nicht wollte oder auch nur konnte, nicht mit Julius, nicht so.

Es hatte lange gebraucht, bis das Band zwischen ihnen lockerer wurde. Er kannte ihn zu gut, Julius tat ihm sogar ein bisschen leid. Egal wie wütend er in den nächsten Monaten auf ihn war, die Nähe zu ihm, die Gewohnheit, ihn zu verstehen und ihm zu verzeihen, war stärker. Obwohl ihm an jenem Nachmittag relativ schnell bewusst geworden war, dass ein Abschnitt seines Lebens ein Ende gefunden hatte. Vielleicht hatte etwas in ihm schon länger damit gerechnet gehabt, dass eintreten würde, was eingetreten war. Er hatte seinen Partner angeschaut und gewusst, dass er bereit war, das hinzunehmen. Niemand hatte ihn je mehr geliebt als Julius.

Das Telefon klingelte und schreckte ihn aus der Trance auf, in die ihn Leontyne Prices Weihnachtslieder versetzt hatten, die er beim Schmücken der großen Tanne hörte. Er brauchte eine Weile, um es ausfindig zu machen. Es war hinter einen Stapel Weihnachtskugelkartons gefallen. Für eine Sekunde fiel sein Blick auf die Flecken seines Teppichs, den er unbedingt austauschen musste, sobald er es sich leisten können würde. Als er das Smartphone endlich fand, hatte das Klingeln aufgehört. Er schaute auf das Display und registrierte mit einer Mischung aus leichtem Erschrecken und verhaltener Freude, dass Julius angerufen hatte. Er würde ihn später zurückrufen. Das Telefon begann wieder zu klingeln und etwas in Gedanken und halb in der Erwartung, die ungeduldige Stimme seines Exfreunds zu hören, nahm er ab. »Hallo, Jonas? Hörst du mich?« Es war Marianna, er war erleichtert. Sie fragte, ob sie zwei französische Freunde zum Essen mitbringen könne, die über die Feiertage bei ihr logierten, um sich die Stadt anzuschauen. Alte Bekannte, sagte sie, die sie vor Jahren in Paris kennengelernt habe, als sie dort studierte, ein Anwalt und ein Galerist, schon lange zusammen. Er erinnerte sich entfernt daran, die beiden schon einmal getroffen zu haben. »Kein Problem. The more the merrier.« Wahrscheinlich würde kurzfristig sowieso jemand absagen, dachte er, und selbst wenn nicht, es gäbe genug Platz.

Es war eine gute Entscheidung, das Weihnachtsessen auszurichten. Unter anderem hielt es ihn dazu an, einen Baum zu schmücken, was er die vergangenen Jahre nicht getan hatte. Als er und Julius noch zusammen waren, hatten sie immer mit großer Begeisterung einen Weihnachtsbaum aufgestellt. Nach und nach hatten sie eine überraschende Anzahl von Kugeln, Sternen und Ornamenten zusammengetragen, ein Potpourri aus Beige-, Grün-, Blau- und Rosatönen, an dem man die wandelnden Weihnachtsschmuck-Moden der zurückliegenden Jahre ablesen konnte. Julius hatte ihm den Schmuck überlassen, zum Glück, dachte er gerade. Er dekorierte den Baum, eine große Nordmanntanne, die er vom Markt in die dritte Etage getragen hatte, schon seit zwei Tagen, und er genoss es. Nicht zuletzt, weil es sich wie eine Art Meditation anfühlte, und er beim Schmücken die vergangene Zeit Revue passieren ließ. Die Trennung war fast genau drei Jahre her, Julius hatte ihn zwei Wochen vor Weihnachten verlassen. Es waren drei schwierige Jahre gewesen. Nachdem Julius im neuen Jahr ausgezogen war, hatte er seine Agentur verkauft, um sich eine Auszeit zu nehmen. Von der Verkaufssumme konnte er bis heute auf einem bescheidenen Niveau leben. Doch anstatt froh über ein zumindest für eine Zeit relativ sorgenfreies Leben zu sein, fiel er in eine lang anhaltende Phase von Traurigkeit, die ihn erschüttert und orientierungslos zurückließ. Er reiste viel, hatte eine kurze Affäre, von der er schon nach zwei Wochen nicht mehr wusste, warum er sie führte; eine Weile dachte er, er würde sich fürs Malen interessieren und dass es ihn mit Sinn erfüllen würde, Kleidung in der Kleiderkammer eines Flüchtlingswohnheims auszugeben. Doch all das schob sein Unwohlsein nur in den Hintergrund. Irgendwann stellte er die Leinwände und die Ölfarben in den Keller, gab seine Verpflichtung im Heim auf und machte eine Spende an eine wohltätige Vereinigung. Er holte seine Kollektion französischer Tarte-, Brioche- und Cannelé-Formen, die er über die Jahre angesammelt hatte, aus dem Schrank, fing wieder an zu kochen und zu backen, frischte seine Erinnerung an alte Rezepte auf und lernte neue. Damals nahm er 15 Kilogramm zu. Es dauerte ein Jahr, bis er sich dazu überwinden konnte, zweimal die Woche einen Therapeuten zu sehen, wieder gesünder zu essen und regelmäßig schwimmen zu gehen. Er arbeitete sich durch den Tod eines kranken Freundes, der ihn mehr beschäftigte, als er angenommen hätte, lernte seine Falten an den Augenrändern erst zu zählen und dann zu ignorieren, begann zwei Künstler zu vertreten, mit denen er lange gearbeitet hatte und die mit der neuen Agenturführung nicht glücklich waren, nahm die Beziehungen zu einigen Freunden und Bekannten wieder auf, die er während seiner Jahre mit Julius aus den Augen verloren hatte. Er feierte seinen 45. Geburtstag, war nicht unglücklich darüber und stellte irgendwann fest, dass es ihm wieder besser ging, dass er die 15 Kilogramm wieder abgenommen hatte und dass er morgens nicht mehr mit der Frage im Kopf aufwachte, welchen Sinn das alles habe. Ein Resultat dieser Zeit war jedoch, dass er alleine blieb. Manchmal, so wie jetzt, dachte er, dass es schön wäre, wieder jemanden kennenzulernen, aber eigentlich konnte er sich das nicht mehr vorstellen. Vielleicht würde sich das irgendwann ändern, aber wenn er ehrlich war, glaubte er nicht mehr daran. Die Möglichkeit, mit jemandem als Paar zu leben, selbst die, nur mit jemandem zu schlafen, standen ihm nicht mehr offen. Sie hatten zu jemand anderem gehört, zu jemandem, der er nicht mehr war.

Er hatte die letzten kleinen, grün-golden schimmernden

Inge-Glas-Zapfen an die Tanne gehängt und war dabei, sich zu überlegen, welchen Platz er den bunten Glaspapageien geben könnte, als das Telefon noch einmal klingelte. Es war Julius. Er holte tief Luft und nahm ab. »Ich fahre doch nicht nach Martinique.« Seine Stimme war belegt, er musste getrunken haben, man konnte eine Spur der Wut spüren, die Julius beim Trinken manchmal erfasste, gemischt mit etwas Selbstmitleid. »Ist etwas passiert?« »Oskar hat sich von mir getrennt.« Es war die neueste von einigen Beziehungen gewesen, die immer in kurzen Abständen aufeinander folgten, aber nie länger als ein paar Monate dauerten. Er hatte nur zwei dieser Männer kennengelernt, zufällig, bei einer Geburtstagsparty und einer Hochzeit gemeinsamer Freunde. Wenn Julius und er sich trafen, wozu es kaum noch kam, dann zu zweit. Aber er hatte Oskar gemocht. »Tut mir leid.« »Passt schon«, er hörte, wie Julius noch einen Schluck aus seinem Glas nahm. »Ich habe nicht viel Zeit«, sagte Jonas, »ich muss noch so viel vorbereiten. Ich mache morgen Abend ein größeres Weihnachtsessen. Wenn du nichts vorhast, komm vorbei. Ich würde mich freuen, Andreas und Michael sich auch.« Er hatte es, ohne darüber nachzudenken gesagt, aber es fühlte sich richtig an. »Danke.« »Bis morgen, dann.« Schweigen, ein weiterer Schluck Wein. »Vermisst du mich eigentlich manchmal?« »Ja«, nun schwieg er für ein paar Sekunden, es war das erste Mal, dass Julius ihm diese Frage gestellt hatte. »Aber ich möchte jetzt nicht darüber sprechen. Wir sehen uns morgen. Pass auf dich auf.«

Die Meringues für die Pavlova waren vorbereitet, er müsste nur noch das Passionsfruchtfleisch hinzufügen und etwas Sahne schlagen. Daneben stand eine Pecan-Tarte mit dunkler Schokolade, die nach Zimt und Kardamom roch. Die Kapaune glänzten im Ofen, goldbraun, und als er mit dem Messer zwischen Schenkel und Brust stach, quellte etwas klare Flüssigkeit heraus, das Zeichen, dass sie fertig waren. Marianna und ihre beiden Pariser Freunde, Guillaume und Nicolas, brachten die Teller vom letzten Gang in die Küche, gebackene Birnen auf bitteren Wintersalatblättern, mit Roquefort, Walnüssen und getrockneten Cranberries gefüllt. Das Pärchen war ihm auf Anhieb sympathisch gewesen. Vor allem mit Nicolas, dem Arzt, hatte er sich während der ersten Gänge gut unterhalten. Sie stellten das Geschirr auf die Ablage, fragten, ob sie noch etwas tun könnten, und gingen, als er die Frage verneinte, zurück ins Wohnzimmer.

Er war froh, wieder alleine in seiner großen, altmodischen Küche zu sein. Die Handgriffe, von denen sich erstaunlich viele noch selbstverständlich anfühlten, hatten etwas Beruhigendes. Er nahm die Vögel aus dem Ofen, bedeckte sie mit Aluminiumfolie, damit sie etwas ruhen konnten, schob das Selleriewurzel-Kartoffel-Gratin mit seinen dunkelgrünen Salbei-Fleckchen auf den Rost, um es aufzuwärmen, und stellte die große Pfanne auf den Herd, in der er den gedünsteten Rosenkohl mit Maronen und Pancetta anbraten würde. Die Hors d'œuvres, kleine Wachtelei-Toasts mit etwas Kaviar, und der erste Gang, die Pistazien-Suppe nach dem Ottolenghi-Rezept, und auch die Birnen hatten alle gemocht, sogar Sophia, das Mädchen von Andreas und Michael, obwohl sie in einem schwierigen Alter war, was das

Essen betraf. Er war nicht mehr nervös. Gesprächsfetzen schwebten aus dem Wohnzimmer durch die halboffene Tür in die Küche, und er genoss, dass es mit so viel Leben gefüllt war. Er konnte die Stimme von Julius heraushören, der sich geduldig ein paar Schulgeschichten von Sophia und ihren Vätern anhörte und sich mit dem Trinken zurückzuhalten schien. Die Luft war von einem Parfüm aus Atem, Kerzen, Rotwein und Tannennadeln erfüllt. Er kippte das große Fenster an; es war dunkel draußen, fast schwarz, eine klare, kühle Nacht, die den Blick auf ungewöhnlich viele Sterne am Himmel freigab.

Als er die kühle Luft einatmete, die in die Küche drang, hörte er plötzlich die Stimme von Nicolas hinter sich. »Wäre es möglich, hier eine Zigarette zu rauchen?« Sein Englisch hatte einen überraschend angenehmen Akzent. »Ich kann aber auch nach draußen gehen, wenn du magst.« Er war der Größere von beiden, unter seinem hellblauen Hemd zeichneten sich ein kleiner Bauch und die Muskelpartien seiner Arme und Schultern ab. Trotz seines grauen Vollbarts und seiner grauen Haare hatte er eine eher dunkle Ausstrahlung. Jonas nickte. »Ich nehme auch eine.« Er rauchte fast nie, nur ein paar Mal im Jahr, wenn es sich ergab. Nicolas bot ihm eine seiner American Spirits an, gab ihm Feuer und blickte ihm mit einem leichten ironischen Flackern direkt in den Augen. Könnte es sein, dass er ihn schon den ganzen Abend so angeschaut hatte? Er wirkte wahnsinnig anziehend. Jonas konnte nicht anders und erwiderte den Blick. Nicolas, die Zigarette in der Hand, ging zurück zur Tür und schloss sie leise. Dann kam er direkt auf ihn zu und drückte ihn, unfassbar charmant grinsend, mit der Kraft seines ganzen Körpers an die Küchenzeile. Jonas lächelte und ließ es geschehen. Nicolas sagte etwas auf Französisch, das er nicht verstand, und fuhr mit dem Daumen seiner freien Hand über Jonas' Lippen. Dann schaute er ihm fragend in die Augen, Jonas rückte noch näher an seinen Körper heran, beide lehnten sich einander langsam entgegen und küssten sich.

SELMA LAGERLÖF

Der Traumpfannenkuchen

Am Silvesterabend ging die Pfarrerstochter ganz spät die Anhöhe hinunter, die zum Brauhaus führte, wo die Großmutter, Frau Beata Spaak, seit vielen Jahren wohnte. Maja Lisa führte die Kleine an der Hand, und man konnte schon von weitem hören, daß sie unterwegs waren, denn so oft sie den Weg verfehlten und in den Schneewall einsanken, schrien sie laut auf.

Es war neblig und stockdunkel, und am Himmel leuchtete weder Mond noch Stern. Hätte es nicht hinter der Großmutter Fensterläden hell hervorgeschimmert, dann hätten sich die beiden wohl kaum bis zum Brauhaus zurechtfinden können.

In dieser Weihnachtszeit wurden unbeschreiblich viele Gesellschaften gegeben, sowohl bei den Bauern als bei den Herrschaften, so viele, daß die Tage fast nicht ausreichten, und so war den Pfarrleuten schließlich nichts anderes übriggeblieben, als auch am Silvesterabend fortzufahren. Aber Mamsell Maja Lisa war wie gewöhnlich zu Hause gelassen worden. Es hieß, sie müsse daheim bleiben und dafür sorgen, daß das Gesinde eine ordentliche Mahlzeit mit Fisch und Grütze ganz wie am Heiligen Abend bekomme. Als ob die alte Haushälterin das nicht ebensogut hätte besorgen können!

Aber die Pfarrerstochter war deshalb doch in ausgezeichneter Laune. Am Vormittag hatte sie der Kleinen Märchen erzählt und Lieder vorgesungen, und die Kleine war sicherlich noch niemals so vergnügt gewesen.

Nach dem Abendbrot hatte Mamsell Maja Lisa erklärt, sie habe noch ganz und gar keine Lust, schlafen zu gehen; heute am Silvesterabend wolle sie wenigstens, ehe sie zu Bett gehe, einen Versuch machen, etwas von der Zukunft zu erfahren. Und dann hatte sie die Kleine gefragt, ob sie einen Traumpfannenkuchen mit ihr backen wolle.

Die Kleine wußte absolut nicht, was ein Traumpfannenkuchen war, hatte aber sofort ja gesagt; und sie würde selbstverständlich auch ja gesagt haben, wenn Mamsell Maja Lisa gefragt hätte, ob sie eine Suppe aus Kreuzottern mit ihr kochen wolle.

»Aber du darfst die ganze Zeit über, während wir den Traumpfannenkuchen machen, weder lachen noch sprechen«, sagte die Pfarrerstochter. »Und du darfst auch nicht das kleinste bißchen davon auf den Boden fallen lassen, weder vom Wasser noch vom Mehl, noch vom Salz.«

Ach, wenn das alles sei, meinte die Kleine, sie könne schweigen und ernsthaft sein, so lange man es verlange.

Dann aber waren sie in großer Not gewesen. Denn der Traumpfannenkuchen mußte von drei Personen gemacht werden, sonst war es nichts, und die Pfarrerstochter wußte nicht, wo sie eine dritte Person dazu herbekommen sollte.

Sie gingen in die Küche und fragten, ob eine von den Mägden einen Traumpfannenkuchen mit ihnen backen wolle. Aber die Mägde schlugen nur die Hände über dem Kopf zusammen und sagten rundweg nein, sobald sie hörten, um was es sich handelte. Dieses Zeug hätten sie früher schon probiert; aber wenn man diesen Pfannenkuchen gegessen habe, könne man weder schlafen noch träumen; niemand solle sie verführen, ein solches Gericht je wieder zu versuchen.

Die Pfarrerstochter überlegte eine Weile, dann sagte sie:

»Wir müssen zu Großmutter hinüber und sie bitten, uns zu helfen.«

Und aus diesem Anlaß waren die beiden in der finstern Neujahrsnacht draußen und suchten den durch die Schneewehen geschaufelten Weg zu finden.

Die Pfarrerstochter meinte, diese Nacht sei gerade so, wie sie sein solle; eine Neujahrsnacht müsse dunkel und unergründlich sein, sie sei wie die Zukunft, in die man auch nicht hineinsehen könne.

Großmutter wohnte in einer Giebelstube oben im Brauhaus. Das schwierigste für die beiden war, sich die Treppe hinaufzutasten, die mit schmalen, ausgetretenen, dicht beschneiten Stufen in Absätzen außen an der Mauer hinaufführte; es war fast lebensgefährlich.

Aber auf Lövdala mußte man sich an das Gehen in der Dunkelheit gewöhnen; ausgenommen für Stall und Scheune durften für Laternen keine Kerzen von der Pfarrfrau gefordert werden.

Großmutter mußte indes die Gäste gehört haben; denn als diese die Treppe halb droben waren, kam sie heraus und machte die Tür auf. Und drinnen brannte der dreiarmige Leuchter auf dem Tisch vor dem Sofa, und im Ofen flakkerte ein lustiges Feuer.

Die Großmutter war groß und mager und sah gebrechlich aus. Die Pfarrerstochter sah ihr gar nicht ähnlich, und das war auch nicht möglich, denn Großmutter war nur die Stiefmutter von Maja Lisas verstorbener Mutter; aber sie hätte die Pfarrerstochter nicht lieber haben können, wenn sie ihr eigenes Fleisch und Blut gewesen wäre.

Es war, als verstehe sich Frau Beata auf ganz besondere Künste, denn wie es auch anderswo sein mochte, hier in ihrem Zimmer war es immer warm und behaglich und immer wie ausgeblasen. Sie hatte nur ein Zimmer, in dem sie schlief und auch kochte; aber ihr Bett mit dem weißen Vorhang, der von einer vergoldeten Stange herunterhing, war nur ein weiterer Schmuck für das Zimmer, und dasselbe konnte man auch von ihren glänzenden Kupferkasserollen und Porzellantellern auf dem Geschirrbord sagen.

Und sie selbst sah auch zierlich und vornehm aus; aber ihre Hände hatte die Gicht arg mitgenommen, die Finger waren gekrümmt, und sie konnte sie nicht biegen. Wenn man ihr die Hand reichte, war das eine schwierige Sache, und man wußte nicht recht, wie man ihre Hand ergreifen sollte.

Als die Pfarrerstochter ihr Anliegen vorbrachte, lachte die Großmutter sie ein wenig aus, sagte aber doch gleich ja, sie wolle mittun, sie warte allerdings immer auf jemand und möchte wohl wissen, ob er in diesem neuen Jahre komme.

Da war es natürlich am besten, sie blieben gleich bei der Großmutter und backten da den Traumpfannenkuchen.

Zuerst nahmen sie von dem kleinen Bord hinter dem Herd eine Schüssel herunter; alle drei hielten die Schüssel am Rand fest und stellten sie so auf den kleinen Küchentisch.

Dann mußten sie einen hölzernen Löffel haben; und alle drei gingen miteinander an das Eckschränkchen, das Großmutter als Speisekammer diente, um den Löffel zu holen. Und alle drei hielten den Löffelstiel fest, als sie ihn zum Tisch hintrugen und auf die Schüssel legten.

Dann gossen sie drei Löffel Wasser in die Schüssel; und alle drei holten das Wasser aus Großmutters Kupfergelte, und keines sprach ein Wort, keines lachte, während sie das taten. Als dies getan war, schütteten sie drei Löffel voll Mehl in das Wasser; dabei hielten alle drei den Löffel und steckten ihn miteinander in die Mehltonne, alle drei hoben das Mehl heraus und schütteten es auch in das Wasser. Keines ließ den Löffel los, keines sprach, keines lachte und keines ließ auch nur das kleinste Stäubchen Mehl auf den Boden fallen.

Dann schöpften sie drei Löffel voll Salz hinein. Und auch jetzt sprach keines ein Wort, keines lachte und keines verstreute auch nur das kleinste Körnchen Salz.

Aber ist es zu glauben? Als sie so weit gekommen waren, fragte Großmutter, ob man Schmalz in die Pfanne tun solle.

Im selben Augenblick jedoch, wo sie das sagte, schleuderte die Pfarrerstochter den Löffel weg, warf sich auf einen Stuhl und brach in lautes Lachen aus. Die Kleine hielt zwar den Löffel fest, bekam aber einen so fürchterlichen Lachkrampf, daß sie nicht mehr stehen konnte, sondern sich auf dem Boden kugelte und gar nicht wieder zu lachen aufhören konnte.

Großmutter verzog nur den Mund ein wenig. Sie hätte sich vielleicht nicht zu versprechen brauchen; aber sie dachte an alte Zeiten und wußte, wenn beim Backen des

Traumpfannenkuchens nicht irgendein kleines Mißgeschick passierte, dann war kein Spaß dabei.

Ach, und es war ihr so lieb, wenn die Pfarrerstochter ihren Kummer vergaß und ein wenig lachte.

Als die beiden sich endlich gefaßt hatten, beschlossen sie, wieder von vorne anzufangen; denn jetzt taugte das, was bisher geschehen war, nichts mehr, und sie mußten alles ganz von vorne an noch einmal machen.

Aber jetzt war es nicht mehr so leicht, denn nun waren sie schon in lächerlicher Laune.

Zuerst gossen sie drei Löffel Wasser in die Schüssel.

Weiter kamen sie nicht, schon mußten sie wieder lachen. Und die Pfarrerstochter war am schlimmsten; bei der Kleinen war es lange nicht so gefährlich wie bei Maja Lisa.

Gute fünf Minuten lang konnte sie sich gar nicht wieder fassen.

Doch dann sagte die Pfarrerstochter, jetzt müßten sie aber ordentlich sein, sonst würden sie mit dem Pfannenkuchen vor Mitternacht nicht fertig.

»Oh, es würde ganz gut gehen, wenn nur du ernsthaft sein könntest«, sagte die Großmutter. Zuerst gossen sie das Wasser hinein, dann das Mehl, dann das Salz, und dann rührten sie alles gut durcheinander. Und alle drei hielten den Löffel, als sie alles umrührten, und keines lachte, keines sprach ein Wort, keines verschüttete das kleinste bißchen auf den Boden.

Als nun der Teig gut verschafft war, legten sie ihn in die Bratpfanne. Aber der Pfannenkuchen sah nicht appetitlicher aus als der Mischmasch, den man den Hühnern und Schweinen zusammenrührt. Überdies war er ganz steif und hart und glitzerte von dem vielen Salz, das darinnen war.

Nun stellten sie die Pfanne aufs Feuer und ließen den Pfannenkuchen auf der einen Seite backen, dann wurde er umgedreht. Und immer hielten alle miteinander den Löffel, alle drei halfen den Kuchen umdrehen, und keines ließ den Löffel fallen.

Dann war der Traumpfannenkuchen fertig und sollte gegessen werden.

Jetzt waren die Pfarrerstochter und die Kleine im höchsten Eifer, und es war keine Gefahr mehr, daß sie losplatzen würden. Sie dachten nur noch daran, daß sie vielleicht in die Zukunft sehen durften, und diese große Gelegenheit wollten sie gewiß nicht verscherzen.

Der Traumpfannenkuchen glänzte vor lauter Salz, und es gehörte ordentlich Mut dazu, hineinzubeißen. Aber sie teilten ihn in drei Teile, und dann aßen sie, so gut es eben ging.

Die Kleine aß ihren Teil auf, weil sie begriff, daß es sein mußte, und sie alle Vorschriften genau befolgen wollte. Großmutter nahm nur ein ganz kleines Stückchen, und es ist nicht sicher, ob sie selbst dieses hinunterwürgte. Die Pfarrerstochter aß einen Mund voll. Aber so gerne sie auch in die Zukunft sehen wollte, sie war nicht imstande, noch einen einzigen Bissen hinunterzubringen.

Die beiden jungen Menschenkinder waren wie ein wenig enttäuscht von dem Traumpfannenkuchen, aber jedenfalls sprach keines ein Wort. Sie winkten der Großmutter nur gute Nacht zu, und diese stand schweigend oben an der Tür und leuchtete ihnen die Treppe hinunter.

Die paar Schritte über den Hof liefen sie, so rasch sie konnten, denn jetzt war es, als sei die Nacht gar nicht mehr so dunkel und unergründlich. Sie war bereit, ihren Vorhang wegzuziehen und ihnen ihre Geheimnisse zu zeigen; aber sie wagten nicht, stehenzubleiben, um zu sehen.

Als die beiden sich durch die Küche schlichen, waren die Mägde schon zu Bett; aber selbstverständlich riefen ihnen alle miteinander zu, wie es gegangen sei: ob sie schon geträumt hätten, und wer ihnen im Traum erschienen sei? Aber sie brachten kein Wort aus ihnen heraus, weder aus Mamsell Maja Lisa, noch aus der Kleinen.

Die Kleine schlief ein, sobald sie den Kopf aufs Kissen legte, und schlief bis zum nächsten Morgen. Als sie erwachte, hatte sie einen scharfen Geschmack im Munde; aber so große Mühe sie sich auch gab, sie konnte sich doch nicht erinnern, ob sie etwas geträumt hatte.

Großmutter hatte die ganze Nacht nicht geschlafen, war aber dann das ganze Neujahrsfest hindurch still und schweigsam und wie in einem Traum befangen; es war, als habe jedenfalls sie etwas erfahren.

Die Pfarrerstochter konnte lange nicht einschlafen, weil sie brennenden Durst litt; aber etwas trinken, ehe man geschlafen hatte, das durfte man doch beileibe nicht, sonst war alles umsonst gewesen.

Als sie am Morgen erwachte, konnte sie sich zuerst nicht klar darüber werden, ob ihr etwas geträumt hatte.

Aber später am Tage ging sie zufällig einmal durch den Flur und trat auf die Freitreppe hinaus.

Und da hielt sie plötzlich an; denn nun fiel ihr ein, daß sie in der Nacht im Traum ganz auf demselben Platz gestanden hatte. Und da waren in ihrem Traum zwei Fremde, ein junger und ein alter, auf dem Sandweg dahergekommen. Und der Alte hatte gesagt, er sei der Propst Liljecrona und komme mit seinem Sohne, um sie zu fragen, ob sie durstig sei und gerne einen Trunk Wasser wolle.

Und sofort war der junge Mann mit einem Glas hellem frischen Wasser in der Hand vorgetreten und hatte es ihr angeboten.

Als aber die Pfarrerstochter sich daran erinnerte, erschrak sie, und sie zitterte am ganzen Leibe.

Denn das ist sicher und gewiß: wer einem, nachdem man einen Traumpfannenkuchen gebacken hat, im Traum ein Glas Wasser anbietet, den heiratet man.

Nachweis

Der Verlag dankt folgenden Rechteinhabern für die Genehmigung zum Abdruck:

Aiken, Joan (1924, Rye – 2004 Petworth)
Die Fähre. Erstmals veröffentlicht in: Richard Dalby (Hrsg.), *O du grausame Weihnachtszeit*. Copyright © 1996 Verlagsgruppe Droemer Knaur GmbH & Co. KG, München, mit freundlicher Genehmigung. Aus dem Englischen von Stefan Troßbach.
Bánk, Zsuzsa (* 1965, Frankfurt am Main)
Weihnachtswald. Aus: dies.: *Heißester Sommer.* Erzählungen. Copyright © S. Fischer Verlag GmbH, Frankfurt am Main 2005.
Boyle, T. Coraghessan (* 1948, Peekskill)
Die Mütze. Aus: ders., *Wenn der Fluß voll Whisky wär.* Erzählungen. Copyright © 1991 Carl Hanser Verlag GmbH & Co. KG, München. Aus dem Englischen von Werner Richter.
Capote, Truman (1924, New Orleans – 1984, Los Angeles)
Weihnachtserinnerungen. Aus: ders.: *Baum der Nacht*. Copyright © 2007/2014 by KEIN & ABER AG Zürich – Berlin. Aus dem Amerikanischen von Ursula-Maria Mössner.
Davidas, Annye (Oberkochen)
Weihnachtsmenü – oder »Kochen mit Hindernissen«. Aus: dies., *Was gibt es heute zum Essen, Schatz?* Erschienen bei tredition, Hamburg, 2011. Copyright © 2011 Annye Davidas.

Dickens, Charles (1812, Landport – 1870, Gads Hill)
Marleys Geist. Aus: ders., *Weihnachtslied. Eine Gespenstergeschichte.* Copyright der deutschsprachigen Ausgabe © 2011, Diogenes Verlag AG Zürich. Aus dem Englischen von Melanie Walz.

Doyle, Arthur Conan (1859, Edinburgh – 1930, Crowborough)
Der blaue Karfunkel. Aus: ders., *Sherlock Holmes Geschichten.* Copyright der deutschsprachigen Ausgabe © 1984, Diogenes Verlag AG Zürich. Aus dem Englischen von Margarethe Nedem.

Evers, Horst (* 1967, Diepholz)
Die schönsten Weihnachtsmärkte der Welt – Folge 53: Die Weihnachtswurst von Nordenham. Aus: ders., *Für Eile fehlt mir die Zeit.* Copyright © 2011, Rowohlt · Berlin Verlag GmbH, Berlin.

Falk, Susanne (* 1976, Kappeln)
Lonely This Christmas. Aus: dies., *Fast ein Märchen.* Copyright © 2019 Picus Verlag Ges.m.b.H., Wien.

Fisher, MFK (1908, Albion – 1991, Glen Ellen)
Familienfeiern. Aus: dies., *Die Kunst des Essens. Anleitung zum Genuss.* Copyright © 1949, 1954 by M.F.K. Fisher. Copyright der deutschen Übersetzung © 2019 ebersbach & simon, Berlin. Aus dem Amerikanischen von Brigitte Ebersbach.

Fitzgerald, F. Scott (1896, St. Paul – 1940, Los Angeles)
Ein glückloser Weihnachtsmann. Auf Deutsch erstmals erschienen in: Daniel Kampa (Hrsg.), *Früher war Weihnachten viel später.* Copyright der deutschsprachigen Ausgabe © 2012, Diogenes Verlag AG Zürich. Aus dem Amerikanischen von Manfred Allié.

Hubbell, Sue (1935, Kalamazoo – 2018, Bar Harbor)
Winter. Aus: dies., *Leben auf dem Land.* Copyright © 1983, 1984, 1985, 1986 by Sue Hubbell. Copyright der deutschsprachigen Ausgabe © 2016, Diogenes Verlag AG Zürich. Aus dem Amerikanischen von Barbara Heller.

Kästner, Erich (1899, Dresden – 1974, München)
Feier mit Hindernissen. Aus: ders., *Morgen, Kinder, wird's nichts geben! Mehr oder weniger Weihnachtliches.* Atrium Verlag, Zürich, 2011. Copyright © Thomas Kästner.

Knellwolf, Ulrich (* 1942, Niederbipp)
Trautes hochheiliges Paar. Aus: ders., *Tod in Sils Maria. 17 üble Geschichten.* Copyright © 2004 Nagel & Kimche in der MG Medien Verlags GmbH, München.

Lagerlöf, Selma (1858, Mårbacka – 1940, Mårbacka)
Der Traumpfannenkuchen. Aus: dies., *Geschichten zur Weihnachtszeit.* nymphenburger in der F. A. Herbig Verlagsbuchhandlung GmbH, München, 1967. Aus dem Schwedischen von Pauline Klaiber-Gottschau.

Lenz, Siegfried (1926, Ełk – 2014, Hamburg)
Der Denkzettel. Aus: ders., *Eine Art Bescherung. Weihnachts- und Wintergeschichten.* Copyright © 2015 Hoffmann und Campe Verlag, Hamburg.

Löns, Hermann (1866, Chełmno – 1914, Loivre)
Der allererste Weihnachtsbaum. Aus: ders., *Sämtliche Werke in acht Bänden.* Erster Band. Herausgegeben von Friedrich Castelle. Hesse & Becker, Leipzig, 1923.

Niese, Charlotte (1854, Burg auf Fehmarn – 1935, Hamburg)
Die falschen Weihnachtsbäume. Aus: Wilhelm Lennemann (Hrsg.), *Meisterwerke neuerer Novellistik.* Max Hessens Verlag, Leipzig, 1920.

Schreiber, Daniel (* 1977, Mecklenburg-Vorpommern)
Drei Jahre. Aus: Susanne Gretter (Hrsg.), *Gans und gar. Geschichten vom Weihnachtsessen.* Insel Verlag, Berlin, 2016. Copyright © 2016 by Daniel Schreiber.

Winterson, Jeanette (* 1959, Manchester)
Der Löwe, das Einhorn und ich. Aus: dies., *Wunderweiße Tage. Zwölf winterliche Geschichten.* Copyright © 2017 Wunderraum, München, in der Penguin Random House Verlagsgruppe GmbH. Aus dem Englischen von Regina Rawlinson.

Bitte beachten Sie
auch die folgenden Seiten

Charles Dickens im Diogenes Verlag

»Die erste Bedingung für die Popularität eines Autors ist die Liebe, mit der er seine Charaktere behandelt. Deshalb sind die Figuren bei Dickens Freunde der ganzen Menschheit. Sie bilden ein vereinigendes Band zwischen den Menschen in Amerika und den Menschen in St. Petersburg.« *Leo Tolstoi*

»Die, meiner Ansicht nach, mit Abstand beste deutsche Dickens-Übersetzung ist die von Gustav Meyrink. Sie ist fast vollkommen... Die Ausgabe müsste unbedingt wieder erreichbar gemacht werden.« *Arno Schmidt*

Drei Weihnachtsgeschichten
Aus dem Englischen von Gustav Meyrink

David Copperfield
Roman. Deutsch von Gustav Meyrink. Mit einem Essay von W. Somerset Maugham

Bleakhaus
Roman. Deutsch von Gustav Meyrink. Mit einem Nachwort von Hans Hennecke

Die Pickwickier
Roman. Deutsch von Gustav Meyrink. Mit einem Nachwort von Walter Kluge

Nikolas Nickleby
Roman. Deutsch von Gustav Meyrink

Martin Chuzzlewit
Roman. Deutsch von Gustav Meyrink. Mit einem Nachwort von Jérôme von Gebsattel

Oliver Twist
Roman. Deutsch von Gustav Meyrink

Weihnachtslied
Eine Gespenstergeschichte. Deutsch von Richard Zoozmann. Mit Zeichnungen von Tatjana Hauptmann und einem Essay von John Irving
Auch als Diogenes Hörbuch erschienen, gelesen von Hans Korte

F. Scott Fitzgerald im Diogenes Verlag

Er war Ernest Hemingways Vorbild. Dashiell Hammett, Raymond Chandler, Gertrude Stein und T.S. Eliot lasen ihn mit Begeisterung. Und heute ist er der Lieblingsautor so unterschiedlicher Persönlichkeiten wie Doris Dörrie, Joey Goebel und Haruki Murakami.

»Die Texte Fitzgeralds überzeugen heute vielleicht noch mehr als zu seinen Lebzeiten, da sie nicht mehr als Zeit- und Narrenspiegel, sondern als großartige Literatur gelesen werden können.«
General-Anzeiger, Bonn

»F. Scott Fitzgerald ist ein Schriftsteller, wie er uns heute fehlt. Man kann ihn wieder und wieder lesen.«
Frankfurter Allgemeine Zeitung

»Engel sind die eleganteren Menschen. Aber wer hoch steigt, wird tief fallen. Niemand zeigte beides so schön wie F. Scott Fitzgerald.« *Frankfurter Rundschau*

»F. Scott Fitzgerald war der Größte unter uns allen.«
Ernest Hemingway

Diesseits vom Paradies
Roman. Aus dem Amerikanischen von Bettina Blumenberg und Martina Tichy. Mit einem Nachwort von Manfred Papst
Auch als Diogenes Hörbuch erschienen, gelesen von Burghart Klaußner

Die Schönen und Verdammten
Roman. Deutsch von Hans-Christian Oeser. Mit einem Nachwort von Manfred Papst
Auch als Diogenes Hörbuch erschienen, gelesen von Gert Heidenreich

Der große Gatsby
Roman. Deutsch von Bettina Abarbanell. Mit einem Nachwort von Paul Ingendaay
Auch als Diogenes Hörbuch erschienen, gelesen von Gert Heidenreich

Zärtlich ist die Nacht
Roman. Deutsch von Renate Orth-Guttmann. Mit einem Nachwort von Heinrich Detering
Auch als Diogenes Hörbuch erschienen, gelesen von Burghart Klaußner

Die Liebe des letzten Tycoon
Roman. Deutsch von Renate Orth-Guttmann. Mit einem Nachwort von Verena Lueken
Auch als Diogenes Hörbuch erschienen, gelesen von Anna Thalbach

Winterträume
Erzählungen. Deutsch von Bettina Abarbanell, Dirk van Gunsteren, Christa Hotz, Alexander Schmitz, Christa Schuenke, Walter Schürenberg und Melanie Walz. Mit einem Nachwort von Manfred Papst
Daraus die Erzählung ›Winterträume‹ auch als Diogenes Hörbuch erschienen, gelesen von Friedhelm Ptok

Die letzte Schöne des Südens
Erzählungen. Deutsch von Bettina Abarbanell, Anna Cramer-Klett, Dirk van Gunsteren, Christa Hotz, Alexander Schmitz, Walter Schürenberg und Melanie Walz. Mit einem Nachwort von Paul Ingendaay

Wiedersehen mit Babylon
Erzählungen. Deutsch von Bettina Abarbanell, Christa Hotz, Renate Orth-Guttmann, Alexander Schmitz, Christa Schuenke, Walter Schürenberg und Melanie Walz. Mit einem Nachwort von Daniel Kampa

Der letzte Kuss
Erzählungen. Deutsch von Christa Hotz, Renate Orth-Guttmann, Harry Rowohlt, Alexander Schmitz, Walter Schürenberg und Melanie Walz. Mit einem Nachwort von Verena Lueken

Drei Stunden zwischen zwei Flügen
und andere Meistererzählungen. Ausgewählt und mit einem Nachwort von Daniel Kampa

Junger Mann aus reichem Haus
Erzählungen. Mit einem Vorwort von John Updike. Deutsch von Bettina Abarbanell und Walter Schürenberg

Der seltsame Fall des Benjamin Button
Erzählung. Deutsch von Christa Schuenke
Auch als Diogenes Hörbuch erschienen, gelesen von Gert Heidenreich

Früher Erfolg
Essays. Über Geld und Liebe, Jugend und Karriere, Schreiben und Trinken. Deutsch von Melanie Walz, Bettina Abarbanell und Renate Orth-Guttmann

Liebe in der Nacht
und andere Lovestories. Ausgewählt von Silvia Zanovello. Deutsch von Bettina Abarbanell, pociao, Christa Schuenke und Melanie Walz

Für dich würde ich sterben
Erzählungen. Herausgegeben und kommentiert von Anne Margaret Daniel. Deutsch von Gregor Runge, Andrea Stumpf und Melanie Walz

Ein Diamant – so groß wie das Ritz
Erzählung. Diogenes Hörbuch, 2 CD, gelesen von Gert Heidenreich

Pietro Citati
Schön und verdammt
Ein biographischer Essay über Zelda und F. Scott Fitzgerald. Aus dem Italienischen von Maja Pflug

Sue Hubbell
Leben auf dem Land

Aus dem Amerikanischen
von Barbara Heller
Mit einem Nachwort
von J. M. G. Le Clézio

Haben Sie schon einmal den sanften Wind gespürt, wenn sechzigtausend Bienen ihre Flügel schlagen? Wussten Sie, dass Fledermäuse sich nicht nur untereinander, sondern auch mit Nachtfaltern – also ihrem Abendessen – unterhalten? Dass brave Haushunde sich in Kojotinnen verlieben können?
Als nach dreißig Jahren ihre Ehe zu Ende ging, saß Sue Hubbell plötzlich allein auf ihrer Bienenfarm im nördlichen Missouri. Die Natur, die sie umgab, bedeutete nicht nur Trost (und viel Arbeit): Sie zeigte Sue Hubbell, dass es letztlich darum geht, seinen Platz darin zu finden. Mit lakonischem Humor berichtet die schreibende Imkerin von ihren fünf Jahreszeiten auf dem Land und öffnet uns die Augen für dessen Schönheit, Poesie und manchmal fast komisch anmutende Perfektion.

»Ich habe oft von einem Buch geträumt, das von den sichtbaren und unsichtbaren Geheimnissen der Welt handeln würde. Dies ist so ein Buch.«
J. M. G. Le Clézio in seinem Nachwort

»Eines der meistgeliebten Bücher über das Leben auf dem Land.« *Los Angeles Times*

»Was für ein schönes Buch, ganz unsentimental und trotzdem Balsam für die Seele.« *Donna Leon*

Ferien-Anthologien im Diogenes Verlag

»Auf den Diogenes Verlag ist Verlass, der eigens für die Gelegenheiten am Strand oder in den Sommerferien Lektüre publiziert, die die Urlaubszeit vergoldet.«
suite101.de

Balkonlesebuch
Erzählungen und zwei Gedichte

Strandlesebuch
Sonnige und coole Geschichten

Gartenglück
Ein Lesebuch. Mit Zeichnungen von Jean-Jacques Sempé

Strandkorb-Lesebuch

Fahrradfreunde
Ein Lesebuch. Mit Zeichnungen von Jean-Jacques Sempé

Gefährliche Ferien – Italien
mit Donna Leon, Andrea De Carlo, Carlo Lucarelli und anderen

Gefährliche Ferien – Südfrankreich
mit Martin Walker, Bernhard Schlink, Paulo Coelho, Jean-Claude Izzo und anderen

Gefährliche Ferien – Die Alpen
mit Donna Leon, Wolfgang Herrndorf, Alex Capus und anderen

Gefährliche Ferien – Nordsee, Ostsee
mit Bernhard Schlink, Henning Mankell, Nis-Momme Stockmann und anderen

Gefährliche Ferien – Griechenland
mit Petros Markaris, Vea Kaiser, Jeffrey Eugenides und anderen

Gefährliche Ferien – Irland
mit Donal Ryan, Sebastian Barry, Tomi Ungerer und anderen

Gefährliche Ferien – Bretagne und Atlantikküste
mit Martin Walker, Fred Vargas, Alex Capus und anderen

Gefährliche Ferien – Skandinavien
mit Katrine Engberg, Henning Mankell, Jussi Adler-Olsen und anderen

Gefährliche Ferien – Schottland
mit John Irving, Val McDermid, Ian Rankin und anderen

Gefährliche Ferien – Spanien
mit Martin Suter, Doris Dörrie, M.V. Montalbán und anderen

Gefährliche Ferien - Kanada
mit John Irving, Jakob Arjouni, Margaret Atwood und anderen